레이디 L

레이디 L

Lady L.
by Romain Gary
Copyright © Éditions Gallimard, 1963
Korean Translation Copyright © Maumsanchaek, 2013

This Korean edition is published
by arrangement with Éditions Gallimard
through Sibylle Books Literary Agency, Seoul.
All rights reserved.

이 책의 한국어판 저작권은 시빌에이전시를 통해
프랑스 Gallimard와 독점 계약한 마음산책에 있습니다.
저작권법에 따라 한국 내에서 보호를 받는 저작물이므로
무단 전재와 무단 복제를 금합니다.

■ 이 도서의 국립중앙도서관 출판시도서목록(CIP)은
e-CIP 홈페이지(http://www.nl.go.kr/ecip)와
국가자료공동목록시스템(http://www.nl.go.kr/kolisnet)에서 이용하실 수 있습니다.
(CIP제어번호: CIP2013003880)

레이디 L

로맹 가리
백선희 옮김

마음산책

레이디 L

1판 1쇄 발행 2013년 4월 30일
1판 3쇄 발행 2019년 10월 1일

지은이 | 로맹 가리
옮긴이 | 백선희
펴낸이 | 정은숙
펴낸곳 | 마음산책

등록 | 2000년 7월 28일(제13-653호)
주소 | (우 04043) 서울시 마포구 잔다리로 3안길 20
전화 | 대표 362-1452 편집 362-1451 팩스 | 362-1455
홈페이지 | http://www.maumsan.com
블로그 | maumsanchaek.blog.me
트위터 | http://twitter.com/maumsanchaek
페이스북 | http://www.facebook.com/maumsanchaek
전자우편 | maum@maumsan.com

ISBN 978-89-6090-160-5 03860

* 책값은 뒤표지에 있습니다.

인류는 엉덩이보다는 머리로
불명예에 도달하기가 더 쉬웠다.

아! 내가 당신을 꼭 만나야만 했을까요,

당신이 내 마음에 들어야만 했을까요,

순진하게도 내가 당신에게 고백해야만 했을까요,

거만하게도 당신은 침묵을 지켜야만 했을까요,

내가 당신을 사랑해야만 했을까요,

당신이 날 절망에 빠뜨려야만 했을까요,

그런데도 내가 당신을 숭배해야만 했을까요,

그래서 당신이 날 살해해야만 했을까요!

인류에 바치는 시
또는 접속법[•] 사용법

알퐁스 알레가
얀 아브릴에게 바침

• 프랑스어에서 과거 시제 가정형 문장에 쓰이는 복잡한 형태의 문법.

■ 일러두기

1. 외국 인명, 지명, 작품명 및 독음은 '외래어 표기법'을 따르되, 관용적인 표기와 동떨어진 경우 절충하여 실용적 표기를 따랐다.

2. 각주는 원서의 것이고, 옮긴이 주는 글줄 상단에 맞추어 표기했다. 단, 7쪽의 각주는 옮긴이 주다.

3. 원서에서 강조한 단어는 굵은 고딕 글씨로 표시했다.

4. 국내에 소개된 소설, 영화 등은 번역된 제목을 따랐고, 국내에 소개되지 않은 작품은 원어 제목을 독음대로 적거나 필요한 경우 우리말로 번역해 적었다.

5. 영화명, 곡명, 잡지와 신문 등의 매체명은 〈 〉로 묶었고, 책 제목은 『 』로 묶었다.

1

　창문은 열려 있었다. 파란 하늘을 배경으로 여름 햇살을 받고 있는 튤립 꽃다발이 얼마 전 여든 살의 나이에 너무 빨리 세상을 떠난 마티스를 떠올리게 했다. 꽃병 주위에 떨어진 노란 꽃잎도 화가의 붓에 복종한 것처럼 보였다. 레이디 L은 자연이 숨을 헐떡이기 시작했다고 생각했다. 위대한 화가들이 자연에게서 모든 걸 빼앗아버린 것이다. 터너는 빛을 훔쳤고, 부댕은 대기와 하늘을, 모네는 흙과 물을 앗아갔다. 이탈리아, 파리, 그리스는 벽마다 내걸리더니 이제 진부해지고 말았다. 그림으로 그려지지 않으면 사진으로 찍혔고, 온 땅덩어리가 너무 많은 손길이 옷을 벗긴 여자들의 손때 묻은 모습을 점점 닮아갔다. 어쩌면 그녀가 너무 오래 산 건지도 몰랐다. 오늘, 온 영국이 그녀의 여든 번째 생일을 축하해 탁자엔 전보와 전언들이 가득했다. 대개는 버킹엄궁전에서 온 것들이었다. 매년 똑같았다. 모두가 한마디씩 하려고 달려들었다. 그녀는 노란 튤립을 혐오스럽게 쳐다보며 저 꽃들이 어떻게 그녀가 아끼는 꽃병에 꽂히게 되었을까 생각했다. 레이디 L은 노란색이라면 끔찍이 싫었다. 노랑은 배신과 의심의 색이자 말벌과 전염병과 노화의 색이었다. 그녀는 준엄한 얼굴로 튤립을 응시했다. 불현듯 의심이 스쳤다……. 아냐, 그럴 리 없어. 아무도 알지 못해. 정원사가 깜빡한 것이겠지.

그녀는 여행을 갈 때도 항상 갖고 다녀 곁에서 떠나는 법이 없는 쿠션에 머리를 묻은 채 열린 창문 앞 소파에서 맞은편 별채를 바라보며 아침나절을 보냈다. 쿠션에 수놓인 그림에는 에덴의 마법 같은 평화로움 속에 모인 짐승들이 묘사되어 있었다. 그녀는 양과 사이좋게 지내는 사자를, 사슴의 귀를 사랑스레 핥고 있는 표범을 특히 좋아했다. 삶이 그런 것 아니던가. 그림의 천진한 기법 때문에 그 장면의 깊은 백치미가 한층 더 돋보여 아주 마음에 들었다. 60년 동안 위대한 예술만 접하다 보니 그녀는 걸작이라면 넌더리가 났다. 그리고 점점 더 조잡한 채색 그림들, 그림엽서들, 물에 빠진 아기를 구하는 용감한 개들, 장밋빛 사랑을 받는 고양이들, 달빛 아래 연인들로 가득한 빅토리아시대풍의 이미지들이 좋아졌다. 이런 이미지들은 천재성이며 그 지긋지긋하고 고상한 주장들로부터 참으로 유쾌하게 기분 전환을 시켜주었다. 그녀의 손은 지팡이의 상아 장식 위에 놓여 있었다. 지팡이 없이도 얼마든지 지낼 수 있지만, 그녀의 천성에는 맞지 않으나 사람들이 그녀에게 기대하는 나이 든 귀부인처럼 보이는 데에는 지팡이가 도움이 되었다. 늙음은 이제 그녀가 지켜야 할 또 하나의 관습이었다. 그녀의 눈은 영국 하늘을 배경으로 마로니에들 위로 비죽 솟은 여름 별채의 황금빛 둥근 지붕을 향해 미소 짓고 있었다. 기품 있는 저 영국 하늘과 참으로 잘 정돈된 구름은 개성이

나 상상력의 흔적이라곤 보이지 않는 손녀들의 드레스가 생각나게 했다. 왕실 가문의 재단사가 옷을 입힌 것처럼 엄밀하게 중립적이고 반듯한 하늘이었다.

레이디 L은 늘 영국 하늘을 무감한 사람 같다고 생각했다. 어떤 은밀한 동요도, 어떤 분노도, 어떤 격정도 상상할 수 없었다. 심한 폭우가 쏟아질 때조차 참극은 없었다. 격렬한 비바람조차 그저 잔디에 물을 주는 정도로 그쳤다. 벼락은 아이들에게서 먼 곳에 떨어졌고 사람들이 자주 다니는 길은 피했다. 이 하늘은 규칙적인 가랑비와 조심스럽고 기품 있고 단조로운 안개 속에 있을 때 참으로 자기다웠다. 예의를 지킬 줄 아는, 배려할 줄 아는 하늘이어서 사방에 피뢰침이 있을 때만 이따금 번쩍한다는 것을 잘 느낄 수 있었다. 그런데 그녀가 하늘에 더 요구하는 게 있다면 몇 시간이고 창가에 앉아 밖을 바라보며 추억하고 꿈을 꿀 수 있도록 황금빛 둥근 지붕에 청명한 배경을 빌려달라는 것뿐이었다.

별채는 그녀가 젊었을 적 유행에 따라 동양식으로 세워졌다. 그녀는 진짜 예술에 대한 도전과 악취미로 세심하게 수집해온 터키풍 물건들을 그곳에 모아두었다. 그녀의 오랜 조롱 이력에서 가장 인상적인 순간 중 하나는 특별한 배려로 그 신전에 발을 들여놓은 피에르 로티Pierre Loti, 많은 곳을 여행하며 이국적인 인상을 작품에 담았으며, 특히 터키의 관능미에 끌렸던 프랑스 소설가가 감격해서 운 날이었다.

"난 아마 절대 변하지 않을 거야."

그녀가 불쑥 큰 소리로 말했다.

"난 조금은 아나키스트야. 나이 여든엔 물론 꽤 거북스러운 일이긴 하지. 그리고 나는 낭만주의자이기도 해. 그래서 나을 건 없지만."

　햇살이 그녀의 얼굴 위에서 노닐었다. 상앗빛을 띤 얼굴의 건조함만이 세월의 흔적을 드러냈는데, 그녀는 그것에 결코 익숙해지지 못해 매일 아침 놀라곤 했다. 꼭 빛이 늙어버린 것 같았다. 50년 동안 빛은 광채를 그대로 간직해왔다. 그런데 이제는 쇠퇴하고, 퇴색하고, 회색으로 변해갔다. 그렇지만 둘은 여전히 사이가 좋았다. 가늘고 섬세한 그녀의 입술은 아직은 주름 가득한 거미줄에 걸려 말라버린 벌레를 닮지 않았고 다만 눈매만 살짝 얌전해졌는데, 장난기가 깃들어 뜨겁고 은밀한 불꽃을 누그러뜨리고 있었다. 그녀는 지성도 미모만큼이나 유명했다. 모욕을 주지 않으면서 우위를 표명할 줄 아는 싸움의 고수들처럼 우아하게, 상처 입히지 않으면서 핵심을 찌르는 재빠른 아이러니. 이런 기술은 아주 보기 드문 것이 되었다. 그녀는 표적이 될 만했던 온갖 일을 겪고 살아남았다. 젊은 사람들은 그녀를 바라보며 감탄했다. 그들은 그녀가 대단한 여자였겠다고 느꼈다. 쉽진 않지만 현재를, 그리고 과거를 받아들일 줄 알아야 했다. 게다가 사람들이 참으로 여자를 사랑하는 세기도 아니었다. 그렇지만 그토록 오랫동안 그녀의 것이었던 얼굴…… 그 얼굴을 그녀는 이제 알아보지 못했다. 때로는 자신의 얼굴을 보며 웃는 일도 있었다. 정말이지 **너무** 우스운 일이었다. 솔직히 말하자면 그녀는 이런 날이 오리라 예상하지 못했다. 무척 오랫동안 찬미와 격찬을 받아와서 이런 일이 자신에게도 일어날 수 있다는 것을, 세월이 이렇게까지 흐를 수 있다는 것을 결코 정말로 받아들이지는 못했다. 아무리 그래도 세월은 참으로 야만스러웠다! 시간은 아무것도 존중해주지 않았다. 그녀는 한탄하지는 않았지만 신경에 거슬리기는 했다. 거울을 볼 때마다—이따금은 볼 수밖에 없었으므로— 그녀는 어깨를 으쓱했다. **너무도** 어이없는 일이었다. 그녀는 자신이 이젠 ‘곱게 늙은 귀부인’일 뿐이라는 걸 확실히 알았다. 그랬다. 귀부인으로 사느라 이미 그 많은 세월을 허비했는데 이제는 늙은 귀부인 노릇까지 해야 했다. “예전에 정말 아름다웠으리라는 게 아직까지도 보여…….” 이런 속닥거림을 감지할 때면 그녀는 입술까지 올라온 어떤 프랑스 말을 가까스로 억누르고 못 들은 척했다. 사람들이 거창하게 ‘고령’이라고 부르는 나이는 당신을 상스러운 풍토 속에 살게 하고, 사람들이 배려할 때마다 그 풍토는 두드러질 뿐이다. 부탁하지도 않았는데 지팡이를 가져다주고, 한 발짝 내밀기만 해도 팔을 건네고, 당신이 나타나기만 하면 창문을 닫고, 마치 당신이 눈이라도 먼 것처럼 “조심하세요. 계단이 있어요”라고 속삭이고, 당신이 내일 죽으리라는 걸 알지만 그걸 감추려는 듯 짐짓 쾌활한 어조로 당신에게 말을 건다. 그녀의 짙은 눈, 섬세하면서 명확한 윤곽을 그리는 그녀의 코—그녀의 코를 보고 저마다 “귀족 코”라고들 했다 —, 그녀의 미소—그 유명한 레이디 L의 미소—는 아직도 그녀가 지나갈 때마다 모두가 돌아보게 만든다는 걸 그녀도 알지만 부질없었다. 예술에서도 그렇듯이 인생에서도 스타일이란 더는 내놓을 게 남아 있지 않은 사람들의 최후의 은신처일 뿐이라는 것을, 자신의 아름다움이 화가에게는 여전히 영감을 줄 수 있지만 연인에게는 결코 영감을 주지 못한다는 것을 그녀는 너무도 잘 알았다. 여든 살이라니! 믿기 힘든 일이었다.

'저런! 20년 후면 흔적도 남지 않겠어.'

영국에서 50년 이상을 보냈는데도 그녀는 여전히 프랑스어로 생각했다.

그녀의 오른쪽으론 성의 정문과 주랑이 보였고, 잔디를 향해 내려가며 보기 좋게 펼쳐지는 부채꼴의 계단도 보였다. 밴브러 John Vanbrugh, 블레넘 궁전, 그리니치천문대 등을 설계한 영국의 건축가이자 극작가 는 확실히 장중함에는 탁월한 재능을 가졌어. 그가 건축한 모든 것이 땅을 묵직하게 짓눌러. 마치 땅이 지은 죄악을 벌하려는 것 같아. 레이디 L은 청교도주의자들을 끔찍이 싫어해서 심지어 성을 분홍색으로 칠할 생각까지 했다. 하지만 그녀가 영국에서 한 가지 배운 게 있다면 그건 뭐든지 할 수 있을 때 참을 줄 알아야 한다는 것이었다. 그래서 글렌데일 하우스는 회색으로 남았다. 그녀는 손님들의 기차 도착에 맞춰 모든 것을 준비한 것처럼 보이는 400개의 방들을 이탈리아 트롱프뢰유trompe-l'œil, '눈속임'이라 는 뜻으로, 실물로 착각할 정도로 사실적인 묘사 기법을 말한다 그림들로 장식하는 것으로 만족했고, 그래서 티에폴로, 프라고나르, 부셰의 그림들이 줄지어 늘어선 큰 방들의 권태에 맞서 용감히 싸웠다.

롤스로이스 한 대가 천천히 출입로를 올라와 계단 앞에 멈춰 섰다. 그녀의 손자들 중에서 가장 나이 많은 제임스가 운전수가 문을 열어주기를 기다렸다가 팔에 가죽 가방을 낀 채 차에서 나왔다.

레이디 L은 가죽 가방을, 은행가를, 가족 모임을, 생일을 끔찍이 싫어했다. 그녀는 단정한 모든 것을, 부유하고 자족하고 의례적이며 풀 먹인 듯 뻣뻣한 모든 것을 혐오했지만, 이 모든 것을 고의로 선택했고 끝까지 밀어붙였다. 일평생 그녀는 냉혹한 테러리스트 활동을 이어왔는데, 그녀의 작전은 감탄스러우리만큼 성공적이었다. 그녀의 손자 롤랑은 장관이 되었고 앤서니는 곧 주교가 될 예정이었으며 리처드는 왕실 연대의 중령이었고 제임스는 영국은행의 운명을 손에 거머쥐고 있었는데, 그녀의 경쟁 상대가 교회와 부자들 말고는 경찰과 군대만큼 증오하는 것이 없었으니 말이다.

'교훈을 얻었겠지.'

그녀는 별채를 바라보며 생각했다.

온 가족이 옆방에서 끔찍한 생일 케이크를 둘러싸고 그녀를 기다리고 있었으니 게임을 계속해야만 했다. 그 방에 적어도 서른 명은 있을 텐데, 그녀가 왜 갑자기 아무 설명 없이 떠났으며 앵무새들이 있는 초록 살롱에서 혼자 무얼 하는지 모두들 궁금해하고 있을 터였다. 그러나 물론 그녀는 결코 혼자가 아니었다.

그녀는 손자들과 증손자들이 있는 곳으로 가기 위해 일어섰다. 그들 중에서 그녀는 한 녀석만, 가장 어린 손자만 좋아했다. 그 아이의 당돌하고 짙고 아름다운 눈, 맹수 느낌이 나는 곱슬머리, 격렬한 혈기, 남성다움이 피어나기 시작한 용모가 그녀를 매료했다. 닮음은 참으로 놀라웠다. 유전은 이렇게 종종 한 세대나 두 세대를 건너뛰어 나타나는 모양이다. 아이가 자라면 끔찍한 일들을 하게 되리라고 그녀는 확신했다. 극단주의자의 싹이 즉각 느껴졌던 것이다. 어쩌면 그녀는 모든 것을 부숴버릴 미래의 히틀러나 레닌을 영국에 안겨주었는지도 모른다. 그녀는 모든 희망을 이 아이에게 걸었다. 그런 눈이라면 세상이 그 때문에 술렁일 것이 분명했다. 그녀가 언제나 이름을 헷갈리는 다른 사내아이들은 젖비린내를 풍겼고, 그다지 얘기할 거리가 없었다. 그녀의 아들은 영국에 거의 오질 않았다. 그의 이론인즉슨 세상이 아직 퇴폐적일 때 그걸 누려야 한다는 것이다.

그녀의 친구들은 모두 젊어서 죽었다. 그녀의 프랑스 요리사인 가스통은 어이없게도 예순일곱 살에 그녀 곁을 떠났다. 요즘 사람들은 점점 더 빨리 죽었다. 그녀는 자기보다 먼저 떠난 가족의 수를 떠올리고 놀랐다. 개들, 고양이들, 새들은 수백 마리에 달했다. 짐승의 삶은 너무나 슬프게도 짧았다. 이들보다 오래 살아남는 것에 넌더리가 나서 그녀는 오래전에 짐승을 갖는 건 포기하고 오직 퍼시만 곁에 두었다. **너무** 끔찍한 일이었다. 동물과 관계를 맺고 녀석을 이해하고 사랑하기 시작하면 곧 우리 곁을 떠난다. 그녀는 이별이 끔찍이 싫어서 이젠 사물에만 애착을 가졌다. 가장 만족감을 주는 몇몇 우정을 그녀는 사물과 더불어 체험했다. 적어도 사물들은 우리 곁을 떠나지 않았다. 그녀에겐 동행이 필요했다.

그녀는 문을 열고 회색 살롱으로 들어섰다. 그곳을 사람들은 아직도 "회색"이라고 불렀는데, 원래 색깔이 그러했기 때문이다. 하지만 그곳은 벌써 40년도 전에 그녀가 흰색과 황금색 내장재로 다시 장식했고, 그 위엔 이탈리아 희극의 가벼운 인물들이 트롱프뢰유 사실화로 떠돌고 있었다. 그들의 가벼운 공중제비가 그곳의 거만하고 을씨년스러운 차가움에 당당하게 맞서고 있었다.

살짝 타박하는 눈길로 그녀를 가장 먼저 맞이한 사람—그들은 한 시간 넘게 그녀를 기다리고 있었다 —은 당연히 그녀를 떠받

드는 기사騎士, 이 시대 사람들이 쓰는 말대로 하자면 그녀의 "공공연한 애인" 퍼시였다. 극도로 신중한 그였지만 한결같이 워낙 열성적으로 그녀에게 헌신하다 보니 아무래도 눈에 띌 수밖에 없었다. 20년째 영국 왕실의 계관시인, 다시 말해 왕실의 공식 시인이자 제국의 마지막 음유시인인 퍼시 로다이너 경―120편의 공식 서정 단시와 세 권의 시집을 냈으며, 왕실의 출생과 대관식, 장례식, 온갖 종류의 승리 때마다 지은 시 모음집이 세 권이었다―은 존 메이스필드 경과 함께 유틀란트해전부터 엘 알라메인 전투까지 용감하게 영국 벨칸토의 선봉에 섰고, 꽤나 혐오스러운 일을 매우 성공적으로 해냈다. 시를 덕행과 화해시켰고, 반대 목소리 하나 없이 부들스 클럽Boodle's, 1762년에 생긴 런던의 신사 클럽으로 데이비드 흄, 애덤 스미스 등의 유명 인사들이 회원이었다 회원으로 선출되기까지 했다. 어쨌든 그는 레이디 L의 다른 모든 가축들보다 오래 살아남았다. 퍼시에게 길이 들었으니 그가 없어지는 일이 일어났더라면 레이디 L은 정말이지 언짢았을 것이다. 게다가 그는 일흔 살밖에 되지 않았다. 그렇지만 나이보다 더 들어 보이는 건 분명했다. 육체적으로 그는 얼핏 로이드 조지를 연상시켰다. 갈기처럼 덥수룩한 백발이 닮았고, 기품 있는 이마와 섬세한 이목구비도 닮았다. 그러나 닮은 점은 거기서 그쳤다. 웨일스 사람인 로이드 조지는 정말이지 여자를 좋아했고, 여자들에게 못되게 구는 법을 알았다. 그런 반면 이 가련한 퍼시는 숫총각일 거라고 레이디 L은 정말로 믿었다. 그녀가 잘 아는 예쁜 화류계 여자들 몇몇의 도움을 받아 그에게 방탕한 생활을 시켜보려고 두세 번 시도한 적이 있었다. 그러나 그럴 때마다 퍼시는 스위스로 달아났다.

"다이앤⋯⋯." 달의 여신이자 사냥의 여신인 다이앤의 프랑스어 발음은 '디안'인데, 이 이름은 프랑스에서 가장 아름다운 여인으로 손꼽히는, 앙리 2세의 애첩 디안 드 푸아티에를 연상시킨다.

그녀에게 아주 잘 어울리는 이름이었다⋯⋯. 디키가 '엘리너'와 '이사벨'을 두고 오랫동안 고민한 끝에 직접 고른 이름이었다. 엘리너는 어두워 보였다. 아마도 에드거 앨런 포 때문이었으리라. 그리고 이사벨은 같은 이름을 가진 여왕의 피 묻은 블라우스가 떠오를 수밖에 없었다. 보수반동정치를 펴다 암살 테러를 당했고, 혁명에 내몰려 프랑스로 망명한 에스파냐의 여왕 이사벨 2세를 암시한다. 결국 그는 새하얀 느낌을 주는 다이앤을 선택했다.

"걱정하던 참이었어요."

때로 레이디 L은 퍼시가 정원에서 손녀딸들을 괴롭히지는 않을지, 정체를 기막히게 감춰온 변태는 아닌지, 호모는 아닌지, 하인을 시켜 자기 몸을 어루만지게 하지는 않는지, 또는 소호의 어느 구석에서 창녀에게 채찍으로 때려달라고 하는 건 아닌지 하는 생각을 할 때도 있었다. 하지만 그녀에게 이런 생각은 갖은 시련을 이겨낸 처녀가 품는 일종의 낭만에 지나지 않았다. 게다가 마치 죽음의 방사선처럼 퍼시에게서 발산되는, 속이 메슥거릴 정도로 명백한 도덕적 순결 앞에서 그녀의 희망은 이미 사라진 지 오래였다. 그는 진정 명예로운 사람이어서 어떻게 시詩가 그의 안에 들어설 수 있었는지는 오직 신밖에 알지 못했다. 게다가 그는 그녀가 아는 사람 가운데 파란 눈에 개의 선량한 눈길을 지닌 유일한 사람이기도 했다. 어쨌든 그녀는 퍼시를 아주 좋아했다. 그 앞에서는 나이 든 귀부인이라는 가면과 고령의 관습을 벗고서 스무 살의 무례함과 참신함으로 자유롭게 자신을 드러낼 수 있었다. 시간은 우리를 늙게 만드는 것이 아니라 우리에게 가면을 들씌운다. 레이디 L은 언젠가 자신이 정말로 늙게 되면 무엇을 할지 종종 생각했다. 그런 일이 닥칠 수 있으리라는 느낌은 들지 않았지만 알 수 없는 일이었다. 인생은 여러 가지 수를 준비해두고 있으니까. 그녀에게 아직 몇 년은 남아 있었다. 그 후엔 분명 무슨 일이든 닥칠 것이다. 뭔지는 정확히 알 수 없지만. 유일한 해결책이라면 노화가 닥쳤을 때 보르디게라에 가서 경이로운 정원에 은둔해 꽃과 더불어 마음을 달래는 것이리라.

그녀는 차를 한 잔 받아 들었다. 온 가족이 그녀 주위로 몰려들어 꽤나 끔찍했다. 그녀는 자신이 그 떼거리의 근원이라는 생각을 도무지 받아들이지 못했다. 머리가 서른 개도 넘었다. 그들을 쳐다보면서 이런 말조차 할 수 없었다. "내가 이런 걸 바란 건 아닌데." 오히려 그건 그녀가 일부러, 결연히 원한 바였다. 그것은 그녀 삶이 남긴 작품이었다. 그 광적인 사랑이, 애정과 관능, 방황과 열정이 이토록 무색무취하고 뻣뻣한 인물들을 낳았다는 것을 이해하기란 어려웠다. 정말 믿기 힘들고 꽤나 곤혹스러운 일이었다. 사랑에 의혹을 던지고 사랑을 깎아내리는 일이었다. '저 아이들에게 모든 걸 말할 수 있다면 얼마나 멋질까.' 그들을 냉소 어린 시선으로 주시한 채 차를 홀짝홀짝 마시며 그녀는 생각했다. '저 아이들의 확신에 찬 얼굴이 갑자기 공포와 당혹감에 사로잡혀 해체되는 걸 보면 얼마나 재미날까. 내가 몇 마디만 하면 저들의 안락한 세계는 잘 태어난 저 머리 위로 순식간에 무너질 테지.' 매우 유혹적인 일이었다. 그녀가 참는 건 스캔들에 대한 두려움 때문이 아니었다. 그녀는 몸을 떨며 어깨에 두른 인도산 숄을 바짝 당겼다. 그녀는 목에 느껴지는 캐시미어의 가볍고 포근한 감촉을 좋아했다. 그녀에겐 아주 오래전부터 자신의 인생이 수많은 숄의 연속에 지나지 않았던 것처럼 보였다. 양모, 실크와 나눈 수백 수천 번의 포옹처럼. 특히 캐시미어는 포근함을 한껏 줄 줄 알았다.

그녀는 퍼시가 그녀에게 말을 하고 있다는 걸 문득 깨달았다. 그는 찻잔을 들고 은근히 즐기며 찬동의 표정을 짓는 얼굴들에 둘러싸여 거기 서 있었다. 퍼시는 상투적인 표현에 탁월한 재능을 가졌다. 그는 진부함의 영역에서 위대한 경지에 이르러, 자신의 연설을 독창성에 맞서는 놀라운 도전으로 만들 줄 알았다.

"이렇게 고귀한 삶을 거칠고 천박한 이 시대가 알고 깨우쳐야 합니다. 다이앤, 당신 가족의 동의를 얻고서—아니, 간청을 받았다고 말씀드릴 수 있겠군요— 당신의 생신을 계기로 청하니, 당신의 전기를 제가 쓰도록 허락해주시기 바랍니다."

'거참 볼만하겠군.' 그녀가 프랑스어로 생각했다.

"너무 이르다고 생각하지 않으세요, 퍼시?"

그녀가 물었다.

"조금 더 기다립시다. 아마 곧 나한테 흥미로운 일이 일어나겠지요. 내 인생처럼 이렇게 이야깃거리 없는 건 죽도록 지루하지 않겠어요?"

사람들이 상냥하게 볼멘소리를 했다. 그녀는 증손자 앤드루를 향해 몸을 기울이고 아이의 뺨을 다정하게 어루만졌다. 아이의 눈은 정말이지 아름다웠다. 새카맣고 살짝 빈정거리는 듯한 거친 눈이었다. '이 아이가 저들을 괴롭히게 될 거야.' 이렇게 생각하며 그녀는 흡족해했다.

"이 아인 증조할아버지의 눈을 쏙 빼닮았어. 놀랍도록 닮았어."

그녀가 한숨을 쉬며 말했다.

꼬마의 어머니―마거릿 공주를 떨게 만들 정도로 새와 꽃을 잔뜩 얹은 경이로운 푸른 모자가 레이디 L의 눈에 들어왔다―는 놀란 표정이었다.

"그렇지만 공작님의 눈은 파란색이지 않나요?"

레이디 L은 대답하지 않고 등을 돌렸다. "하나가 더 있네." 그녀가 입술을 깨물며 확인했다. 이번 모자는 목사인 아들 앤서니의 아내로 기억되는 못생긴 여자의 머리 위에 얹혀 있었다. 그녀는 모자를 뚫어져라 쳐다보았다. 정말 가관이었다.

그녀는 다시 한 번 슬쩍 모자를 응시하다가 은쟁반 위에 놓인 빵 조각 쪽으로 눈길을 돌리며 말했다.

"정말 멋진 생일 케이크네."

그러고 나서 여왕 친위대의 중령으로 가문의 실패작인 리처드에게 몇 마디를 하지 않을 수 없었다. 종교와 군대를 이렇게 해치우고 나니 이젠 정부와 영국은행만 남았다. 그래서 그녀는 과감하게 그들 쪽으로 향했다. 롤랑은 전혀 눈에 띄지 않음으로써 더 잘 눈에 띄는, 대단히 영국적인 예술을 완벽한 경지까지 밀고 나간 인물이다. 그는 몇 년 전부터 별 볼 일 없는 관청의 수장으로 있었는데, 번득이는 지성과 개성의 부재, 눈에 띄지 않는 모습, 완벽하게 무미건조한 그의 성격이 총리의 관심을 끌었다. 사람들은 그가 에덴의 뒤를 이어 외무부의 수장이 될 거라고들 말했다. 보수당은 심지어 랩 버틀러보다 그를 선호하는 것 같았고, 이미 그를 맥밀런의 경쟁자로 보았다. 그의 평범함은 영국 사람들이 큰일을 할 때 기대하는 그런 특성이었다. 레이디 L은 진짜 귀족이 권력을 열망할 수 있다는 건 믿기 힘든 일이라고 생각했다. 서민이 내각에 들어가고 싶어 하는 건 당연하지만, 글렌데일 공작의 맏아들이 그렇게 스스로를 낮출 수 있다는 것이 그녀에겐 정말이지 충격적인 일처럼 보였다. 통치하는 건 집사의 일이었고, 민중이 제 하인을 선택하는 건 당연했다. 어쨌든 그것이 민주주의였다. 그녀는 롤랑에게 그의 아내와 아이들이 그 자리에 있는 걸 모르는 척 그들 소식을 물었고, 롤랑은 인내심을 발휘해 흥미 없는 정보를 그녀에게 주었다. 왜냐하면 그것이 그들이 나눌 수 있는 유일한 대화 주제였기 때문이다.

이제 거의 끝났다. 〈태틀러〉나 〈일러스트레이티드 런던 뉴스〉 표지에 싣기 위해 매년 왕실 사진작가가 찍는 의례적인 초상화와 작별 인사가 남았지만 작별 인사는 짧을 것이다. 그러면 크리스마스 때까지는 이들을 안 봐도 될 것이다. 그녀는 담배에 불을 붙였다. 그녀는 사람들 앞에서 담배를 피울 수 있게 된 것이 이상하면서도 재미있다고 늘 생각했다. 이 일이 요즘엔 예사로 받아들여진다는 생각에 익숙해지지 않았다. 그녀의 손자들은 잡담을 계속했고, 이따금 그녀는 아이들이 하는 말을 듣고 있다는 듯이 우아하게 고개를 기울였다. 그녀는 아이들을 좋아한 적이 없었는데, 아이들 중 몇몇의 나이가 이젠 마흔을 넘었기에 이 광경은 꽤나 우스꽝스러웠다. 그녀는 아이들에게 다른 데 가서 놀라고, 그들의 유치한 놀이로, 그들의 은행으로, 국회로, 클럽으로, 사령부로 돌아가라고 말하고 싶었다. 아이들은 어른이 되면서 특히 골치 아픈 존재가 된다. 자기들의 '문제'를 가지고 당신을 괴롭힌다. 세금, 정치, 돈 따위의 문제로. 요즘 사람들은 여자들 앞에서 돈 얘기를 꺼내는 것을 거북해하지 않는다. 옛날 사람들은 돈 걱정을 하지 않았다. 사람들에겐 돈이 있든지 아니면 빚이 있었다. 요즘은 여자들을 점점 더 남자들과 동등한 존재로 간주한다. 그래서 해방된 건 남자들이다. 여자들은 이젠 군림하지 못한다. 매춘도 금지되었다. 이젠 처신하는 법을 아는 사람도 없었다. 미국인을 만찬에 데려오지 않는 것만 해도 다행이었다. 그녀가 젊었을 때는 미국인이란 그저 존재하지 않는 사람들이었다. 아직 발견되지 않은 존재였다. 몇 년 동안 〈타임스〉를 읽어도 미국에서 돌아온 탐험가들의 탐방 기사 몇 건 외에 다른 건 접할 수 없었다.

그녀를 위해 안락의자가 준비되어 있었다. 45년째 똑같은 의자였고, 언제나 같은 자리에, 로렌스가 그린 디키의 초상화와 볼디니가 그린 그녀의 초상화 아래 놓여 있었다. 그리고 벌써부터 사진작가는 게루빔 천사 같은 엉덩이를 살랑대며 그녀 주위를 나비처럼 날아다니고 있었다. 요즘은 온통 호모들뿐이다. 왜 그런지는 신만 알 것이다. 그녀는 예쁜 남자들을 끔찍이 싫어했다. 남자들을 너무 좋아해서 남자들이 다른 모습일 수 있다는 걸 생각조차 할 수 없었다. 물론 그녀가 젊었을 때도 예쁜 남자들은 있었지만, 그들은 자신들을 드러내지 않았고 덜 살랑거렸으며, 그들의 작은 엉덩이도 표현이 훨씬 조심스러웠다. 그녀는 젊은 남자를 향해 거부의 눈길을 던졌고, 그에게 뭔가 불쾌한 말을 할까 말까 생각했다. 아무리 그래도 여기까지 스키아파렐리 향수를 풍기는 건 대단히 파렴치한 행동이었다. 그러나 그녀는 참았다. 그녀는 자신이 속한 계층 사람들만 모욕했다. 사진은 내일 신문마다 실릴 것이다. 매년 그래왔으니까.

그녀는 영국에서 가장 위대한 이름 가운데 하나를 가졌고, 오랫동안 기상천외한 행동으로, 그리고 어쩌면 미모로도 여론을 놀라게 하고, 분개하게 만들고, 심지어 빈축을 사기도 했다. 그녀가 프랑스 출신이라는 사실이 어떤 점에서는 그녀의 빼어난 완벽성에 대한 해명이 되었고 지대한 관심을 끌었다. 그러나 너무 도를 넘지는 말아야 했다. 그래서 그녀는 궁정을 위해, 그리고 혼란을 좋아하지 않는 사회를 위해 여행을 많이 했다. 오래전부터 사람들은 그녀에게 모든 걸 용인해주었다. 어떻게 보면 그녀는 국가 자산에 속했다. 예전에 그녀의 성격에서 상궤를 벗어난 것으로 간주되던 점이 이젠 매우 영국적이고 매력적인 독창성으로 존중받았다. 그래서 그녀는 지팡이 손잡이에 손을 얹은 채 사람들이 기대하는 자세를 취하고 안락의자에 자리를 잡았다. 늘 그녀의 속마음을 살짝 드러내는 미소를 억누르려고 애쓰기까지 했다. 정부가 그녀의 오른편에 자리를 잡았고, 교회는 왼편에, 영국은행과 군대는 그녀 뒤쪽에 섰으며, 나머지는 중요도에 따라 세 줄로 자리를 잡았다. 사진 촬영이 끝나자 그녀는 다시 차 한 잔을 받아 들었다. 정말이지 이것이 영국인들과 할 수 있는 전부였다.

그때 "여름 별채"라는 말이 귀에 들어와 즉각 그녀의 주의를 끌었다. 말을 하고 있는 사람은 롤랑이었다.

"이번에는 정말 어쩔 도리가 없을 것 같습니다. 그곳에 고속도로를 내기로 결정이 났어요. 봄이 오기 전에 허물어야 할 겁니다."

레이디 L은 찻잔을 내려놓았다. 그녀의 가족은 벌써 몇 년째 별채와 주변 땅을 팔도록 그녀를 설득하고 있었다. 세금이 너무 과중해졌고 관리하는 데에도 문제가 많다는 둥 온갖 객설을 늘어놓았다. 그런 우스꽝스러운 말에 그녀는 전혀 괘념치 않았고, 그에 관한 모든 토론을 어깨를 한 번 으쓱하는 것으로 일축했다. 이런 태도에 대해 사람들은 "매우 프랑스적"이라고들 말했다. 정부는 그곳을 수용하기로 이미 의결했다. 공사는 이번 봄에 시작될 것이다. 별채는 선고를 받은 셈이다. "물론 보상금이 나올 겁니다……." 그가 안심시키는 어조로 결론 내리듯 말했다. 그녀는 그를 무섭게 쏘아보았다. 보상금이라니! 그녀의 유일한 존재 이유를 잃게 될 사태인데 저 빌어먹을 멍청이는 보상금 타령이나 하고 있다니.

"다 헛소리야. 그러도록 내가 가만히 있지 않겠어."

그녀가 단호하게 말했다.

"안타깝지만 우리로선 어쩔 도리가 없어요. 나라의 법에 맞설 수는 없잖아요."

헛소리! 법은 바꾸면 돼. 그러라고 있는 게 법이야. 그녀는 그들에게 이미 골백번도 넘게 말했다. 별채가 그녀에겐 정서적으로 큰 가치를 지닌 곳이라고. 어쨌든 아직은 보수당이 권력을 쥐고 있었다. 그들과는 친구 사이가 아니던가. 그러니 이런 작은 문제쯤은 굳이 그녀를 끌어들이지 않고도 그들이 해결할 수 있었다.

그녀는 문제가 해결된 줄만 알았다. 그녀에겐 순리를 따르려는 버릇이 있었으니까. 그래서 사실이 그렇지 않다는 것을 확인하고서 그녀는 충격을 받았다. 가족이 다시 요구해왔다. 그들은 존경심과 이해심을 잔뜩 보이며 정중하게 굴었지만 단호했다. 어쨌든 땅은 국가 소유가 될 겁니다. 선거를 앞두고 명사들을 공격할 기회만 시시탐탐 노리고 있는 신문들이 한 내각 일원의 가족, 이 나라의 대가문들 가운데 하나가 새 고속도로 건설에 반대해 국가 발전에 득이 될 계획을 좌초시키고 있다고 떠들어댄다면 노동당에는 얼마나 좋은 일이겠어요. 사회주의자들이 "특권층"이라고 부르는 사람들을 지금까지도 충분히 공격해왔는데 더 빌미를 줄 행동은 하지 말아야 않겠어요. 별채는 돌이킬 수 없는 선고를 받은 처지였다.

"노블레스 오블리주."

보수당에서 가장 자신만만한 웅변가다운 상투적인 기교를 발휘하며 롤랑이 말했다. 그는 예리한 표정을 지었다. 평소 실력 이상의 연기를 할 모양이었다.

"민주주의 체제일수록 더더욱 노블레스 오블리주가 필요합니다."

레이디 L은 민주주의가 옷 입는 방식의 하나일 뿐 다른 것이라고 생각한 적은 없었지만, 그들에게 충격을 줄 때가 아니었다. 그녀는 그들을 상대로 한 번도 한 적 없는 행동을 했다. 연민을 불러일으키려고 시도한 것이다. 그동안 별채에 모아온 물건들 없이는 난 살 수 없다. 그 물건들과 떨어진다는 건 생각조차 할 수 없는 일이다. 그렇다면 그러서야죠. 물건들은 다른 곳으로 옮기면 됩니다.

"다른 곳으로 옮긴다고?"

레이디 L이 말을 반복했다.

갑자기 그녀는 공포에 가까울 만큼 혼란스러운 감정을 느꼈고, 그 낯선 이방인들 앞에서 울지 않으려고 애를 써야 했다. 다시 한 번 그녀는 그들에게 모든 걸 말하고 모두에게 진실을 외쳐 그들의 오만과 거드름을 벌하고 싶었다. 그러나 그녀는 자신을 통제할 줄 알았다. 정말이지 그 때문에 일평생의 작업을 일순간에 무너뜨릴 수는 없었다. 그녀는 일어나서 어깨를 숄로 감싸더니 도도하고 경멸 어린 눈길로 주위를 훑고는 아무 말 없이 그곳을 떠났다.

그들은 그녀가 그렇게 갑작스레 떠난 것에, 그녀의 행동과 눈길에서 본 혈기 넘치는 젊음에 놀라 당황했다. 관대하고 장난기 어린 표정을 짓고들 있었지만 살짝 불안해 보였다.

"늘 조금은 상궤에서 벗어나시잖아요. 안 그래요? 가련한 할머님, 시대가 변한 걸 이해 못하셔."

2

퍼시 경은 당연히 그녀를 따라 나왔고, 그녀를 안심시키려고 가슴 뭉클할 정도로 애썼다. 총리를 만나보겠다, 〈타임스〉에 편지를 써서 공권력의 폭력에 항의해보겠다. 그녀는 다정스레 그의 팔짱을 끼고 눈물 너머로 그에게 아름다운 미소를 지어 보였다. 그녀는 자신이 준 다정한 미소들이 퍼시에겐 삶에서 최고의 순간들이며, 아마도 그가 그 미소 하나하나를 기억할 것이라는 걸 알았다.

"나의 다이앤……."

"퍼시, 제발 부탁이니 잔을 내려놓으세요. 손을 떨고 계시잖아요. 그러면 노인 같아 보여요."

"당신이 우는 걸 보면 내가 스무 살이었더라도 떨었을 겁니다. 이건 나이와는 아무 상관 없는 일입니다."

"좋아요. 잔을 내려놓고 내 말을 들으세요. 난 끔찍한 상황에 처해 있어요……. 당신 무릎까지 떨리기 시작하는군요. 당신이 충격으로 쓰러지는 일은 없어야 할 텐데요. 혈압은 어떠세요?"

“무슨 그런 걸! 얼마 전에 하틀리 경에게 머리부터 발끝까지 검진을 받았습니다. 나더러 아주 건강하다고 했어요.”

“잘됐군요. 곧 충격받을 준비를 하셔야 하니까요.”

계관시인은 살짝 몸이 굳었다. 그녀가 어떤 예리한 창을 던질지 전혀 알지 못했다. 그는 늘 그랬다. 40년 가까이 거의 항상 그녀 곁을 지키다 보니 그의 얼굴엔 언제나 불안하고 두려운 표정이 실려 있었다. 퍼시가 고통받는 걸 좋아하는 건 사실이었다. 모든 나쁜 시인이 그렇다. 그들은 상처를 좋아한다. 그 상처가 너무 깊지만 않다면. 퍼시의 경우엔 상처를 주는 사람이 매우 고귀한 귀부인이라는 사실이 그에게 사회적으로 성공했다는 달콤한 느낌까지 덤으로 얹어주었다. 게다가 그는 오직 이루어질 수 없는 정신적 사랑밖에 알지 못했다. 만약 그녀가 자신을 허락했다면 그는 바로 스위스로 달아났을 것이다. 그렇지만 레이디 L은 이런 그를 우스꽝스럽다고 여기지 않았다. 40년이나 당신을 사랑할 수 있는 남자는 우스꽝스러울 수 없다. 이 가련한 사내는 현실에 질겁하는, 대단히 고상한 기질의 소유자들처럼 맹렬하고 집요하게 덕성과 순수함에만 집착했기에 그에게 사랑이란 오직 영혼 간에 이루어지는 것이었고, 거기에 손이라든지 그 밖에 다른 무엇을 섞는다는 생각은 절대로 하지 못했다.

“날 도와주실 거죠, 퍼시? 아주 뭐랄까요…… 소중한 물건들을 안전한 장소로 옮기도록 말이에요. 매우 위험하지만 제가 정말 아끼는 물건들이에요. 내게는 정서적으로 큰 가치를 지닌 물건들이죠. 이번만큼은 이해심 많은 모습을 보여주시면 좋겠어요. 당신이 너무 놀라지 않도록 최선을 다해볼게요.”

"나의 다이앤, 난 조금도 불안하지 않아요. 당신께서 당신의 명성과 고귀한 이름을 해치도록 행동하시는 걸 단 한 번도 본 적이 없으니까요……."

레이디 L은 은밀히 그를 쳐다보았고, 그녀의 입술엔 가벼운 미소가 떠올랐다. 꽤나 재미있겠는걸.(Ça va être assez marrant.) 그녀는 문득 이런 생각을 했고, 사용할 기회가 정말 드문 프랑스어 표현이 이렇게 쉽게 떠오르는 데 흠칫 놀랐다.

두 사람은 티치아노와 베로네세의 그림들이 미술관 같은 분위기 속에 꽁꽁 얼어 있는 푸른 살롱을 가로질렀다. 높은 천장과 웅장한 규모가 그곳 분위기를 유난히 견디기 힘들게 만들었다. 마치 크고 육중한 돌에 "신이시여 왕을 지켜주소서"^{영국 국가 〈God Save the King〉을 가리킴}라고 새겨놓은 것 같은 분위기였다. 밴브루는 왕궁들을 건설하면서 언제나 기쁨과 쾌락과 가벼움과 빛에 대한 자신의 혐오를 자유롭게 드러냈는데, 그가 오래 살지 않아 많은 것을 건축하지 못해서 영국 섬이 그의 작품들의 육중한 무게에 짓눌려 바닷속으로 가라앉지 않은 건 참으로 다행한 일이었다. 레이디 L은 그에 맞서 용감하지만 보잘것없는 투쟁을 벌여왔다. 그녀의 이탈리아 트롱프뢰유 그림들, 티에폴로와 프라고나르 작품들이 무거운 벽을 가볍게 만들어보려고 애썼지만 헛수고였다. 그 싸움에서 승리한 건 밴브루여서 글렌데일 하우스는 여전히 영국인들의 감탄과 자랑의 대상이었고, 밴브루의 건축물은 민족의 전통적 품성과 덕목의 본보기처럼 얘기되었다. 어쩌면 그녀가 지나치게 여성적이어서 이 나라에서 이렇게 오랜 세월을 보내고도 웅장함과 장엄함과 견고함을 제대로 평가하지 못하는 건지도 몰랐다. 그녀는 천재성보다는 재능을 선호했고, 예술과 인간에게 세상을 구하라고 요구하는 것이 아니라 다만 더 쾌적하게 만들어주기를 요구했다. 그녀는 우리가 눈길로 다정하게 어루만질 수 있는 작품들을 좋아했지, 존경심에 고개를 숙여야 하는 작품들을 좋아하지 않았다. 불멸을 좇느라 몸과 영혼을 바치는 천재들은 세상을 제대로 구하려고 세상을 파괴할 준비가 되어 있는 이상주의자들을 떠올리게 했다. 그녀는 이미 오래전에 이상주의 그리고 이상주의자들과 결판을 냈지만, 은밀한 상처는 아물지 않아서 **그들의 암캐가 낳은 새끼 한 마리를 늘 품고 있었다.**복수할 마음을 품고 있었다는 뜻. 그녀는 자신이 좋아하는 이 프랑스어 표현을 영어로는 옮기지 못했다.

그들은 정문 계단을 내려와 밤나무 산책로를 따라갔다. 작은 정글에 둘러싸인 별채까지 거리는 800미터 남짓이었다. 제멋대로 자라도록 방치해둔 그 정글은 어떤 정원사도 건드릴 권한이 없었다. 그녀가 평생 살면서 알았던 그 모든 경이로운 정원 가운데 이 야생적인 구석이야말로 그녀에게 가장 소중한 곳이었다. 그곳에선 잡초들도 환영받았고, 덤불과 가시덤불이 오솔길을 침범했으며, 땅의 속된 수액이 멋진 계절마다 자유롭게 분출되었다.

해는 기울었고, 늘 짧게 깎여 있는 고상한 잔디와 산책로 위에는 나무들이 늘어서 있었다. 나뭇잎은 아직까지 아주 푸르러 보였는데, 다만 빛이 닿을 때만 황금빛 완숙미를 드러냈다. 정원은 머리도 정갈하게 손질했고 옷도 매우 단정하게 차려입고 있었다. 연못 주위로 정묘하게 그려진 꽃밭, 장미나무들이 서로 일정한 거리를 지키며 자라나 은은한 향기를 풍기는, 참으로 적절하게

'영국의 오후'라는 이름이 붙여진 장미차밭, 다소곳이 천을 두른 비너스 조각상들과 규방보다는 유아원이 떠오르는 큐피드들, 평화로이 크로케 게임을 할 사람을 기다리는 듯한 잔디, 절제되고 단정한 이 모든 세계가 오래전부터 친숙해서 그녀는 점잖은 평온에 이제는 화가 치밀지 않았다. 그녀는 매일 자신의 정글로 가기 위해 그 정원을 가로질렀지만 더는 거기에 주의를 기울이지 않았다. 그렇지만 연못가에는 멈춰 섰고, 두 마리 흑조에게 미소를 지었다. 그러자 곧 녀석들은 수련 사이로 그녀를 향해 미끄러지듯 다가왔다. 그녀는 산책 때마다 늘 가지고 다니는 빵 조각—다람쥐들을 위한 개암도 들어 있었다—을 주머니에서 꺼내 그 멋진 동물들에게 주었다. 두 녀석의 목이 아라베스크 문양을 그렸고, 부리가 동시에 물속으로 잠수했다. 그러더니 이기적인 그 녀석들은 자기들을 감탄할 권리만 내주고 고마워하는 기색이라곤 없이 서서히 멀어져갔다. 레이디 L은 이 짐승들의 도도하고 무심한 태도를 좋아했다. 녀석들은 모든 것이 저희가 당연히 받아야 할 것임을 알았다. 그녀는 한동안 눈으로 녀석들을 좇다가 한숨을 내쉬었다.

"미리 말씀드리지만 내가 하려는 얘기는 사랑 이야기예요, 퍼시. 그러실 줄 알았어요. 그런 얼굴 하지 마세요. 세세한 사실은 최소한만 얘기하겠다고 약속할게요……. 혹여 불쾌한 기분이 들면 망설이지 말고 내 말을 끊으세요."

3

아네트 부댕은 모든 것에 흥미를 잃은 영혼들이 즐겨 찾는 유흥업소 '무셰트 어멈' 뒤쪽, 지르 거리의 막다른 골목에서 태어났다. 특히 당나귀, 아티초크, 양치기, 양파, 데이지 꽃, 장미잎, 욕조 속의 마라, 타라곤 향을 낸 겨자, 성벽 위의 나폴레옹, 보로디노 전투의 러시아 기병, 바스티유 탈환, 무고한 사람들 학살, 자연이 상상하지 못한 방식으로 벽에서 못을 뽑고 탁자에서 지폐를 줍는 일 등등이 유흥거리였는데, 『부르주아 악덕의 역사』라는 책에서 아르피츠가 꼼꼼하게도 묘사한 것들이다. 이 책은 언젠가 레이디 L이 런던 주재 프랑스 대사가 그 자신을, 그리고 자신이 대표하는 것을 너무 자만한다고 판단하고서 그에게 크리스마스 선물로 준 적이 있다. 아네트가 아주 어린 시절부터 겪어야 했던 최초의 정신적·지적 영향은 아버지로부터 받은 것이었다. 숙련된 식자공이었던 아버지는 종종 그녀 방으로 와서 침대에 앉아 하나뿐인 자식에게 세상에는 태양 외에 세상을 밝히는 빛의 근원이 딱 세 가지 있는데, 남녀노소 할 것 없이 모든 시민은 그것들을 위해 살고 죽는 법을 배워야 한다고 설명했다. 그 세 가지는 자유, 평등, 박애였다. 따라서 그녀는 아주 일찍부터 이 단어들을 증오하기 시작했다. 이 말들이 언제나 강한 압생트 술 냄새에 섞여 그녀에게 왔기 때문만이 아니라, 경찰이 자주 와서 아버지를 데려갔기 때문이다. 경찰은 기존 질서에 맞서 혁명에 나서도록 민중을 부추기는 사회 전복적인 전단지를 비밀리에 인쇄해 배포했다는 죄목으로 그녀의 아버지를 잡아갔다. 두 명의 경찰관이 그들의 판잣집에 찾아와 부댕 씨에게 수갑을 채울 때마다 아네트는 마당에서 빨래를 하는 어머니에게 달려가 알렸다.

"자유와 평등이 영감을 또 경찰서로 잡아갔어요."

감방이나 술집에 있지 않으면 부댕 씨는 인류의 지적·도덕적 상태를 한탄하며 시간을 보냈다. 그는 키가 크고 건장했으며, 콧수염이 있었고, 쉰 목소리는 걸핏하면 불평조로 바뀌었고, 세상을 개혁하고 싶어 했다. "모든 걸 깡그리 뒤엎고" "제로에서 다시 시작하고" 싶다는 것이 그의 말에 줄기차게 등장하는 표현이었다. 고상한 연설 말고는 아내를 도울 일이라곤 하지 않고 아내 혼자서 죽도록 일하게 내버려두었기 때문에 아네트는 아버지가 멋지다고 생각하는 모든 것을 싫어했고, 아버지가 규탄하는 모든 것을 존중했다. 그래서 훗날 그녀는 자신이 아버지에게 받은 교육이 인생에서 성공하게 해준 결정적 이유 중 하나였다고 말할 수 있었다. 사상 교사의 말을 주의 깊게 듣고, 그가 말하는 것마다 정반대를 받아들였기에 그 교육이 그녀에게 유용할 수 있었다. 왜 경찰청장을 암살해야만 하는지 부댕 씨가 양파와 싸구려 포도주 냄새가 실린 콧소리로 몇 시간째 설명을 하면 아네트의 눈에는 경찰청장이 밤마다 달콤하게 꿈꾸는 매혹적인 왕자로 둔갑했다. 아주 일찍부터 그녀는 아버지의 목소리를 싫어하게 되었다. 멋진 세상에 사는 사람들이 '무셰트 어멈'으로 고전적인 공연을 보러 올 때면 한밤중에 종종 그녀의 잠을 깨우던 당나귀 페르낭의 소리만큼이나 싫었다. 그러나 그녀가 무엇보다 싫어한 건 가족이 생존하는 데 필요한 몇 프랑을 벌려고 어머니가 하루에 열네 시간씩 일하는 것이었다. 새벽부터 밤까지 몸을 구부린 채 빨래를 하느라 일찍 늙어버린 여인을 보면 그녀 안에서 분노가, 가난한 사람들조차 봐주지 않는 가난에 대한 증오가 일었다. 그러는 동안 그녀의 아버지는 교육을 계속하며 부르주아들의 결혼 제도가 자본 독점의 전형적인 예라고 설명했다. "결혼은 도둑질이야." 그는 딸의 침대에 앉아 구두 단추처럼 동그랗게 뜬 눈으로 그녀를 쳐다보고 거대한 바퀴벌레 같은 콧수염을 매만지며 소리쳤다. "결혼은 인간의 자유와 양립할 수 없는 사유재산제의 한 형태야. 한 여자에게 계약으로 한 남자만의 것이 되라고 강요하는 건 봉건제도야." 그래서 아네트는 결혼과 사유재산을 꿈꾸기 시작했다. 아버지가 종교에 대해 말하며 신은 존재하지 않는다고 설명하거나 성모에 대해 생각하는 바를 늘어놓았을 때 그녀는 열심히 교회에 다니기 시작했다. 아내가 죽도록 일하는 동안 부댕 씨는 여성의 자기 결정권에 대해 숨이 차도록 잘난 척 떠들어대거나, 그저 이쑤시개를 물고 앉아 턱수염이나 나폴레옹 3세풍의 두툼한 콧수염을 매만지며 멍한 눈길로 무언가를 꿈꾸곤 했는데, 알고 보면 그 무언가는 언제나 그저 압생트 술 한 병일 뿐이었다. 아네트의 어머니는 남편이 바쿠닌과 크로포트킨의 신념에 전념하기 위해 식자공 자리를 버린 뒤로 세탁을 했다. 지르 거리의 건물 대부분이―적어도 손님들에게 시트를 제공하는 것이 좋다고 판단한 사람들은― 그녀에게 시트를 맡겼다. 레베스크 박사는 매춘에 관한 그의 책에서 지르 거리의 한 여성이 24시간 동안 치르는 성교가 40회에서 50회 사이일 거라고 추정했다. 이 수치는 국경일과 군대 퍼레이드가 있는 날 저녁이면 150까지 치솟기도 했다. 이런 점에서 보면 혁명 기념일인 7월 14일이 그 어느 날보다 성대하게 기념되고 바스티유 탈환이 사람들의 영혼에 여전히 식지 않는 열정을 일깨우고 있는 게 분명했다. 아네트는 매춘부들을 위해 장을 봐주면서 그들이 포주들의 덕성을 비교하고 손님들의 요구에 관해 얘기하는 것을 들었다. 그 모든 것이 그녀에겐 전문가들의 기술적 토론처럼 보였고, 벽에 기대서서 태연히 손님을 기다리는 여자를 보면 인류의 더러운 시트를 빠느라 몸을 구부리고 있는 어머니를 보는 것보다 한없이 덜 불쾌했다. 더구나 레이디 L은 생물의 성적 행동에서 선과 악의 준거는 결코 보지 못했다. 그녀에겐 도덕이 그 수위에 자리한 것 같지 않아 보였다. 아주 어린 나이부터 그녀가 보아온, 벽에 그려진 성기 낙서가 지금까지도 소위 영예로운 전쟁터보다 무한히 덜 외설스러워 보였다. 그녀에게 포르노그래피란 인간이 제 괄약근으로 할 수 있는 것들을 묘사하는 것이 아니라 이 땅을 피로 물들이는 정치적 극단주의였다. 손님이 매춘부에게 강요하는 요구들은 경찰 체제의 가학성 취미에 견주어보자면 순결함이요 순진함이었다. 감각의 음탕함은 사고의 음탕함에 비하면 아무것도 아니요, 성적 변태와 포르노 총서는 강박증을 끝까지 몰고 가는 사상의 편집광에 비하면 아무것도 아니었다. 요컨대 인류는 엉덩이보다는 머리로 불명예에 도달하기가 더 쉬웠다. 도덕은 쾌락과 화합하지 못한다. 창부들은 생라자르로 끌려가서 검사를 받았지만, 매독을 세습적이자 유전적인 타락으로 바꿔놓은 학자들은 덕의 수호자로 추앙받았다. 레이디 L은 철학적 사색에는 거의 관심이 없었고 정치에는 더더욱 관심이 없었다. 그런데도 처음으로 원자폭탄이 터졌을 때 그녀는 〈타임스〉에 편지를 썼는데, 세간을 떠들썩하게 만든 그 편지에서 그녀는 학문의 타락을 성욕의 타락과 비교했고, 하트웰의 학자들도 위생 카드를 발급받고 정기검진을 받는지, 정신 매춘도 다른 매춘과 마찬가지로 엄격하게 규제되고 통제되는지 물었다. 그녀는 장난기 어린 미소를 머금고 지르 거리를 종종 떠올렸다. 그곳의 악덕은 아직 작고 쉽게 충족되는 것이어서 피 흘리는 놀이 속으로 온 세상을 끌어들일 의향이 없었다. 그곳을 찾는 변태들은 보들레르식 가련한 악의 꽃의 불순한 향내 속에서 그저 몇 분 동안 공허를 길들이고 어루만지며 자기 파괴를 꿈꿀 뿐이었다. 밤이 내리면 피아노와 아코디언이 담 너머에서 가냘프게 한탄과 흐느낌을 속삭이는 동안 죽음이 목에 머플러를 두르고 이빨 사이에 꽃 한 송이를 문 채 가로등 아래에서 기다리고 있는 골목길을 배회할 뿐이었다. 레이디 L은 생각했다. '말하자면 다정하게 서로 사랑하는 두 마리 비둘기나 폴과 비르지니만큼 평범하고 의례적인 세계였지.'

그러니까 아네트의 교육을 책임진 건 그녀의 아버지였는데, 그가 『아나키의 원칙들』에서 발췌한 내용을 그녀에게 암송시키기 시작했을 때 그녀 나이는 여덟 살이었다. 곧 그녀는 다른 아이들이 라퐁텐의 우화를 암송하듯이 사회혁명 호소문들을 아버지 앞에서 낭송했다. 부댕 씨는 흡족한 표정으로 들으면서 이따금 고개를 끄덕이고 시가를 피웠다. 독하고 역한 시가 냄새가 아이의 속을 메스껍게 했다. 그녀의 어머니는 마당에서 힘들게 일했고, 아버지는 정의에 관해, 인간의 천부적 존엄에 관해, 세상 개혁에 관해 말했다. 그가 마당으로 내려가 아내를 도왔더라면 아네트는 암송 숙제와 관련해 덜 고통스러운 기억을 갖게 되었을지도 모른다.

아네트가 열네 살 때 어머니가 죽자 아버지는 딸이 뒤를 이어 세탁 일을 맡는 것을 당연하게 여겼다. 얼마 동안 그녀는 그 일을 했는데, 그저 갈피를 잡지 못해 거역할 생각을 하지 못한 것이다. 그 덕에 빵도 압생트 술도 떨어지지 않아 부댕 씨는 어린 딸의 교육에 계속 전념할 수 있었다. 그는 가족이며 사회가 폐지되고 난 후의 인류의 미래를 찬란한 말로 묘사했다. 모든 억압으로부터 자유로워진 개인은 마침내 타고난 아름다움 속에 활짝 피어날 것이고, 우주적 조화가, 영혼과 육신과 정신의 조화가 이 땅을 지배하게 될 것이라고 말했다. 압생트 술의 작용으로 부댕 씨가 이상주의를 너무 높이 추구하는 바람에 결국 그녀는 아버지가 넘어져서 다치지 않도록 옷을 벗기고 눕혀야만 했다. 그런데 가족 제도에 반대하는 이론가의 공격은 곧 한층 더 구체적이고 명백해졌고, 딸은 그가 자식과 부모를 부르주아적 도덕의 구속으로부터, 그들을 묶는 편견으로부터 어떻게 해방시키려 하는지 확실히 보게 되었다. 그 일이 벌어졌을 때 아네트는 욕설을 뱉고 벌떡 일어나 침대 밖으로 뛰쳐나와서는 방망이를 집어 들어 자신을 낳은 작자의 머리를 몇 대 호되게 쳤고, 부댕 씨는 술병을 팔에 낀 채 황급히 내뺐다. 그녀는 문을 열쇠로 잠그고 침대 속에서 한참을 눈 뜬 채 있다가 잠들었고, 경찰청장과 교황과 정부를, 그녀의 아버지가 싫어하는 모든 것을, 그래서 그녀에겐 경이로워 보이는 모든 것을 꿈꿨다. 그녀는 절대로 울지 않았다. 그녀에게 눈물은 부잣집 아이들이나 누리는 특권이었다. 언젠가는 그 특권을 손에 넣어 울 수 있게 되겠지만 당장 그 사치를 누린다는 건 생각조차 할 수 없는 일이었다. 아네트는 빨래통 앞에서 계속해서 죽도록 일할 생각도 결코 없었다. 그래서 포주들과 여자들이 그녀처럼 젊고 아름다운 여자가 먹고살기 위해 할 법한 일을 하도록 요구했을 때 완강히 거부하고서 스스로도 놀랐다. 아네트를 막은 건 수치심도 양심의 가책도 아니었다. 다만 그녀에겐 청결에 대한 뼛속 깊은 애착이, 거의 감상적인 애착이 있었다. 어쩌면 그건 단지 그녀가 세탁장에서 길러졌기 때문인지도 몰랐다. 그녀는 고급 주택가에서, 여성용 모자 매장에서, 제과점과 카페에서 일자리를 구해보려고 애썼다. 그러나 너무 예쁜 그녀를 주인들은 가만히 놓아두지 않았고, 그녀가 거절하면 내쫓았다. 그녀는 머리가 명석했고, 프랑스식 양식良識을 지녔으며, 평생 그것을 잃지 않았다. 그래서 곧 거리에서 끝을 내느니 거리에서 시작하는 편이 낫다는 결론에 이르렀다. 그녀에겐 햇빛이 들지 않는 거리의 가장 어두운 구석에 웅크리고 앉은 늙은 여자들을 보는 것보다 더 슬픈 건 없었다. 그녀의 첫 손님이 만족했다기보다 놀랐다는 건 분명했다.

"난 운이 좋았어요. 아무 병에도 걸리지 않았으니까요."

레이디 L이 말했다.

계관시인은 갑자기 조각상으로 변한 것 같았다. 연못 주위와 꽃밭엔 다른 조각상들도 있었다. 다이앤과 아폴론, 비너스와 판. 그러나 퍼시의 조각상이 훨씬 더 잘 어울렸다. 그는 그곳 잔디 위에 지팡이를 짚은 채 굳어 있었고, 공포의 빛이 서린 그의 푸른 눈은 퍽 아름다워 가히 볼만했다. 마침내 그가 격렬한 무언가를 느낀다는 느낌이 들었다. 레이디 L은 곁눈으로 그를 살폈다. 이 사랑스러운 퍼시는 왕실 아카데미 회원의 솜씨로 조각한 자신의 조각상을 갖게 되길, 자신이 머리에 월계관을 얹은 모습으로 대리석에 조각되어 어느 우아한 정원 한가운데 세워지길 은밀히 꿈꿔왔다. 이제 대략 그 꿈이 이루어진 것 같은데…… 저런, 저 얼빠지고 격분한 표정은 그가 후대에 남기고 싶어 할 표정은 아닌 것 같다. 하지만 모든 것을 다 이룰 수는 없는 법 아닌가.

"뭐라고요?"

그가 마침내 말했다.

"아무 병에도 걸리지 않았다고요. 내가 늘 최고의 건강 상태였다고 말했어요."

"어쨌든 다이앤, 난 도무지 무슨 관계인지 모르겠어요. 당신이 얘기해야겠다고 느끼는 그 가련한 아이와 그리고……"

"나와 말이죠? 물론 이젠 아무 관계도 없어요."

레이디 L이 말했다.

계관시인은 대단히 못 미더운 눈길로 그녀를 쳐다보았지만 아무 말도 하지 않았다.

아네트는 손님들을 자기 집으로 데려갔고, 부댕 씨는 그에게 결핍을 면하게 해주는 돈이 어디서 나오는지 모르는 척하며 계속해서 인간 영혼이 품는 불멸의 열망들에 관해 말했다. 그녀는 얼마 동안은 참아냈지만, 그가 가족 관계를 무너뜨려야 할 필요성에 관한 자기 이론을 다시 행동으로 옮기려 하자 욕설을 퍼붓고 다시는 집에 발을 들여놓지 말라는 금지와 함께 그를 내쫓았다. 그러자 부댕 씨는 가족제도에 맞선 자신의 공격은 깜빡 잊고 딸의 배은망덕과 하나뿐인 자식이 아버지에게 보이는 잔인함에 대한 증인으로 하늘을 들먹였다.

몇 달 뒤 등에 칼이 꽂힌 부댕 씨의 시신이 센 강에 떠다니다 발견되었다. 보아하니 그는 아나키스트 친구들을 경찰에 밀고해 끄나풀이자 선동자가 된 모양이었다. 아네트는 경찰서에 불려갔고 고인의 개인 물품 몇 가지를 건네받았다. 그녀는 고결한 분노의 표현을 머금은 채 굳어버린 아버지의 얼굴을 힐끗 쳐다보고는 대기하고 있던 두 경찰관 쪽을 돌아보았다. 그들은 그녀의 오랜 친구인 자유와 평등이었다. 그녀는 가방에서 20수짜리 동전 세 개를 꺼내 두 사람에게 하나씩 주고, 마지막 동전을 탁자 위에 던지며 말했다.

"이건 박애의 몫이에요."

그러곤 밖으로 나왔다.

이날 저녁—5월의 저녁 공기에서 감미로움과 가벼움이 느껴져 그녀는 노래를 하고 싶은 기분이 들었다—아네트는 손님을 기다리고 선 거리에서 르네 라 발즈라는 별명을 가진 젊은 불량배가 그녀를 향해 다가오는 것을 보았다. 이 동네에서 성스러운 인물로 평판이 나 있는 사람이었다. 그는 삶에서 기쁨을 주는 것 외에 다른 목표라곤 갖고 있지 않았고, 거기에 자신의 건강마저 바쳤다. 르네 라 발즈는 결핵으로 몸이 피폐해졌지만 그래도 여전히 지르 거리 최고의 자바 춤꾼이었다. 그는 모자를 눌러쓰고 꽃한 송이를 이 사이에 물고 몇 시간 동안 춤을 출 수 있었다. 그러곤 길가에 앉아 천식 환자처럼 숨을 쌕쌕거리며 슬프게 중얼거렸다. "의사가 나더러 춤추지 말라더군. 내 병에 안 좋은 모양이야." 그러나 아코디언이 다시 소리를 높이면 그는 벌떡 일어나 공중에서 발뒤꿈치를 부딪쳤고, 무대로 달려 나가 새벽까지, 또는 아주 지독한 기침이 발작해 춤추다 말고 그 자리에 꼼짝 못하게 굳어버릴 때까지 춤을 추었다.

그를 보면 아네트는 늘 기쁘게 미소를 지었다. 그는 한 마리 새였다. 스물다섯 살에 영원히 날아갔는데, 그 뒤로는 아코디언 소리도 결코 예전 같지 않았다. 그러니까 이날 저녁 르네 라 발즈는 잔뜩 흥분해서 그녀에게 달려왔는데, 그를 들뜨게 만든 건 춤곡이 아니었다.

"이리 와봐, 아네트. 르퀴르 씨가 널 보고 싶어 해."

아네트는 가슴에 손을 얹고 눈을 감은 채 한참 그대로 있었다. 그러다 르네 라 발즈에게 달려가 그의 두 뺨에 입을 맞췄다. 언젠가는 행운이 자기에게 미소를 지으리라는 걸 그녀는 늘 알고 있었다. 물론 아직은 경찰청장도 아니고 교황도 아니고 정부政府도 아니었지만, 그녀에게 자기 앞에 출두하라고 명령한 사람은 그 당시 사회에서 중요한 자리를 차지하고 있었다.

실제로 그 시절 알퐁스 르퀴르의 영향력은 절정에 달해 있었다. 경찰서장 마니앙이 훗날 회고록에서 "파리에서 가장 멋진 불량배"라는 영예로운 지위를 붙인 이 인물은 바스티유에서 포주로 경력을 시작해 점차 활동 영역을 넓혔다. 마니앙 경찰서장은 그가 한때는 파리의 모르핀 무역을 사실상 독점했으며, 1885년경 그를 위해 일한 여자들의 수가 오백 정도로 추산된다고 평가했다. 그가 야망에 한계를 둘 줄 알아서 깡패 집단의 황제로만 남으려고 했더라면 아마도 부유하게 존경을 받으며 죽었을 것이다. 그는 파리의 최고급 클럽들에서 도박으로 재산을 탕진했고, 마레 구역의 개인 저택에서 성대한 파티를 열었으며, 경주마 마사를 소유했고, 여러 명의 권투 선수들을 관리했는데, 그중 가장 유명한 선수는 1887년에 잭 실버를 녹아웃시킨 아르구탱이었다. 르쾨르는 그 선수들의 시합을 손님들과 함께 관람했다. 그의 손님인 영국 귀족들과 파리 사회의 젊은 명사들은 깡패라도 스타일이 있고 돈을 쓸 줄 안다면 함께 어울리는 데 개의치 않았다. 경찰은 그를 대단히 조심스럽게 다루었다. 왜냐하면 그가 이제 막 첫발을 내디뎌 부패를 알아가기 시작한 제3공화국의 가장 저명한 인사 몇몇을 협박할 수 있는 인물임을 알고 있었기 때문이다. 제3공화국은 그에게 꽤나 긴 경력을 보장해줄 것이었다. 마니앙은 자신이 바스티유라는 비참한 개천에서 파리의 거물급으로 승격하기까지 르쾨르가 영국제 재킷 속에 늘 품고 다니는 칼을 솜씨 좋게 휘둘러 그의 경쟁자들 중 적어도 열둘은 처치해주었다고 대놓고 말했다. 르쾨르는 거인처럼 컸고, 알마 다리의 호위병들만큼이나 어깨가 넓었다. 살집 있는 용모에 육중한 머리가 거인의 몸에 얹혀 있었다. 뺨은 벽돌색이었고, 밀랍을 입힌 듯한 시커먼 콧수염과 함께 짙은 눈썹이 그의 얼굴을 가로지르고 있었다. 한곳을 뚫어져라 쳐다볼 때 그의 눈은 야릇하게 빛났다. 홍채와 동공이 똑같이 검은색 가운데 한데 뒤섞였다. 그는 영국의 최신 유행을 좇아 스포티한 의상으로 눈에 띄게 차려입었다. 검은색과 갈색의 체크무늬 양복, 금줄을 단 짙은 빨강색 비단 조끼, 넥타이에 꽂은 다이아몬드 핀, 손가락에 낀 루비 반지. 사람들은 그가 이런 차림으로 쿠페를 타고 대로를 활보하는 걸 보았다. 그는 갈색 중절모를 눌러쓰고 황금색 손잡이가 달린 지팡이 위에 두 손을 모으고 입에 시가를 문 채 시무룩한 표정으로 꼼짝 않다가 이따금 어둠이 깃든 눈길로 주위를 둘러보았다. 그리고 떼어놓을 수 없는 단짝을 항상 옆에 끼고 다녔다. 르쾨르 곁에서 더욱 키가 작아 보이는 이 단짝은 예전에 아일랜드 출신 기수騎手였는데, 전에는 '사퍼'라는 이름으로 알려졌으나 파리의 깡패 집단이 훨씬 친근하고 긴 '사페르리포페트saperlipopette, '제기랄' '빌어먹을' 등을 뜻함'라는 별명으로 바꾸어놓았다. 그의 얼굴은 좁고 기다랗고 슬펐으며, 파리한 파란 눈은 원망과 후회가 뒤섞인 묘한 표정으로 굳어 있었다. 그는 머리가 항상 한쪽으로 기울어져 있었고, 상체 전체를 흔들지 않고는 머리를 움직이지 못했다. 예전에는 영국에서 가장 유명한 기수 중 하나였으나 파리의 '그랑프리 뒤 부아' 경주 때 목이 부러지고 말았다. 알퐁스 르쾨르가 어느 날 그를 거두어들였는데, 어쩌면 점점 더 두드러지게 큰 것을 갈구하는 그의 광적인 열망 때문에 목 비뚤어진 키 작은 기수를 옆에 두면 상대적으로 더 위압적으로 보이는 데서 만족감을 얻었던 것인지도 모른다.

이 두 남자가 지르 거리의 가로등 아래에 선 아네트를 훑어보고 있었다. 한 남자는 말없이 그녀를 관찰하면서 어두운 표정으로 시가를 피웠고, 머리가 기울어진 다른 남자는 슬픈 새 같은 묘한 표정이었다. 그사이 르네 라 발즈는 모자를 벗어 손에 들고 어둠 속에서 공손하게 기다리고 있었다. 아네트는 알퐁스 르쾨르가 그녀에게 관심을 갖게 된 이유를 나중에야 알게 되었다. 아네트의 빼어난 미모와 타고난 기품은 오래전부터 프로들의 눈에 띄었다. 그런데 알퐁스 르쾨르가 생각하고 있던 계획엔 아름다움만으로 충분하지 않았다. 민첩한 재기, 빨리 배우고 모든 걸 기억해내는 능력, 야심과 큰 용기가 반드시 필요했다. 이즈음 알퐁스 르쾨르의 이력은 뜻하지 않게 기이한 쪽으로 방향을 돌렸다. 그를 집어삼킨 권력욕은 성공을 하고도 더욱 커져서 그 무엇으로도 채워지지 않았다. 깡패 집단을 통치한 10년이, 그가 가는 곳마다 불러일으키는 두려움이, 경찰 내부에 심어둔 인맥들이, 그에게 얹혀사는 모든 인간들의 아첨이 그의 머리를 살짝 돌게 만들었다. 자신이 평범한 인간들을 한참 뛰어넘고, 위대한 일을 수행하기 위해 태어났으며, 한마디로 초인 부류에 속하는데 그 재능을 제대로 사용할 줄 모르고 있다고 생각하게 만든 것이다. 그는 똑똑하지 않았고 책 한 권 읽어본 적이 없었다. 그래서 그는 자신의 범죄 이력에 사상적 변명을 제공해주고 사실은 그가 자신도 모르게 이상주의자였다는 걸 입증해주는 몇몇 목소리들에 흐뭇하게 귀를 기울였다. 그는 자신이 위대한 인간이라는 건 예상했지만 자신의 범죄 이력 전부가 기존 질서에 맞서는 길고도 격렬한 저항이었다는 건 결코 알지 못했다. 자신이 아나키스트이며 개혁가라는 건 알지 못했다. 그는 무심한 얼굴로 입에 시가를 문 채 자기 삶의 진짜 의미와 목표가 무엇이었는지 비상한 설득력으로 설명해주는 목소리를 몇 시간이고 들었다. 홀리는 목소리, 증오와 힘이 실리고 파괴와 구원을 노래하는 목소리. 그 목소리는 말했다. 당신이 무법자가 된 것은 모든 조직 사회, 모든 사회적 구속에 대한 증오 때문이다. 당신이 범죄를 택한 건 일반 대중을 억압하는 부르주아지에 보복하기 위해서였다. 그것이 당신이 할 수 있는 유일한 형태의 저항이었기 때문이다.

실제로 이 시대의 모든 증언이 하나같이 아르망 드니의 목소리에 실린 최면적인 힘을 인정했다. 젊은 시절 아나키스트 운동에 가담한 적 있는 체스 챔피언 구레비치는 『체스판의 기억』에서 아르망 드니의 목소리에 관해 이렇게 말했다. "그 목소리는 깊고 남성적이었으며, 논증을 통한 설득보다는 육체적 감염처럼 마음을 사로잡았다. 듣고 있으면 동의하고 싶은 마음이 절로 들었다. 거기에다 빼어난 외모까지 더해보라. 우리가 나폴레옹 기병대 장교들을 상상할 때 떠올리는 그런 외모였다. 맹수의 느낌을 풍기는 야성적인 곱슬머리, 짙고 강렬한 눈매, 반듯한 이마, 고양이처럼 살짝 나지막한 코. 어깨에서는 자신만만한 동물적인 힘이 뿜어져 나와 가까이 다가가는 사람들에게 그가 미치는 영향력은 자연스러운 결과처럼 보였다. 불행히도 20세기에 또 다른 예들을 겪게 될 그런 재능이었다. 언젠가 나는 크로포트킨이 런던에서 그와 만나고 나서 그에 관해 말하는 걸 들은 적이 있다. '그 사람은 영혼의 극단주의자입니다. 그가 자신의 열정을 우리 사상을 위해 사용하는 건지 아니면 우리 사상을 자신의 열정을 위해 사용하는 건지 모르겠더군요.'"

아르망 드니는 루앙의 부유한 포목상의 아들이었다. 그는 돈이 전부인 가정환경과는 대조적으로 독실하고 내면 깊이 신비주의적인 소년이어서, 리지외에 있는 예수회 중학교에 진학하기로 선택했다. 그곳에서 그는 기독교에 대한 소명 의식과 번득이는 지성, 놀라운 화술로 교사들에게 강한 인상을 남겼다. 그 후 파리 신학교로 보내졌는데, 바로 그곳에서 그의 신앙이 그를 버렸다. 아니, 더 정확히 말하자면 버림의 극단적인 형태는 그대로였지만 방향은 정반대였다. 그의 신앙을 갑자기 바꾸어놓고, 잘못을 바로잡기 위해 최후의 심판을 기다리지 않겠다는 확고하고 난폭한 결심을 그에게 심어준 건 그가 읽은 책들이라기보다는 권력을 쥔 부르주아지의 완전한 무관심 속에 가난과 불의가 펼쳐지는 곳, 파리의 빈민가였다고 그는 『저항의 시대』에서 말했다. 그는 종교 재판관들이 신에게 바쳤던 것과 똑같이 냉혹한 열정을 품고 인류에게 자신을 바쳤다. 구레비치는 말했다. "그는 절대성에 사로잡힌 사람 중 하나였다. 삶이라는 현상 자체와 모순되는, 절대성을 향한 욕구를 지닌 그런 존재였다. 이런 사람들은 인간 조건의 도덕적, 지적, 역사적, 그리고 심지어 생물학적 한계에 격분한다. 그들의 저항은 그저 대단히 아름다운 노래밖에 되지 못하고, 사실 그들의 철학은 시학이어서 '자본주의의 서커스장에서 재주를 부리는 서정적 어릿광대'라는 고리키의 유명한 표현이 그들에게 꼭 들어맞을 수 있겠다. 그들의 변증법적 극단주의는 때때로 부조리에 봉착하는데, 이에 관해 꽤 전형적인 일화를 예로 들 수 있다. 내가 직접 확인한 바로 아르망 드니는 뛰어난 체스 선수였지만 어느 날 내 앞에서 '무상無償'하다는 이유로 이 게임을 단죄했고, 칼데아 사제들이 대중의 성찰과 추론 능력을 추상적인 게임에 돌리려고, 그래서 현실을 물어뜯거나 기존 권력을 위협하는 방식으로 활용하지 못하게 하려고 체스 게임을 만든 게 틀림없다는 말까지 했다."

그는 이렇게 극적이고 난폭한 방식으로 가톨릭 신앙과 단절했는데, 그의 아나키스트 대모험의 우여곡절 전체가 이 난폭함의 특징을 띨 것이다.

어느 일요일, 설교로 파리 명사들을 모여들게 하던 R. P. 아델을 신도들이 기다리고 있을 때 남성미 넘치고 어딘지 어두우면서 눈부신 웬 청년이 연단에 오르더니 잠시 앞으로 몸을 숙인 채 매복한 짐승처럼 꼼짝하지 않았다. 이 출현에 즉각 매료된 군중은 침묵을 지키며 무언가 성스러운 웅변이 쏟아질 경이로운 순간을, 위대한 계시의 순간을 기다렸다. 갑자기 양손을 벌리며 청년이 죽은 쥐의 꼬리를 쥐고 흔들었을 때 청중이 얼마나 대경실색했을지는 상상할 수 있으리라.

"보십시오. 신은 죽었습니다!"

신성모독을 능가하는 신념이 예감되는 목소리로 그가 외쳤다.

"신은 죽었습니다! 선한 의지를 가진 인간들이여, 일어나십시오! 어둠을 뚫고 일어나 지상의 빛과 박애와 이성의 운명을 향해 나아갑시다!"

그 자리에 모여 있던 "선한 의지를 가진 인간들"의 평균 임금은 연간 금화 5000프랑쯤이었을 것이다. 〈르 주르날 데 데바〉는 전했다. "신성모독자는 군중에게 몰매를 맞고 경찰에 체포되었다."

아르망 드니는 몇 달을 생트안 병원에서 지냈다. 그가 일으킨 물의가 정신이상자의 행동일 수밖에 없음을 의심할 여지가 없었기 때문이다. 그는 정신병원에 체류한 기간 동안 프로이트의 몇

몇 제자들이 훗날 채택하게 될 이론을 정립했다. '인격'을 억압하는 속박을 가지고, 그리고 인간의 본능적 열망과 인간이 가는 길에 사회가 놓는 장애물 사이의 극심한 괴리를 가지고 대부분의 정신질환을 설명했다.* 크로포트킨은 이 방향으로 더 멀리까지 나아갔다. 그는 이 시대 몇몇 자연주의자들의 결론에 자기 작업의 토대를 두고서 야생동물들은 태어날 때부터 공격적인 것이 아니라 굶주림과 그들에게 부과된 생존 투쟁의 결과로 공격 성향을 띠게 된다고 주장했다. 아르망의 이름은 1884년 경찰 기록에 처음 등장하는데, 그가 일으킨 일련의 테러를 생각하면 꽤 우스꽝스럽게 언급되어 있다. "주의 요망."

이 시절 그는 라바숄이라는 이름으로 더 잘 알려지게 될 쾨니히슈타인, 드캉, 다르다르와 함께 파리 빈민가에서 살았다. 이들은 7년 뒤 클리시 시위 후 프랑스에서 아나키스트들을 상대로 제기된 첫 소송의 재판장인 브누아가 살고 있던 건물에 다이너마이트 테러를 감행한 인물들이다. 아르망 드니는 범죄자들을 사회의 희생양이자 적으로, 따라서 자신의 동맹으로 보았다. 그는 범죄 충동을 사회의 억압과 착취의 결과로 보았다. 유명해지게 될 표현을 빌리자면 그에게 범죄자들은 "이상주의의 왼손잡이들"이었다. 매우 똑똑하고 선동과 책략에 능하며 목적의 중요성으로 그 능력을 합리화할 줄 아는 그는, 사창가에서 어리둥절한 불량배들에게 너희는 폭도이며 범죄는 불의와 착취에 토대한 사회질서에 저항하는 한 방식이었을 뿐이라고 말했지만, 아마도 자신의

---

* '뤼카 뒤발'이라는 가명으로 쓴, 1882년 3월 20일 자 〈르뷔 아나키스트〉에 실린 기사.

말을 완전히 믿지는 않았을 것이다. 그들은 어렴풋이 우쭐한 느낌이 들었고, 아르망 드니의 목소리는 그들에게 마력처럼, 그가 한 말을 하나도 알아듣지 못한 채 찬동하게 만드는 마력처럼 작용했다. 잘생긴 얼굴로 여자들을 몽롱하게 만드는 이 건장한 청년이 창부들에게 그들이 그의 투쟁의 동반자이며 사회의 희생양임을 확인해주었을 때 여자들은 뜨거운 눈물을 흘렸다. 그의 표현에 따르면 사회는 "돈이 모든 출구를 지키고, 군대가 제 식구를 죽이고, 종교가 살인자에게 축복을 내리고, 경찰이 시체를 세탁하는 곳"이었다. 그의 웅변엔 묘한 설득력이 있어 불량 청소년들이 범죄와 손을 끊기로 결심하고 카페를 떠났다. 그들은 알아들었다는 표정으로 서로를 쳐다보며 고개를 끄덕였고 이렇게 말했다. "저 사람 말이 옳아". 그렇지만 그가 그들에게 한 말을 그대로 옮기지는 못했을 것이다. 마니앙 경찰서장은 파리 빈민가에서 아르망 드니가 벌인 선동 때문에 경찰이 당혹해할 정도로 수도권의 범죄율이 높아졌다고 말한다. 젊은 아나키스트는 참으로 통솔력이 있어 20세기에 태어났더라면 진정한 리더가 되었을 것이다. 레이디 L은 아르망이 너무 일찍 태어났다고 늘 생각했다.

한 남자가 유난히 그의 말에 주의 깊게 귀를 기울였고, 몇 시간이고 그의 말을 들으며 어두운 눈길로 꿈꾸듯 그를 응시했다. 알퐁스 르쾨르였다. 잘 알려진 그의 과대망상증은 점점 그 정도가 심해져 그가 찾고 있던 변명과 합리화를 제공해준 아나키스트 청년의 말을 듣고 절정에 달했다. 청년의 말 한 마디 한 마디, 한 문장 한 문장이 정곡을 찔렀다. 그 목소리를 들으면서 불량배는 시가를 입에 물고 시곗줄을 만지작거리며 겉으로는 무심해 보였지만 검은 깃발로 장식된 연단 위에 올라 환호를 보내는 군중 앞에 선 자신의 모습을 보고 있었다. 그렇다. 그는 사회의 공공연한 적이었고, 고마워하는 군중의 사랑을 받도록 선택된 운명을 타고난 사람이었다. 그가 포주가 되고, 살인자가 되고, 협박의 달인이 되고, 마지막으로 깡패 집단의 제왕이 된 것은 단지 이미 무너져가는 기존 질서의 들보들을 더 썩게 만들기 위해서였다. 그는 자신이 속한 민중을 억압하는 부자들이 싫었던 것이다.

기수는 그의 곁에 앉아 있었다. 체크무늬 모자를 쓰고 기다랗고 슬픈 얼굴을 하고 부러진 목을 살짝 기울인 채 광대 눈썹 아래 파란 눈으로 친구를 바라보고 있었다.

아르망 드니와 르쾨르의 결정적인 만남은 이탈리아인들의 거리에서 쥘리앵은행에 테러가 일어난 날 밤 샤미스 남작 부인이 벌인 도박 모임에서 이루어졌다. 은행 출납계원이 중상을 입고도 범인들의 자세한 인상착의를 얘기해 아르망 드니가 이 사건에 개입한 사실이 명백해졌다. 두더지처럼 근시인 눈 앞에 거북이 등껍데기로 만든 손안경을 든 데다가 얼굴에다 얼마나 분칠을 했는지 꼭 석고를 바른 듯해 보이는 비밀스러운 그 남작 부인이 도박장 뒤에 있는 작은 거실로 아르망을 들여보냈고, 거기서 그는 손에 나폴레옹 금화를 아직 한 움큼 들고 있던 르쾨르를 만났다. 아르망 드니는 자신이 이 사내의 전적인 보호를 얻어내지 못한다면 곧 체포되리라는 것을 알았다. 그가 눈에 띄지 않고 빠져나가는 건 불가능했다. 그의 얼굴은 한번 보면 쉽게 잊지 못했기에 젊은 혁명가에게는 잘생긴 외모가 활동 내내 정말로 장애가 되었다. 사람들은 아르망 드니가 결국 르쾨르에게 미치게 된 엄청난 영향력을 불량배의 은밀한 동성애적 성향으로 설명하려고 들었다. 경찰을 매수하고 정부 인사들을 협박하던, 파리에서 가장 무시무시한 존재는 『저항의 시대』 저자 앞에 서자마자 무장해제된 것처럼 보였고, 그의 엄청난 허영심도, 권력욕도, 어리석음도 아르망 드니와 함께하려는 그의 갈망과 드니가 그에게 미친 묘한 마력을 완전히 설명해주지 못했다. 그는 노란 벽지로 장식된 거실에서 금화를 짤그락거리며 거의 환각을 보는 듯한 눈길로 자신을 유혹하는 사내를 응시하고 있었다. 어쩌면 르쾨르는 남자의 말을 듣기보다는 그를 쳐다보고 있었는지도 모르고, 그의 목소리가 하는 말보다는 목소리 자체에 더 민감하게 반응했는지도 모른다.

"이제 당신이 결정을 내릴 때입니다. 죽을 때까지 지금의 당신 모습으로 남고 싶은지 아니면 무한히 더 멀리, 더 높이 올라 당신의 진짜 모습을 세상에 드러내길 원하는지 내게 말해주시오. 당신이 진짜 어떤 사람인지는 아무도 알지 못합니다. 기존 질서에 대한 당신의 저항을 누구도 이해 못합니다. 모두의 눈에 당신은 한낱 불량배일 뿐이고, 냄새나고 위험하니 조심히 다뤄야 할 짐승일 뿐이오. 마지막으로 이 질문을 던지겠습니다. 진짜 위대해지고 싶습니까? 인류의 역사에서 최고의 저명인사들 가운데 자리하고 싶습니까? 당신의 이름이 영원히 살아남길 바라십니까? 억압받는 대중이 당신 쪽을 돌아보고, 당신의 이름을 환호하고, 그 속삭임이 커져 승리의 노래가 되고, 그 메아리가 자유로운 새 세상에 영원히 울려 퍼지길 바라십니까?"

르쾨르는 손에 금화를 든 채 벽이 노란 거실에서 꼼짝 않고 서 있었다. 피가 쏠려 벌게진 그의 얼굴엔 자존의 기색이 흘러넘쳐 마치 잡아먹을 듯한 광기가 폭발한 것처럼 보였다. '가련한 알퐁스, 그이도 너무 일찍 태어났어.' 레이디 L은 생각했다. '슐라게터, 호르스트 베셀Horst Wessel, 나치당의 당가黨歌, 루돌프 헤스, 갈색과 검은색 제복과 군화의 유럽 행군, 히틀러, 무솔리니 따위의 시대에 살았어야 했어.' 어쨌든 미래의 이탈리아 독재자도 활동 초기에는 크로포트킨의 『어느 혁명가의 말』을 번역했으며, 아나키스트 왕자의 이 책이 "억압받는 인류에 대한 큰 사랑과 무한한 선의"로 쓰인 것이라고 주장했다.

알퐁스 르쾨르에게 야성적 힘에 대한 사랑과 동성애가 뒤섞인 감정이 있었던 건 틀림없다. 그런 감정은 언제나 파시즘에 최고의 신병들을 제공해왔다. 그러나 어쩌면 르쾨르는 은밀하고 모호한 방식으로 자신의 범죄들을 정당화하고 자신의 파괴적인 삶에 의미를 부여하고 싶었는지도 모른다. 어쨌든 그가 아르망 드니와 동행하길 바랐고, 며칠이 지나도록 그를 보지 못하면 침울해지고 쉽게 화를 냈던 건 분명하다. 그렇지만 이날 저녁 샤미스 남작 부인의 집에서는 아무 말 않고 유혹자의 노래를 들었고, 유혹자가 마침내 입을 다물었을 때 르쾨르는 잠시 그를 바라보다가 손에서 루이 금화를 짤랑거리더니 등을 돌리고 도박장으로 돌아갔다. 아르망 드니는 게임에서 이겼다. 그러나 그가 옛 불량배에게 그토록 완벽한 영향력을 미치게 된 복잡한 이유는 끝내 알지 못했다. 얼마 후 파리의 어느 창고에서 벌어진 '교육' 모임에서 알퐁스 르쾨르의 크고 넓은 그림자를 볼 수 있었다. 그는 루비 반지를 끼고 최신 영국식 유행을 따른 차림으로 시가를 문 채 목 비뚤어진 키 작은 기수를 옆에 데리고서, 동네 잡화점에서 살 수 있는 물건들로 집에서 폭탄을 어떻게 제조하는지 키 작고 양순한 약국 조수가 설명하는 것을 들었다.

이 첫 아나키스트 조직의 구성원은 기이하고 잡다한 무리를 이루었다. 늘 원숭이를 모임에 데려오는 바르바리 출신의 오르간 연주자, 멋진 글씨체로 외교 여권들을 만드느라 한 평생을 바친 외무부의 명필가 공무원 푸파 씨, 중학교에서 문학을 가르치고 〈페르 페나르〉〈Père Peinard〉, 1889년에 창간된 아나키스트 주간지에 아드리앵 뒤랑이라는 이름으로 선동적인 기사를 써온 비올레트 살레스, 크리스토프 살레스의 책이 훗날 유명하게 만들 스페인 사람 이루딘. 알퐁스 르쾨르는 동공과 홍채가 똑같이 검은색 속에 한데 녹아버린 눈길로 아르망 드니를 응시하면서 다른 사람들을 건성으로 쳐다보았다. 기수는 여전히 고개를 삐딱하게 기울인 채 그의 곁에 서 있었는데, 그 때문에 비판적인 눈길로 사람들과 형세를 관망하는 사람처럼 보였다. 한번은 알퐁스 르쾨르가 웅변가로서 첫걸음을 내딛기로 결심하고서 손가락으로 사퍼를 가리키며 쉰 목소리로 외쳤다.

"저 친구를 보시오! 영국 부호를 위해 일하다가 목이 부러졌는데 그 귀족은 죽은 개 치우듯 그를 버렸습니다. 저 친구를 위해 복수합시다!"

1885년 5월 25일, 부아 경마장의 귀빈 관람석에 폭탄이 던져졌고, 세 명의 마주와 한 헝가리인 코치가 눈사태처럼 무너진 신사 모자 더미에 깔려 꽤 중상을 입었다. 슬픈 얼굴의 키 작은 남자에게는 누구도 관심을 기울이지 않았는데, 그는 겁에 질린 군중 사이로 태연하게 빠져나가 모자 하나를 줍더니 그 전리품과 함께 그곳을 떠났다. 얼마 후 시내로 향하는 노란 마차 안에서 멋진 모자를 무릎 위에 얹은 기수 맞은편, 아르망 옆자리에 앉은 알퐁스 르쾨르는 입에서 시가를 빼내며 키 작은 친구에게 원망하듯 말했다.

"몇 분만 더 기다렸어야지. 내 말이 이기고 있던 참인데 말이야."

이때만 해도 파리의 굳게 닫힌 멋진 저택들의 주인이 아나키스트 집단과 긴밀한 관계를 맺고 있으리라고는 아무도 의심하지 않았다. 이건 꽤 오랫동안 걱정거리가 되지 못했다. 경찰은 자기 사람을 안다고 생각했다. 르쾨르가 기존 질서에 속한다고 알았다. 성공의 정점에 이르렀고 사회 피라미드의 꼭대기에서 강력한 지지를 누리는 범죄자에게 체제 전복의 의도가 있으리라고는 생각하기 어려웠다. 그가 그런 혜택을 누리고 있는 사회에 맞서봐야 어떤 이득을 얻을 수 있을지 보이지 않았던 것이다. 그러나 허영심과 위대함을 향한 광기가 그를 점점 더 앞으로 내몰았다. 르쾨르가 아직은 자기 활동을 과시하며 뽐내지는 않았다고 해도 거의 드러난 암시들, 그가 공개적으로 내뱉은 일관성 없는 정치적 발언들 너머에서 그의 것보다 훨씬 큰 지성의 영향을 알아보기란 어렵지 않았고, 금세 세간의 이목을 끌게 되었다. 고위직에 있는 친구들이 그에게 조심하라는 언질을 주었다. 악덕을 채우도록 그가 도와준 상원 의원들과 장관들, 그가 매수한 경찰관들이 거듭 그에게 경고를 보냈지만 르쾨르는 자신이 그들에게 미치는 영향력을 과신하고서 강인한 어깨를 그저 으쓱하는 것으로 그 조언을 물리쳤다. 르쾨르는 이름까지 들먹이며 '부패한 자들'을 규탄하기 시작했다. 그의 보호자들로서는 그를 계속 감싸주기가 불가능해졌다. 아르망 드니는 위험을 제대로 보고서 자신의 기이한 제자를 진정시키려고 애썼지만 소용없었다. 르쾨르가 모든 의심을 벗어난 지점에 있어야 그의 도움도 아르망에게 정말로 유용했다. 그즈음 아르망 드니는 국제아나키스트연맹과, 특히 1881년 런던회의에 참가할 프랑스 대표단의 일원으로 자신을 지목하기를 거부한 프랑스 아나키스트 운동 조직과 관계가 틀어져 있었다. 그리고 얼마 전에는 당시 많은 사람들이 경청하던 러시아인 크로포트킨에 맞서 격렬한 독설까지 퍼냈다. 아나키스트 왕자가 "교육용 화학"에 관한 그의 이론을 거부했기 때문이다. 그 이론이란, 우선은 가장 시급한 일부터 처리해야 하며, "기술" 교육에 큰 중요성을 부여해야 마땅하다는 것, 다시 말해 엄밀한 의미의 아나키스트 학설을 연구하는 것보다는 폭탄을 제조하는 기술을 익혀야 한다는 것이었다. 크로포트킨은 "폭탄"을 던지기 위해 초등학교 학생들을 모집하는 것에도 반대했다. 주민들에게 공포 상황을 유발하고 "민중의 친구들"이 실제보다 훨씬 많고 강하다는 느낌을 주려는 목적으로 거리에서 벌이는 맹목적인 테러에 대한 생각을 "병적"이라고 규탄했다. 한편 아르망 드니는 크로포트킨에게 "부르주아지의 감상벽"을 가졌다고 비난했다. "폭탄 또 폭탄뿐"이라고 그는 선언했다. 테러를 막지 못하는 정부의 무능력이 여론에 명명백백 드러나야만 한다는 것이었다. 크로포트킨의 가르침에서 그가 유보 없이 받아들인 유일한 대목은 다윈의 적자생존 이론에 대한 그 유명한 반박이었다. 이 러시아인은 다른 종의 동물들이 인간에게 내쫓기기 전에는 자기들끼리 싸우기는커녕 오히려 평화롭게 살았으며, 필요한 경우엔 심지어 서로 돕기까지 했다는 이론을 세우고 우쭐했다. 아나키스트 이론가의 펜 아래에서 신기하게도 잃어버린 낙원의 신화가 부활한 것이 레이디 L에게는 늘 감동적으로 보였다. 대영박물관에서 몇 달간 연구한 끝에 마침내 세상에 자신의 "천부적 박애" 이론을 발표할 수 있게 되었다고 믿었을 때 크로포트킨 왕자가 느꼈을 기쁨은 오늘날 레이디 L이 그의 책을 읽으면서 느끼는 기쁨만큼이나 컸다. 이 선량한 크로포트킨은 대단히 감상적이었다.

토르토니 카페에 던져진 폭탄은 소리만 요란했지 피해는 크지 않았다. 그러나 엘리제궁에서 얼마 떨어지지 않은 곳, 공화국 근위병들이 지나는 길목에서 폭발한 폭탄은 다섯 명의 희생자를 낳았고, 파리 전역을 들끓게 만들었다. 경찰이 도시 빈민가를 일제히 단속하자 뒷골목은 위협받는 느낌을 받았다. 르쾨르는 상황이 불리해졌는데도 인정하길 거부했다. 보통법을 어긴 범죄자였다면 기존 질서에 속하기 때문에 경찰이 눈감아주고 묵인해줄 수 있었다. 그러나 체제 전복적인 정치 신조가 그의 활동을 이끌기 시작한 이상 그는 공공의 적이 되었다. 내무부에서 열린 거북한 회의에서는 아무 얘기도 나오지 않았지만 모두가 서로의 마음을 이해했고, 리쾨르 체포가 마침내 도마 위에 올랐다. 그의 가장 강력한 보호자 중 한 사람이 그 사실을 알자마자 그에게 즉각 이 나라를 떠나라고 촉구하며 최후통첩을 보냈다. 이때도 알퐁스 르쾨르는 기수를 대동하고 사람 많은 카페들을 들락거렸고, 노란 자동차를 타고 부아 경마장에 모습을 드러냈다. 결국 아르망 드니가 스위스로 떠나라고 그를 설득했다.

<페르 페나르>지 발행인은 얼마 전에 크로포트킨과 단절했다. 그의 망설임과 머뭇거림, 감상벽을 더는 참아내지 못했던 것이다. 전적으로 행동에만 집중하는 독립적인 운동을 조직하고, 외국에서 행동대를 지휘해 사방에 투입한다는 결정이 내려졌다. 그런데 이 야심찬 계획에는 실제로 막대한 자금이 필요했다. 은행을 연이어 습격해 '영구 혁명' 지지자들에게 스스로 모임을 조직해 행동을 개시할 수 있는 수단을 제공해야만 했다. 따라서 그들은 스위스로 가서 자금 '모금'을 성공적으로 수행한 다음, 마로티 형제들이 이미 실전용 조직망을 짜둔 이탈리아로 가서 피신할 계획이었다. 가장 저명한 희생자는 움베르토 왕이 될 터였다. 이 시절 스위스는 유럽 곳곳에서 모여드는 아나키스트들의 피신처였다. 1902년에 오스트리아의 엘리자베스 여왕 암살 사건이 있기까지 그들은 그곳에서 완전한 자유를 누려 카페에서 토론도 하고, 출판도 하고, 굶어 죽기도 했다. 비아제프스키와 공저자인 스토이코프는 『길벗들』에서 이렇게 썼다. 그가 한 달 동안 먹은 거라곤 훈제 청어 30마리, 빵 5킬로그램, 커피 150잔이 전부였지만 "부자들은 그의 주위에서 한가로이 거드름을 피웠으며, 평온하고 푸른 호숫가를 차지한 부르주아들의 금고 속에서는 어마어마한 재산이 썩어갔다." 아르망은 이것을 크로포트킨과 그 친구들이 취한 전형적인 태도라고 생각했다. 훈제 청어밖에 못 먹고 자금 부족으로 아무 활동도 못하면서 "어마어마한 재산"을 평화로이 잠자도록 내버려두는 태도가 그에겐 더없이 어리석고 무능해 보였다. 레만 호숫가의 빌라들에 축적된 보물들, 누구 하나 흔들어놓는 적 없는 안락함 속에서 경비들마저 줄고 있는 은행들이 그에

겐 이상적인 활동지로 보였다. 그런데 이런 계획을 제대로 성공시키려면 그 굳게 닫힌 화려한 작은 세계 내부에 공모와 내통의 끈이 필요했는데 그는 끈을 갖고 있지 않았다. 만년설을 바라보며 거드름을 피우는, 이 살아 있는 『고타 연감』유럽 왕실과 귀족의 인명록 한가운데 뛰어들어 그에게 정확하고 확실한 정보를 제공해줄 누군가가 필요했다. 국민에게서 멀리 떨어진 스위스에 있으니 위험하지 않다고, 안전하다고 느끼는 러시아와 오스트리아와 독일 폭군들의 일정과 시간표와 습관을 알려줄 누군가가 필요했다. 따라서 그에겐 모든 의심을 뛰어넘을 만큼 높은 곳에 자리한 공범이, 확실하고 고분고분해서 다루기 쉬운 하수인이 필요했다. 그는 곧 이 미묘한 게임에서 가장 좋은 카드는 여자라고 결정을 내렸다. 아주 젊고 매우 아름다워서 사람들의 고개가 돌아가게 만들 뿐 아니라 무감각한 사람들의 관심마저 일깨워 욕망을 채우게 만들 수 있는 여자가 필요했다. 그러자면 온갖 요구를 충족시키는 데 길이 든 직업여성이면서 이 게임에 냉철한 머리와 강한 의지를 쏟을 수 있을 진짜 '타고난 인물'이어야 했다. 아르망 드니가 수단을 선택함에 망설임이 없다고 말하는 건 충분한 표현이 아니었다. 두어바흐의 말에 따르면 "극단주의자는 비열한 수단을 이용할 때조차 열광한다. 말하자면 그는 거기서 자기 신념의 정당성을 찾는다. 사람들은 단지 대의가 요구할 때만 피를 흘리지 않는다. 대의의 위대함을 **증명**하기 위해서도 피를 흘린다. 주저하지 않고 이용하는 잔인하고 비열한 수단들에서 그는 자신이 추구하는 목표의 성스러움과 중요성을 입증해주는 피의 증거를 본다."*
그러니까 이런 상황에서 아네트는 먼저 알퐁스 르쾨르 앞에 불려갔고, 이어서 아무 설명 없이 퓌르시 거리에 있는 레알 지구의 공창가로 안내받았다. 그곳에서 그녀의 삶은 결정적이면서 경이로운 전환점을 맞았다.

"난 정말이지 운이 좋았어요. 아나키스트들이 없었더라면 아마 내 삶은 굉장히 안 좋게 끝났을 거예요. 난 모든 걸 그 사람들에게 빚지고 있어요."

레이디 L이 말했다.

그녀는 숨이 막힌 듯 헐떡이는 소리를 내는 계관시인 쪽으로 고개를 돌렸다. 그는 외알박이 안경을 오른쪽 눈에 대고 믿을 수 없다는 듯 혐오와 분노 가득한 표정으로 레이디 L을 쳐다보고 있었다.

"이런, 이런. 이러지 마세요. 그런 표정을 하시니 나의 흰색 페키니즈 강아지 봉봉을 쏙 빼닮으셨군요. 그 가련한 녀석이 심장 발작을 일으켰을 때 말이에요. 퍼시, 아주 오래전 일이에요……. 63년 전이라고요! 당신도 아시겠지만 시간은 모든 걸 정리해주잖아요. 게다가 이 모든 것이 외국에서 일어난 일이니 대단히 영국적인 당신의 눈에는 정말이지 중요할 게 없어요."

조심성과 신중함을 지켜온 길고도 영예로운 이력을 통틀어 처음으로 퍼시 로다이너 경은 스스로에게 폭발을 허용했다.

"지옥과 저주! 지옥과 저주, 당신에게 이 말을 해야겠어요! 당신 이야기를 나는 단 한 마디도 믿지 않아요. 난 당신을……"

"그러시니 한결 낫군요. 당신은 좀 더 자주 화를 내야 해요, 퍼

＊　두어바흐, 『피의 증거』, 프리부르, 1937.

시. 그래야 적어도 사람들이 당신이 있다는 걸 알잖아요. 이따금은 당신이 지우기를 평생의 과업으로 삼은 것 같다는 느낌이 들어요. 게다가 그 과업을 완전히 이룬 것 같기도 해요."

"세상에 다이앤, 당신은 정말이지 너무 멀리 가고 있어요! 당신은 언제나 사람들을 깜짝 놀라게 만드는 걸 좋아했죠. 아널드 베넷의 말이 옳았어요. 진짜 귀족들이 모두 그렇듯이 당신에겐 테러리스트 기질이 있어요. 당신에겐 유머가 있어요. 폭탄 효과를 내는……."

그는 갑자기 말을 끊고 입을 벌린 채 그녀를 처다보았다. 그가 방금 내뱉은 말에 레이디 L은 대단히 솔깃했다. 말꼬리는 그의 머릿속에서 이어지는 모양이었다.

"계속하세요. 계속해요. 방금 무심코 하신 말이 아주 흥미롭군요."

퍼시 경은 발작하듯 무언가 꿀꺽 삼켰다. 아마도 그의 생각을 삼켰으리라.

"다이앤, 이번에는 정말이지 너무 멀리 가고 있어요. 그것도 당신 생일날에 말이에요. 폐하께서 당신에게 참으로 감동적인 축하 전언까지 보내셨는데 말입니다! 당신은 이 나라에서 가장 위대한 이름 중 하나를 갖고 있어요. 당신의 삶은 펼쳐놓은 책과 같습니다. 거기서 온 세상이 기품과 아름다움과 품격 있는 멋진 이야기를 읽을 수 있죠. 그런데 이렇게 갑자기 암시를 하고…… 주장을 하고…… 넌지시 알리시니……."

퍼시 로다이너 경의 얼굴은 이제 아연한 분노를 드러내고 있었고, 레이디 L은 일본인들이 대영제국의 또 다른 영예로운 얼굴

'프린스 오브 웨일스 호'와 '리펄스 호'를 싱가포르 난바다에 침몰시켰을 당시 비슷한 상황에서 그를 위로하기 위해 자신이 내뱉은 문장을 무심코 떠올렸다.

"진정하세요. 영국은 그대로 남아 있을 테니까요."

"이 모든 이야기에 영국은 끌어들이지 말아주셨으면 좋겠군요."

계관시인이 포효했다.

"이런 종류의 이야기를 나한테 믿게 하려고 해봤자 소용없다는 걸 미리 말해두겠어요, 다이앤. 물론 사람을 충격에 빠뜨리는 건 당신 신분이 누리는 특권 중 하나지요. 그러나 『버크 족보 명감Burke's Peerage』을 보고…… 당신 조상들의 초상화만 봐도 충분히 알 수 있어요……. 당신은 디안 드 부아제리니에로 태어나셨고, 카모엥 백작과 첫 결혼을 하셨죠. 당신의 조상 중 한 분은 크레시 전투에 참전하셨고요."

"그 모든 걸 위조하느라 공을 많이 들였죠. 푸파 씨가 멋진 작업을 해냈어요. 크레시에 관련한 문서가 특히 그럴듯해 보이죠. 그 문서들을 낡은 것으로 만들려고 그이가 온갖 종류의 산酸을 사용해야 했답니다. 아르망은 절대 일을 대충 처리하는 법이 없었어요. 몽상에 사로잡힌 이상주의자들은 모두 필요한 세부 사실에 대해 거의 필사적인 심미안을 가졌어요. 그게 그들에게 현실을 물어뜯을 수 있다는 만족감을 안겨주기 때문이죠. 가족 초상화들에 관해서는 당장은 아무 말 하지 않겠어요. 아주 재미있었죠. 게다가 별채에 가보면 내 말이 하나도 지어낸 게 아니라는 걸 당신 눈으로 직접 확인할 수 있을 거예요. 이리 오세요. 코냑이라도 한 잔 드시는 게 좋을 것 같군요."

계관시인은 손수건을 꺼내 이마를 닦았다.

저무는 오후의 햇살이 익은 과일처럼 밤나무 가지를 무겁게 짓누르고 있었고, 빛은 너그러운 미소로 레이디 L을 감싸고 있었다. 공기에서는 라일락 향기가 났다. 여름의 마지막 라일락, 아니 어쩌면 그녀의 인생에서 마지막 라일락일지도 몰랐다. 그러나 자신이 죽을 목숨이라는 생각은 하지 말아야 했다. 너무 슬픈 일이었다. 웃음소리와 기쁨의 함성이 잔디밭에서 들려왔다. 아이들이 크로케 경기를 시작한 모양이었다.

4

퓌르시 거리의 업소는 저속한 갈보집으로 화대가 1프랑이었고, 비누와 수건을 사용하면 10수가 추가되었다. 세 명의 여자가 손님을 받았다. 손님은 대개 레알 지역의 '힘 있는' 자들이었지만 사회 엘리트들도 큰 위안을 주는 비천한 순간을 즐기러 그곳을 찾곤 했다. 여자들 중 하나는 무릎까지 내려오는 검은 레이스 바지를 입었고, 어마어마한 젖가슴을 드러내주는 검은 코르셋도 입었다. 다른 두 명의 사회 희생양은 초록색, 오렌지색, 노란색의 얇은 오건디 천으로 된 옷을 걸쳤는데 몸 전체를 가리지는 못했다. 모든 것이 배꼽에서 멈춰 전반적으로 검고 푸른 묘한 뉘앙스를 풍겼다. 질 나쁜 분가루 때문에 거친 피부가 그대로 드러난 새하얀 얼굴로 여자들은 피아노 앞에 앉은 연미복 차림의 신사를 어리둥절하게 쳐다보고 있었다. 음악가 옆에는 손에 권총을 들고 똑같이 연회복 차림을 한 남자가 있었는데, 그는 아네트에게 무심한 눈길을 던졌다가 장난기 어린 미소를 머금고 다시 피아니스트를 향해 고개를 돌렸다.

그렇게 아네트는 마침 제때 그곳에 도착해서 아르망 드니가 종종 보여주는 기이한 활약을 보게 되었다. 세상을 어떻게 바꿔야 할지 모른 채 몸에 기름기만 끼고, 매사에 무관심하게 만족하는 소처럼 이미 도살장 냄새를 풍기기 시작한 부르주아지의 권태에서 어떻게 벗어날지 모르는 청춘들의 호감을 사고 상상력에 불을 지피는 활약이었다. 잘 차려입고 피아노 앞에 앉은 명인은 다름 아니라 그 시대의 가장 위대한 피아니스트 안톤 크라예프스키였다.

이튿날 신문에는 납치에 격분한 이야기들이 가득했다. 명연주자는 이날 저녁 그 자리에 참석할 특권을 얻으려고 큰돈을 지불한 파리 명사들 앞에서 독주회를 열었다. 열광하며 달려드는 팬들을 피하려고 비밀 문을 통해 그곳을 빠져나오던 피아니스트는 거리에서 연회복 차림의 한 남자와 맞닥뜨렸다. 남자는 정중하게 인사를 하더니 실크 망토 아래 감춘 권총을 피아니스트의 가슴에 대고는 대기하고 있던 자동차에 그를 태워 파리에서 가장 불결한 사창가로 데려갔다. 그곳에서 그는 어리둥절한 매춘부들을 위해 연주하라는 명령을 받았다. 아네트가 그곳에 도착했을 때 크라예프스키는 이미 한 시간째 연주하고 있었다. 그는 훗날 자신의 회고록*에서 이날 저녁 자신이 어떻게 최고의 연주를 할 수밖에 없었는지 전했다. 아나키스트 청년이 음악을 잘 알아서 그가 대충 연주할 때마다 엄하게 질책했기 때문이다.

"저런 저런, 선생! 그보다는 더 잘하실 수 있지 않습니까. 선생

---

* 안톤 크라예프스키, 『예술 속 내 인생』, 런던, 1892.

께서 당신의 매춘에 아주 비싼 값을 치른 사람들 앞에서만 즐겨 연주하신다는 건 물론 나도 압니다. 그렇지만 여기 자리하신 부인들께서는, 선생이 이해하는 바로는 어쩌면 상류층에 속하지 않을지는 몰라도 평소 선생의 연주장을 채우던 썩어빠진 인간들보다는 무한히 더 가치 있는 분들입니다. 그러니 선생의 최고 실력을 보여주시기 바랍니다. 그저 변상을 한다는 뜻에서 말이지요."

그는 권총을 피아니스트에게 겨누었다.

"연주하세요, 선생. 계속하세요! 지금까지의 경력을 통틀어 선생은 처음으로 제대로 된 청중을 만난 겁니다. 지금까지는 부당한 이득을 취하는 모리배들과 착취자들을 위해 한평생 당신을 바쳤으니 이번 한 번이라도 희생자들과 착취당한 사람들에게 당신을 바쳐보시오. 자, 더 잘할 수 있잖습니까!"

안톤 크라예프스키는 매혹적인 그 목소리를 듣다 보니 마음의 분노가 완전히 사라지더라고 자신의 책에서 말한다. 깊고 진중한 억양을 조소 아래 감추려고 애썼지만 절대적 사회 정의를 갈구하는, 통제 불가능한 거친 욕구가 느껴지는 목소리였다고. 청년의 얼굴에는, 그의 목소리에는, 정지한 채 굳어버린 그의 부동 자세에는, 그리고 무엇보다 맹수의 느낌을 물씬 풍기는 머리칼 아래에서, 살짝 동물적인 가면 너머에서 도전하듯 상대를 노려보며 호소하는 듯한 눈에는 뭐라 형용할 수 없는 독특한 무엇이 담겨 있어서 상대가 자기변명을 하게 만들고, 그저 보잘것없는 인간밖에 되지 못한다는 사실에 대해 용서를 구하고 싶은 마음이 들게 했다.

"난 그가 불러일으킨 헌신들을 전적으로 이해했다. 그 헌신들

을 불러일으키는 건 틀림없이 그의 사상보다는 그 사람 자체였
다. 그는 군중에게 사랑받도록 태어난 사람이었다. 달리 말해 알
렉산더 대제처럼 군중을 이끌고 이 세상을 정복했을 인물이었다.
우리에게 남겨진 메달을 가지고 평가해보건대 옆모습이 알렉산
더 대제를 살짝 닮기도 했다. 어쨌든 권총으로 협박해 나를 붙들
었던 그 묘한 남자, 푸줏간 고기처럼 육신을 전시한 여자들, 압생
트 술과 톱밥 냄새에 절은 그 음침한 장소는 내 기억 속에 영원
히 각인된 광경이다. 내 '콘서트'가 끝나기 직전에 아르망 드니의
공범 두 명이 합류했는데, 그중 하나는 폭탄 던지는 그 유명한 옛
기수 사퍼이고, 다른 한 사람은 그 시대 최고의 폭력배 보스인 알
퐁스 르쾨르다. 그는 훗날 미쳐서 정신병원에서 죽게 되는데, 아
나키스트들과 그가 맺은 관계는 정말이지 뜻밖이었다. 내가 납치
범들의 신상을 알게 된 것은 물론 경찰서에서 증언을 하면서다.
경찰은 알퐁스 르쾨르가 우연히 그 방탕한 장소에 있었을 것이
며, 내게 일어난 사건에 아무런 역할도 하지 않았을 것이라고 믿
었다. 빼어난 미모의 젊은 금발 여인도 그들과 함께 있었는데, 나
이가 열여섯이나 열일곱을 넘지 않아 보였다. 나는 그녀의 아름
다움에 깜짝 놀랐다. 그 혐오스러운 장소며 그곳에 자리한 불행
한 여자들과 너무도 대비되었기 때문이다. 그녀가 누구이며 어디
서 왔고, 그곳에서 무엇을 했는지는 결코 알아낼 수 없었다. 경찰
은 그녀에 관해 아무것도 알지 못했고, 내가 그 매혹적인 출현을
흥분해서 묘사해도 돌아오는 건 비웃음뿐이었다."

　당시 크라예프스키는 경력의 끝에 이르러 있었는데, 그 스스
로도 고백했듯이 그날 저녁만큼 그가 연주에 몰입한 적이 없었

다. "그렇게 나는 그 사내의 영혼 속에서 타오르는 이상에 경의를 표했다." 폴란드 음악가는 이렇게 쓰고는 장식음을 좋아하는 취향대로, 레이디 L이 종종 그의 연주에서 아쉬운 점으로 여기던 취향대로 이렇게 덧붙였다. "범람하면 온 세상을 잿더미로 만들어버릴 우려가 있는 이상理想이었다"라고.

이런 종류의 활약은 아르망 드니의 경력에서 많이 찾아볼 수 있었다. 어쩌면 거기서 크로포트킨이 그에게 비난하던 "부르주아적 낭만주의"의 흔적을 보아야 하는지도 몰랐다. 하지만 레이디 L에게는 충격적이고 극적인 것을 좇는 이 취향이 그 시대의 새로운 선전 방향을 증언하는 것처럼 보였다. 20세기가 그 비밀을 발견하게 될 방향이었다. 새 시대에는 '군중 소유'가 모든 분야에서 유일한 목표가 될 터인데 그것은 사상의 힘만으로는 불가능했기에 극과 연출 감각, 마음과 상상과 생각을 사로잡는 온갖 매력을 갖춘 선동책 따위가 앞으로 유혹의 시도들이 반드시 갖추어야 할 무기였다. 프랑스는 늘 조숙했고 너무 앞서간 선구자였다는 점이 아르망 드니의 비극이었다.

이탈리아 오케스트라 지휘자 세라피니의 모험은 젊은 이상주의자의 머리가 미리 생각해두지 않고서 즉흥적으로 벌인 일이 아니라 확고한 활동 계획에 따른 것이었다. 존경받는 이 이탈리아 지휘자는 오페라로 가는 길에 납치되었고, 청중은 저녁 내내 헛되이 그를 기다렸다. 그는 아르망과 펠리시앵 르상에게 이끌려 생마르탱 강가에 자리한 정신병원에 이르렀는데, 그곳엔 빈민들과 주정뱅이들이 코를 골고 있거나 서로 이를 잡아주거나 너절한 침상에서 고함을 지르고 있었다. 거기서 마에스트로는 상상의 오케스트라를 지휘하라는 요청을 받았고, 연로한 지휘자는 두 시간 동안 연회복 차림에 지휘봉을 손에 들고서 악몽에나 나올 법한 청중 앞에서 움직이는 꼭두각시로 변신했다. 청중은 박수갈채를 보내며 이 무언극을 매우 좋아했고, 가련한 지휘자에게 숨 돌리고 겁에 질린 얼굴에서 흐르는 땀을 닦을 시간조차 주지 않았다. 아르망 드니에게는 음악과 시와 예술 전반에 대한 깊은 이데올로기적 증오가 있었다. 무엇보다 예술이 엘리트만을 위한 것이었기 때문이고, 미를 추구하는 모든 것이 민중의 조건을 바꾸기 위한 노력에 합류하지 않아 민중에 대한 모욕처럼 보였기 때문이다.

알퐁스 르쾨르가 아르망 드니에게 몇 마디 하자 아르망이 아네트에게 따라오라는 손짓을 했다. 그는 그녀를 쳐다보는 둥 마는 둥했다. 한편 아네트는…… 레이디 L은 그 장면을 떠올리면서 빨라진 심장 박동과 갑자기 잠겨버린 목에서 그때 그녀를 사로잡았던 감동의 강도와 깊이를 다시 느꼈다. 지금은 그녀가 너무도 잘 알고 있는, 전제적이고 강압적인 그의 기질이 처음으로 표출된 순간이었다. 아름다움은, 세상과 존재와 사물의 아름다움은 언제나 그녀의 마음을 뒤흔들었는데, 그럴 때면 덧없는 것에 대한 분노의 감정과 그것을 지속하고 영속하려는 욕구가 완고하면서도 절망적인, 강렬한 소유 의지로 바뀌었다. 그녀는 아르망을 쳐다보면서 곧 그가 그녀를 멀리하고 그녀 곁을 떠나가리라는 생각에, 마음속으로 그를 느낄 때마다 그녀가 경험한 격렬하고 절대적인 행복이 지속될 수 없으며, 그러나 그 짧은 순간들이 그녀가 영원에 대해 알 수 있을 모든 것이리라는 생각에 단 한 번도 분노를 느끼지 않은 적이 없었다. 소유욕이 그녀 안에서 막 깨어났던 것이다. 온갖 굴종까지 미리 받아들이게 하는 방식으로.

"그때까지만 해도 난 진짜 속물 부르주아였던 것 같아요."

레이디 L이 말했다.

그들은 나선형의 좁은 계단을 올라 4층의 어느 방에 이르렀고, 거기서 그가 그녀에게 처음으로 말을 했다. 그러나 그녀는 이미 아르망이 자신에게 하는 말을 한 마디도 듣고 있지 않았다. 그의 목소리와 존재 자체만으로도 그녀에겐 충분했다. 그러나 그 뒤 오래도록 그녀는 그때 아래층에서 리스트의 선율이 들려오는 동안 그가 한 말을 감미로운 냉소까지 전부 기억해낼 수 있다고 확신했다. 그를 너무도 잘 알게 된 그녀가 잘못 생각할 리가 없었다. 그의 『아나키 개론』에 그녀가 새로운 장 하나를, 마지막 장을 덧붙일 수도 있겠다는 자신감이 들 정도였다.

"예술은 시기상조요. 사회 현실과 단절된 '미'의 개념은 근본적으로 반동적이지요. 상처에 붕대를 감는 게 아니라 그것을 가리는 것이오. 우리 미술관들을 돌아보면 예술가의 거짓과 공모가 어느 지경까지 이를 수 있는지 볼 수 있어요. 경이로운 정물들, 근사한 과일들, 굴, 고기, 사냥한 고기 따위는 루브르에서 200미터 떨어진 곳에서 굶주려 죽어가는 사람들에게 던지는 모멸이오. 민중이 자신들의 가난과 열망의 메아리를 발견할 수 있는 오페라란 존재하지 않아요. 우리네 시인들은 영혼을 얘기할 뿐 빵 같은 것에서는 영감을 받지 못하죠. 교회는 위태롭습니다. 그래서 이 아편 흡연소를 확실히 계승하려고 박물관들을 서서히 준비하고 있는 겁니다……"

이것은 그들이 함께 사는 동안 그가 즐겨 하던 얘기였고, 또한 레이디 L이 엄청난 애정을 갖고 예술 작품을 수집하도록 만든 이유 중 하나였다. 더구나 예술품 수집은 도전이라기보다는 애정 어린 냉소였다. 라파엘 한 점 더, 루벤스 한 점 더, 벨라스케스 한 점 더, 그레코 한 점 더. 사랑 문제에서는 작은 이득 같은 건 존재하지 않아서 그를 조금은 벌해야만 했기 때문이다. 그녀는 심지어 아르망을 길을 잘못 들어선 예술가로, 예술만이 제공해줄 수 있는 완벽성을 사회 현실에 요구한 길 잃은 예술가로 여겼다. 그가 기존 질서를 파괴하려 한 것은 공식 미술이 자유롭고 새로운 예술을 꿈꾸는 자들에게 불러일으키는 것과 동일한 혐오를 기존 질서가 불러일으켰기 때문이다. 아나키스트들은 어쩌면 이상주의의 야수파였다. 실망을 누차 맛보고 실패를 거듭하며 그들 중 일부는 자신들에게 저항하는 인간들을 완전히 소유하려고 시도하다가, 또는 재능 결핍으로 아주 자연스레 파시즘에 이르게 되었을 것이다. 그런데 그 시절 그녀가 있었던 작은 방 안에는 그녀를 엄습해오는 듯한 강렬한 존재와 최면술을 거는 듯한 눈길밖에 존재하지 않았다.

레이디 L은 말했다.

"18세기였더라면 그 얼굴과 지성으로 그는 멋진 사기꾼이 되었을 테고, 카글리오스트로나 카사노바나 생제르맹보다 더 멀리 갔을 거예요…… 불행히도 우리가 산 시절은 이성의 세기가 아니었죠. 그는 이상주의자였어요. 내가 이보다 더 잘못 걸려들 수는 없었던 거죠."

퍼시 경은 별채로 이어지는 산책로 끝에 놓인 흰 대리석 벤치에 그녀와 나란히 앉아 있었다. 그는 두 손을 지팡이 손잡이에 올려놓은 채 침울하게 자기 발끝을 내려다보고 있었다. 그는 마지막 총독 마운트배튼이 인도를 떠난 이후로 이런 감정은 한 번도 느껴보지 못했다. 이젠 화조차 나지 않았다. 분노로 얼어붙어 버린 것이다. 잔디밭에서 들려오는 유쾌한 웃음소리에 아이들의 증조할머니가 그에게 듣기를 강요한 이야기의 끔찍함이 한층 도드라졌다.

"그래서요? 그래서 무슨 일이 있었다는 겁니까?"

그가 퉁명스러운 말투로 물었다.

레이디 L은 미소를 억눌렀다. 가련한 퍼시, 정말 당신다운 질문이군요. 아무리 그래도 조금은 그를 배려해야만 했다.

"얘기하며 밤을 새웠죠."

그녀가 선량하게 말했다.

퍼시 경은 안도의 한숨을 내쉬었고, 처음으로 살짝 고개까지 끄덕였다. 거의 칭찬의 신호처럼 보일 정도였다.

아네트가 어떤 유형의 남자를 마주하고 있는지 깨닫는 데에는 거의 시간이 걸리지 않았다. 그가 자유와 평등을 운운하며 같은 호흡 속에 정의와 살인을, 보편적 사랑과 파괴를, 인간의 존엄과 산책 중인 군중에 무차별적으로 던지는 폭탄을 뒤섞기 시작하자 그녀는 그 곡조와 노래를 알아보았다. 그 모든 것이 이미 들어본 것들이었다. 다만 같은 목소리가 아니었는데, 그 차이는 실로 놀라웠다. 아버지가 언급했을 때 그녀를 화나게 만들었던 그 모든 이론이 남성적이고 단호한 존재의 따뜻한 목소리에 실리자 고귀하고 아름다워 보였다. 그녀는 혁명가가 자신에게서 본 것을 즉각 이해했고, 그가 상상하는 모습대로 보이려고, 그가 원하는 모습으로 비치려고 여성의 능숙한 기교와 직관적인 지성을 총동원했다. 부패한 사회의 희생양으로, 모욕당하고 분개해서 그와 함께 혁명에 가담하기만을 바라는 영혼으로, 그와 그의 동료들의 투쟁을 함께하기만 바라는 영혼으로 보이려고 말이다. 아네트에게 아르망은 그때껏 본 중 가장 아름답고 삶에서 가장 욕망할 만한 존재였다. 이런 횡재를 놓쳐서는 안 될 일이었다. 그녀는 아르망에게 자신의 아버지가 아나키스트 사상을 위해 한평생을 바쳤다고 설명했다. 네, 그래요. 세탁 바구니 속에 선동 책자들을 담아 나르며 아버지를 돕기 시작했을 때 전 열두 살밖에 되지 않았죠. 그녀는 아주 진지하게 거짓말을 했고, 자신의 역할에 참으로 쉽게 빠져들어 나중엔 스스로도 거의 믿게 되었다. 그래서 두 사람이 만나고 몇 주 뒤, 아르망을 부댕 씨의 무덤에 데려간 날 그녀는 정말로 울었고, 어쨌든 아버지를 정말로 잃었다는 느낌을 받았다.

아침 여섯 시에 그들은 다시 아래층으로 내려왔다. 건반에 엎드린 채 잠이 든 크라예프스키와, 폭신한 초록색 천 소파에 앉아 무릎 위에 권총을 올려둔 채 눈을 감고 팔짱을 끼고 고개는 갸우뚱 기울인 기수가 보였다……. 르쾨르는 안락의자에서 자고 있었다. 여자들은 사라지고 없었다. 아르망이 피아니스트를 깨워 정중하게 그의 호텔로 데려다주었다. 그곳을 떠나기 전에 명인은 경이로운 눈으로 아네트를 바라보며 그녀에게 인사를 했다.

"우아함과 아름다움을 그대로 구현하신 분 앞에서 연주하는 즐거움을 다시는 맛보지 못하겠지요.”

크라예프스키가 그녀에게 말했다. 그는 회고록에서 이 모험을 떠올릴 때 몇 마디 찬사를 덧붙여 이 말을 거듭했다.

크라예프스키의 생각은 틀렸다.

몇 년 뒤, 웨일스 공에게 경의를 표하기 위해 글렌데일 하우스에서 마련한 리셉션에서 독주회를 한 뒤 명인은 여주인의 왼편에 앉았다. 그는 그녀를 알아보지 못했다. 그 때문에 레이디 L의 기분이 살짝 상했던 것도 사실이다.

아르망 드니는 해방운동이 그녀에게 기대하는 바를 설명하느라 시간을 거의 허비하지 않았다. 그들을 위해 미끼이자 끄나풀 역할을 해달라는 것. 그들에게는 아름답고 똑똑하며 그들을 이끄는 이상에 헌신하는 여성만이 제공해줄 수 있는 도움과 공모가 필요했다. 행동위원회는 오직 알퐁스 르쾨르의 재정적 지원 덕에, 다시 말해 알퐁스 르쾨르가 관리하던 매음굴과 생제르맹 변두리의 도박방에서 나오는 수입 덕에 존속하고 있었다. 르쾨르는 그의 수익을 가능한 한 빨리, 최대한 전부 정리하려고 애쓰고 있었다. 그의 보호자들이 그에게 이 나라를 떠나라고 채근했기 때문이다. 해방운동은 아무래도 스위스에 사령부를 둘 수밖에 없는 상황이었다. 그래야 인터내셔널 조직 내부에서 충돌하는 다른 사상적 움직임들을 장악하기가, 크로포트킨이 이민자들에게 행사하는 지적 영향력과 그의 소심한 성격 때문에 특히 사이가 민감해진 러시아 분파주의자들과 보조를 맞추기가 쉬울 터였다. 아르망의 의도는 ‘운동을 행동으로 직접 보여주는’ 것, 다시 말해 ‘하염없이 토론만 하는 사람들’과 ‘쓸모없는 사람들’에게 그가 진정으로 행동하는 사람이며 긍정적인 결과를 얻어낼 수 있는 유일한 사람임을 보여주는 것이었다. 아네트는 제네바에서 비탄에 빠진 젊은 미망인 역할을 맡아 레만 호숫가에서 한가로이 거드름이나 피우는 부유층 내부에 잠입해서 자신들이 기획하는 다양한 테러를 실행하는 데 꼭 필요한 정보들을 얻어낼 계획이었다. 특히 당시 슬라브 출신 아나키스트들이 가장 증오하던 대상이지만 크로포트킨이 이를 무시하고 떠맡기를 거부한, 불가리아 미하일 대공 암살을 실행하는 데 필요한 정보를 얻어낼 계획이었다. 테러는 불가리아인 동지가 성공리에 실행할 테지만 그는 그저 집행자일 뿐이고, 준비 과정에 대한 책임은 행동위원회의 몫이었다.

레이디 L은 눈썹을 살짝 추켜올리며 뒤를 돌아다보았다. 조금 전 퍼시 로다이너 경이 그녀 뒤에서 멈춰 섰는데, 그가 막 내뱉은 욕설은 욕을 좀 하는 사람에겐 아무 모욕이 되지 못했으리라.

"저런, 꽤 발전하셨네요."

그녀가 만족스레 말했다.

"허튼소리, 허튼소리, 허튼소리요!"

계관시인이 세 번이나 외쳤다.

"다이앤, 당신이 불가리아 미하일 대공 암살에 연루되었다고 나더러 정말 믿으라는 겁니까? 당신도 잘 알다시피 그 사람은 우리네 메리마운트 가문의 사촌이 아닙니까? 아무리 그래도 그렇지, 당신이 왕을 시역弑逆하는 데 어떤 역할을 했다고 주장하려는 겁니까?"

"무슨 소리예요? 어떤 역할이라뇨? 모든 걸 했지요. 전부 말

예요. 분명히 말씀드리지만 난 어떤 여자보다 행복한 여자였답니
다.”

그녀는 이렇게 그를 당황하게 만드는 것이 살짝 미안했다. 가련
한 영국. 이미 모든 걸 빼앗았는데 이렇게 마지막에 유일하게 남
은 귀부인 이미지마저 파괴하려는 건 정말이지 조금은 잔인한 일
이었다. 이건 테러리즘보다 더한 반달리즘이었다. 그렇지만 곧 끔
찍한 폭로를 하려면 퍼시를 조금씩 대비시켜야만 했다.

“다이앤, 미하일 대공이 제네바에서 어느 불가리아 학생에게
살해당했다는 걸 아주 잘 아시잖습니까.”

레이디 L이 살짝 고갯짓으로 동의했다.

“네, 제대로 진행되었죠. 우리는 아주 세심하게 준비했어요.”

“‘우리’가 누굽니까?”

퍼시 로다이너 경이 울부짖듯이 물었다.

“아르망, 알퐁스, 기수 그리고 나예요. 달리 누구겠어요? 퍼시,
제발 소리는 지르지 말아주세요. 이 무슨 예의랍니까!”

“지옥 같네요…….”

계관시인은 너무 늦지 않게 말을 잘랐고, 자기 앞에서 몸을 일
으켜 세운 코브라의 머리를 내려치려는 사람처럼 지팡이를 손에
든 채 산책로 한가운데 멈춰 섰다.

“당신 맏손자가 장관이라는 것 아시지요?”

그가 노호했다.

“제임스가 영국은행의 이사회에 있고 앤서니는 곧 주교가 된
다는 것 아시지요? 그런데도 이 시대에 가장 존경받는 여성 가운
데 한 분이신 이 아이들의 할머님이, 그러니까 볼디니, 휘슬러, 사

전트가 그린 초상화가 왕실 아카데미에 항시 전시되어 있고 오늘 아침에 엘리자베스 여왕 폐하로부터 축하 전보까지 받으신 분이 시역에 가담했다는 걸 나더러 믿으라는 겁니까?"

"축하 전보는 이 일과 아무 상관이 없어요. 그리고 이런 걸 그 아이들에게 말할 필요도 없고요. 이 얘기는 당신과 나 사이의 비밀로 남겨두시죠. 안타깝지만요……. 얘기하면 정말 재미있을 텐데 말이에요."

격분한 퍼시 경이 휘파람 소리를 내며 공기를 들이마셨다.

"다이앤, 당신이 나를 놀리길 좋아한다는 걸 알아요. 그건 당신이 늘 즐기던 놀이였죠. 당신이 말을 타지 않게 된 뒤로는 특히 그랬죠. 그렇지만 제발 부탁이니 말을 돌리지 말고 대답해줘요. 메리마운트 가문의 사촌, 당신도 익히 알다시피 우리 왕실 가문과 인척 관계인 그분을 살해하는 일에 당신이 가담했습니까?"

"물론이에요."

레이디 L이 단언했다.

"우리가 가볍게 행동하지 않았다는 건 분명히 얘기할 수 있어요. 우리는 매우 진지하게 일을 준비했어요. 암살자인 토바로프는 선의만 가득했지 완벽한 바보였어요. 그는 우리가 집어넣은 호텔방에서 벌벌 떨며 단도를 매만지고 교육받은 말들을 중얼거리며 일주일 동안 명령을 기다렸죠. 그 사람은 보편의 박애를 꿈꾸는 진정한 이상주의자였어요. 따라서 살인자로 그보다 더 나은 사람이 있을 수 없었죠. 그러나 아이에게 하듯 그에게 모든 걸 준비해줘야만 했어요. 나는 라이트리히 백작에게서 미하일 대공이 몇 시에 저택을 떠나 대사관에 점심 식사를 하러 가는지 알아냈는데, 지금도 기억나요. 얼마나 겁이 나던지—내 정보에 따라 그들이 움직이는 건 처음이었으니까요— 모든 일이 무사히 진행되도록 성모마리아를 찾아가 초까지 태웠어요. 그러곤 달려서 베르그 호텔로 돌아갔지요. 그곳에 아르망이 호사스러운 아파트를 빌려두었는데, 그들 모두 발코니에 모여 망원경으로 암살을 지켜볼 준비를 하고 있었어요. 내가 아주 늦게 도착하는 바람에 나 없이 일이 시작될 뻔했죠. 나는 발코니로 달려갔고 차를 한 잔 준비했어요. 몇 시간째 그곳에 앉아 차를 마시고 마롱글라세^{marrons glacés, 밤에 달콤한 시럽을 입힌 프랑스식 디저트}를 먹는 것 같은 기분이었지만—스위스에서는 그들이 언제나 최고의 마롱글라세를 구해오곤 했어요— 그곳에 도착한 지 채 몇 분이 되지 않아 미하일 대공이 호텔에서 나왔고 마차에 올라탔던 것 같아요. 그리고 난 보았죠. 토바로프가 군중 사이에서 불쑥 튀어나와 단도를 섭정의 가슴에 꽂는 걸요. 그는 두 번 심장을 찔렀고, 그러고도 계속 칼을 휘둘렀어요. 정말이지 불가리아 사람답다고 생각하지 않으세요? 미하일이 그 나라에서 행동을 아주 잘못했다는 걸 말해야겠군요. 유대인 박해를 부추겼지요. 아뇨, 내 말이 틀렸어요. 유대인 박해는 유대인에게만 허용되었죠. 그는 농민들에게 채찍을 휘둘렀던 것 같아요. 그들이 굶어 죽어가고 있었기 때문이죠. 아니면 그 비슷한 하찮은 이유로 말이에요. 호위대 장교 중 하나가— 그들은 모두 흰색 차림이었고 모자에도 흰색 깃털을 달고 있었어요— 결국 칼로 토바로프를 베었어요. 그러나 미하일은 이미 죽은 뒤였죠. 발코니에서 오페라글라스로 보니 이 모든 것이 아주 비현실적으로 보였는데, 마치 오페라 같았죠. 꼭 극장 귀빈석에 앉아 있는 느낌이 들었어요."

퍼시 로다이너 경이 갑자기 전혀 뜻밖의 행동을 했다. 이죽거리기 시작한 것이다. 레이디 L은 생각했다. '벌써! 저러는 걸 보면 완전히 절망적이지만은 않아. 그래도 어쩌면 그의 내면에 유머의 흔적이 조금은 있었던 모양이야.' 그녀는 그를 도덕적 편견에서 정말 해방시킬 수 있으리라 희망하지는 못했다. 이 평범한 사람을 진정한 아나키스트로, 니힐리스트로 만드는 건 생각조차 할 수 없었다. 진짜 귀족만이 완전히 자기 자신을 뛰어넘을 수 있다. 하지만 어쨌든 약간의 발전은 있었다.

켄트의 불빛─템스 강에서 보모와 함께 잠자리채를 들고 보트 놀이를 할 때가 떠오르는 단정하고 절제된 빛─이 차분하게, 서서히 미약해지면서 레이디 L에게 번득이는 섬광이나 갑작스럽고 난폭한 어둠에 대한 향수를 불러일으켰다. 그녀는 자연에 던져진 이 모든 정숙한 베일이 끔찍이 싫었다. 영국의 풍토는 언제나 격정을 부드럽게 만들려고 애썼다. 멀리서 보면 세심하게 양을 조절한 듯한 빛을 받으며 밤나무 아래 선 두 사람은 산책로에서 인상주의 화가의 붓을 기다리고 있는 것처럼 보였다. 그녀는 인상주의 화가들을 진심으로 좋아한 적이 한 번도 없었다. 그들에게는 지나침이, 열정이 부족하다고 그녀는 생각했다. 르누아르만이 때로 여성의 몸을 존중하지 않고 다룰 줄 알았다. 마땅히 그래야 했다.

퍼시가 마침내 이죽거리는 웃음을 그쳤다. 그러더니 침통한 목소리로 말했다.

"오! 아주 재밌어요. 그렇지만 대단히 악취미시군요. 당신이 이 모든 이야기를 지어낸 건 단지 제가 메리마운트 가문에 얼마나 애착을 갖고 있는지 알기 때문인 것 같군요. 지난주에도 저는 그 사람들과 주말을 보냈지요."

레이디 L이 다정하게 그의 팔을 붙들며 말했다.

"가요, 퍼시. 이제 몇 발짝만 더 가면 됩니다. 당신은 눈만 뜨고 계세요."

5

퓌르시 거리에서 있었던 만남 이후의 날들이 아네트에게는 어머니의 세탁장에서 노동한 날들보다 더 힘들었고, 그녀가 숙소에서 받았던 손님들의 요구, 만족시키기 어렵진 않았지만 어쨌든 그 요구들만큼이나 끔찍하게 느껴졌다. 아침부터 저녁까지 끝없는 훈련이 이어졌다. 그녀는 걷는 법, 앉는 법, 재채기하는 법, 코 푸는 법, 말하는 법, 옷 입는 법을, 한마디로 '처신하는 법'과 '보이는 법'을 배웠다. 아르망은 그녀가 놀라운 발전을 했으며, 천부적으로 '신비로운' 성품을 대단히 높은 수준으로 지니고 있다고 거듭 말했다. 일부 여성들이 자신의 부족한 점을 감추는 데 활용하는, 그래서 남자들로 하여금 그들이 바라는 온갖 덕성을 여자들이 갖추고 있다고 생각하게 만드는 신비로운 성품 말이다. 그럼에도 귀부인이 되려고 애쓰는 것이 방종한 생활을 하는 것보다 훨씬 더 천성에 어긋나고 힘들게 느껴지는 순간들이 있었다.

종종 그녀는 명필가 푸파 씨의 지휘 아래 우아한 A, B, C를 잔뜩 쓴 노트 위로 울음을 터뜨리며 엎어졌다. 당시 사람들은 글씨를 중요한 예술로 여겼기 때문에 그녀는 하루에 몇 시간씩 필체를 훈련해야만 했다. 그런 시제가 존재한다는 사실부터 깨우쳐야 했던 유일한 악습인 접속법 반과거 시제일상에서는 거의 쓰이지 않는 복잡한 형태의 과거 가정형 시제를 접하고서는 이성마저 잃을 뻔했다. 아르망이 직접 그녀에게 따라 하라고 시킨 참으로 변태적인 문법 훈련 때문에 그녀는 정말로 화가 났고 심지어 격분했다.

아! 내가 당신을 꼭 만나야만 했을까요,
당신이 내 마음에 들어야만 했을까요,
순진하게도 내가 당신에게 고백해야만 했을까요,
거만하게도 당신은 침묵을 지켜야만 했을까요,

내가 당신을 사랑해야만 했을까요,
당신이 날 절망에 빠뜨려야만 했을까요,
그런데도 내가 당신을 숭배해야만 했을까요,
그래서 당신이 날 살해해야만 했을까요!

아버지가 흡족해하도록 아네트가 사회혁명을 예언한 자들의 작품들을 외우고 암송하느라 보낸 세월이 그녀의 어휘도 풍부하게 늘려주고 언어와 생각의 세련미도 갖추게 해준 건 다행이었다. 아나키스트 작가들에게 영감을 준, 인류에 대한 고결한 관점 또한 그녀에게 각인되어 있었는데, 그것이 그녀에게 기품을 안겨주어 몸가짐을 가르치는 교사들의 일을 한결 수월하게 만들어주었다. 바뵈프와 블랑, 바쿠닌의 관대하고 고결한 격정이 어린 아네트의 영혼에 몽상적이고 모호한 열망, 미와 스타일과 기품에 대한 열망을 일깨웠는데, 그것은 곧 그녀가 옷 입는 방식에서 드러났다.

그들은 그녀를 마드무아젤 드 부아제리니에라는 이름으로 팔레 루아얄의 작은 아파트에 정착시켰다. 애첩으로서 사교계에 자리를 잡으려는 희망을 품고 시골에서 파리로 올라온 젊은 여인으로 말이다. 거기서 예전엔 코메디 프랑세즈의 단원이었지만 앓던 병이 목으로 번지는 바람에 관객을 전율케 하던 목소리가 비극적인 속삭임으로 바뀌어버린 튈리 씨가 그녀에게 몸가짐 수업을 해주었다. 기품 있는 포즈를 취해야만 하는, 진짜 살아 있는 그림이 되는 법을 가르쳤고, 느리게 움직이면서 번민하는 척 관심을 끄는 태도를 취하는 법을 가르쳤으며, 그보다 훨씬 더 혹독한 훈련, 그러니까 연필을 이 사이에 무는 발성 훈련까지 시켰다. 이 끝없는 시련은 하루가 끝날 무렵이면 아네트를 신경이 곤두선 긴장 상태와 허탈감에 빠뜨렸는데, 오직 아르망만이 그녀를 진정시킬 수 있었다. 수업은 스승이 완전히 만족할 때까지 한 달이나 계속되었다. 스승은 종종 엄청나게 숨을 헐떡이며 그의 제자를 향한 찬사를 늘어놓았다.

"놀라워요! 타고난 재능, 스타일, 기품, 이 모든 걸 핏속에 가졌어요. 완벽한 성공을 보장합니다!"

고함과 작은 소동, 흐느낌이 뒤섞인 몇 주를 보내고 나자 그녀는 타고난 미적 감각과 지성, 직감으로 '바른 거동'과 '품위'의 모든 함정을 뛰어넘을 수 있었다. 그러나 통속적인 조소의 흔적은 여전히 그녀의 목소리에 남았는데, 영국에서는 그것을 그녀의 고귀한 혈통의 근거지인 프랑슈콩테 지방 탓으로 생각했다. 그 지방 색채를 그녀가 자기 말씨에 간직할 줄 알았다고 여겼던 것이다. 그러고 나자 교육의 가장 미묘하고 가장 힘든 지점에 이르렀다. 아르망은 그녀가 사랑의 열정에 관해 덜 알고 덜 능숙한 것처럼 보이는 법을 배워야 한다고, 심지어 서투른 것처럼 보이는 것도 주저하지 말아야 한다고, 올바른 교육과 한 짝을 이루는 이 무지를 보여야 한다고, 좋은 집안에서 태어나 덕성에 푹 빠진 아마추어들의 눈에는 이 점이 순수함으로 비칠 것이라고 그녀에게 설명했다.

"세상에, 또 왜 그러세요, 퍼시?"
레이디 L이 참지 못하고 물었다.
"제발 부탁이니 그만 좀 투덜거리세요. 난 젊었고 열정에 사로잡혀 있었어요. 그리고 스위스에서는…… 아르망의 말이 전적으로 옳았어요. 진짜 신사들이 어떤지 아시잖아요, 퍼시. 그들과 있을 땐 늘 장갑을 껴야 하죠."
계관시인은 떨리는 손으로 손수건을 들어 이마를 닦았다. 생기발랄한 목소리와 웃음소리가 들려왔고, 레이디 L의 증손자들이 달려서 산책로에 나타났다. 셋이었다. 어린 소녀 둘과 사내아이 패트릭이었다. 패트릭은 이튼 정장 차림이었고 레이디 L의 망토를 들고 있었다.
"할머니 망토를 가져왔어요. 엄마가 할머님 걱정을 하고 있어요. 날씨가 쌀쌀해지고 있다고요."
아이가 자랑스레 말했다.

레이디 L은 검은 곱슬머리를 다정스레 쓰다듬었다. 그녀는 이 손자를 끔찍이 아꼈다. 이 아이가 참으로 사랑스럽기도 하거니와 그녀는 늘 여자아이보다는 사내아이를 좋아했다.

"고맙구나, 예쁜 내 새끼."

그녀가 프랑스어로 말했다.

"망토를 얼른 엄마한테 갖다 드리고 걱정하시지 말라고 하렴. 내 나이에는 정말 아무것도 걱정할 게 없단다."

"오! 할머니는 아직 그렇게 늙지 않았어요. 엄마는 할머니께서 110살까지 사실 거라고 하세요."

패트릭이 말했다.

"가련한 밀드레드, 그 아이가 정말 걱정이 많은가 보구나. 이제 가보거라. 퍼시 경과 난 옛날이야기를 나누면서 감격하고 있던 중이란다. 안 그래요, 퍼시?"

계관시인은 그녀에게 질겁한 눈길만 던지고 아무 말도 하지 않았다. 아이들은 늘 그렇듯이 곧 말을 따랐다. 아이들은 정말이지 제대로 길러졌다.

그녀의 말대로 "잘 훈련된 개"를 만드느라 보낸 혹독한 6개월이 지나자 아네트는 갑자기 수업을 참으로 빨리, 참으로 잘 흡수하기 시작했고, 아르망에게 처세술을 제대로 보여주는 바람에 시간에 쫓긴 아나키스트 청년이 한 가지 실수를, 하마터면 재앙으로 끝날 뻔한 실수를 범했다. 아네트를 플렌 몽소의 유명한 기숙학교로 보내 마지막으로 유약을 바르며 그녀를 시험해보기로 결정한 것이다. 그 학교는 외국이나 지방의 좋은 가문 출신 처녀들이 세상에 나가기 전에 몇 달을 보내는 곳이었다. 바른 몸가짐으로 첫 두 주를 보낸 뒤 교장인 마드무아젤 렌이 학생들에게 『매혹적인 새』에서 특히 교훈적인 대목을 읽어줄 때 아네트가 죽을 것 같은 지루함을 못 견디고 불쑥 내뱉은, 절망적이지만 분명한 중얼거림이 들려왔다. "어이구, 여긴 지독히도 따분하네!" 이 문장은 어떤 억양을, 그저 진실한 억양을 신고 얼어붙은 침묵 가운데 울려 퍼졌고, 질겁한 교장은 젊은 여성이 정말 세르비니 백작의 조카이자 마렝고 전투에서 영예롭게 전사한 같은 이름의 유명한 기사의 손녀딸이 맞는지 의문을 품었다. 그리고 아네트가 여학생들끼리 대화를 나눌 때 교장을 "저 늙은 여자 포주" 말고 다른 말로는 절대 부르지 않는다는 사실을 기숙 학생들 중 한 사람에게 전해 들었을 때 가벼웠던 의심은 더욱 커졌다. 교장은 곧 조사를 실시했고, 여학생의 '숙부'가 감탄할 정도로 명필로 써서 보낸 추천서가 가짜이며, 세르비니 가문의 마지막 영주는 이미 대단히 기독교적인 영혼을 생 장 다크르의 루이 성자 곁에 바쳤다는 사실을 알게 되었다. 그들은 강도 사건을 걱정해 경찰을 불렀다. 매우 운 좋게도, 몇몇 흥미로운 분야에 관해 아네트가 소유한 풍부한 어휘와 다양한 지식에 무한히 감탄하던 한 여학생이 교장의 의심을 아네트에게 제때 알려주었다. 아네트는 아르망에게 알려 경찰서장이 도착하기 전 이른 새벽에 속바지 바람으로—교장이 그녀의 옷을 숨기고 열쇠로 잠가놓았기에— 창문을 넘어 황급히 달아나는 데 성공했다. 그녀는 매우 우아한 필체로 쓴 편지한 장을 남겨놓았는데, 그 언어가 차마 입에 담기 힘든 것이어서 첫 몇 줄을 읽은 뒤 교장은 심장에 손을 얹고 기절해버렸다. 부도덕한 여학생이 전체 학생에게 야기한 돌이킬 수 없는 피해를 예감했는지 교장은 깨어나자마자 다시 의식을 잃었다.

젊은 공화국의 가장 저명한 인물 중 한 사람의 죽음으로 알퐁스 르쾨르가 몇 년 전부터 수중에 쥐고 좌지우지하던 보호자를 갑자기 잃게 된 것이 이 무렵이었다. 그가 매수한 경찰들은 그를 위해 내무부 회의에서 정해진 결정들을 알려주는 것 외에 달리 아무것도 할 수가 없었다. 그의 체포가 결정된 것이다. 마니앙 경찰서장은 회고록에서 불량배들의 왕이 자기 범죄들에 사회혁명의 성격을 부여하지 않고 20년 동안 살아왔듯이 겸허하게 포주와 협잡꾼으로 남는 데 그쳤더라면 틀림없이 부유하게 영예로운 죽음을 맞았을 것이라는 정확하고 냉정한 판단을 내리고 있다. 샤바네와 루아얄을 포함한 '사창가'들, 두 개의 도박장, 경주마 마사, 개인 저택, 여러 대의 4인승 무게 마차와 쿠페가 신속히 다른 사람의 명의로 이전되었는데, 이전받은 자는 궁지에 몰린 거인의 보복을 두려워하지 않아도 되자 곧 그것을 착복했다. 그렇게 해서 아네트의 교육은 갑작스레 중단되었고, 갑자기 그때까지 알았던 세상과는 전적으로 다른 세상인 스위스에 있게 되었다. 씁쓸한 회한을 잔뜩 품고 격분한 알퐁스 르쾨르는 사회를 향해 무시무시한 협박의 말을 내뱉으며 제네바와 로잔의 카페로 측근들을 모았다. 침울하고 거만한 얼굴을 한 그를 아르망이 러시아와 이탈리아 출신의 여러 아나키스트들에게 자유를 위해 싸운 위대한 투사이자 새로운 세상의 개척자로 소개했고, 그러는 동안 기다란 얼굴에 언제나 머리를 기이하게 갸우뚱 기울이고 있는 기수는 체념 어린 슬픈 눈길로 친구를 바라보았다.

6

아르망과 스위스에서 단둘이 보낸 첫 몇 주는 그녀에게 엄청나게 행복한 추억을 남겼다. 그 시절엔 그녀가 참 젊어서 오늘날 레이디 L에게는 어쨌든 자신이 행복한 어린 시절을 보낸 것처럼 느껴졌다. 그가 언제나 머리맡에 권총을 두고는 있었지만 잠재적 위험에 대한 어떤 생각도 떠올리지 못했다. 참으로 충만하게 사는 기쁨을 누리던 순간이어서 어떤 걱정이나 두려움도 끼어들지 못했다.

그녀는 카모엥이라는 백작의 젊은 미망인으로 가장하여 베르그 호텔에서 혼자 살았다. 우수에 잠긴 그녀의 모습에서, 존재나 사물을 보지 못한 채 스치는 듯한 의욕 잃은 눈길에서 사람들은 그녀의 슬픔을 짐작했다. 그녀가 의사를 만나기 위해 스위스로 왔다고들 수군거렸다. 그녀를 쇠약하게 만들고 있는 기이한 질병에 대해서도 말했다. 아직 폐결핵은 아니지만 병이 걸리기 직전에 종종 나타나는, 영혼이 쇠락해가는 상태라고들 말했다. 이따금 그녀가 사냥개 두 마리와 함께 레만 호숫가를 몇 걸음 걸을 때 그녀의 파리한 안색과 무기력은 결코 거짓이 아니었다. 바젤에 있는 새 아나키스트 인터내셔널의 집행부 회의를 기다리느라 꼼짝할 수 없어서였는지 아르망이 어느 때보다 정열적이었고 요구가 많았기 때문이다. 그가 애인의 품 안에서 젊은 혈기를 넘치도록 쏟는 것을 '직접행동'의 이론가들이 알았다면 틀림없이 몰지각한 에너지 낭비로 여겼을 것이다. 그가 그렇게 계산하지 않고 주는 것을 두고 민중에게서 앗아간 것이라고 서슴없이 주장했을 것이다. 아네트는 매일 제네바의 오래된 구역에 위치한 낡은 집 층계를 네 계단씩 올라 하숙방 문을 두드리고는 연인의 품속에 뛰어들었고, 그가 그녀 안에 있다고 느껴지는 순간 마침내 목적지에 도달하고, 해방되고, 탈출한 느낌이 들었고, 참으로 묘하게도 마음이 놓였다. 그들은 그렇게 한동안 절대적 평화를 만끽하며 꼼짝하지 않았다. 거부할 수 없는 순종적이고 유순한 기쁨을 기다리며 도취했다. 그러고 나면 책과 원고, 신문과 식은 음식 자국으로 어지러운 작은 방 안에서 그녀는 보고 또 봐도 물리지 않는 그 얼굴 위로 탐욕스레 몸을 숙이고 그의 가슴에 머리카락을 늘어뜨린 채 손가락으로 그의 이목구비를 따라가며 차분하고 미소 띤 표정으로 행복을 그렸다. 그 그림을 마음속에 담아 나중에 그녀가 자기 아파트의 차갑고 호사스러운 고독 속에 있을 때나, 참으로 반듯하게 처신할 줄 알고 청결함으로 이루어진 것 같은, 온화하고 점잖은 자연이 포근하게 감싸주는 파스텔 톤 풍경 속에서 냉랭하고 무기력한 얼굴로 호숫가를 산책할 때 눈을 감고도 마음껏 다시 그릴 수 있기 위해서였다. 3주 동안 이어진 두 사람의 격정적인 만남은 언제나 신선한 도취경과 충만감을 안겨주

었다. 그들이 창문으로 바라본 투명한 호수의 고요함이 절제의
교훈과 지혜를 줘도 소용없었다. 이따금 그녀는 꿈을 꾸고 있어
곧 깨어나 현실로 돌아가게 될 거라는 느낌이 들었다. 그러면 한
숨을 내쉬고 슬픈 눈길을 그에게 던졌다.

"이 소풍이 곧 끝날까요?"

"무슨 소풍 말이오?"

"곧 비가 내리기 시작하면 집으로 돌아가야 할 테죠……."

그녀에겐 그가 다른 열정에서, 한 사람도 배제하지 않을 보편
의 행복에 관한 꿈에서 마침내 해방되었고, 테러리스트가 사라지
면서 버리고 간 것처럼 보이는 장전된 권총 두 자루가 머리맡 탁
자 위에 놓여 있기는 해도 그들이 마침내 단둘뿐이라고 생각되
는 순간들이 있었다. 거창한 계획, 사회 전복, 던져야 할 폭탄, 뿌
려야 할 피, 비밀 모임, 행동대를 잊고 나면 남는 건 건강하고 원
기 왕성한 사내뿐이었다. 인생에서 어루만짐과 입맞춤이 차지해
야 마땅할 자리를 마침내 그것들에 돌려주는 사내뿐이었다. 당연
히 맨 앞자리를 말이다. 아네트는 자유, 평등, 박애가 저 바깥 어
딘가에서 기다리고 있으리라고, 두툼한 콧수염을 달고 중절모를
쓴 채 무거운 걸음으로 포석 위를 성큼성큼 걷고 있으리라고 짐
작했다. 화가 잔뜩 난 얼굴로 이따금 호주머니에서 시계를 꺼내
초조하게 시간을 확인하면서 말이다. 그런데 그녀는 되도록 생
각을 하지 않으려고 애썼다. 그녀는 망각이 행복을 만든다는 걸
이미 알고 있었다. 더구나 미래는 남자들이 감당해야 할 몫이었
다. 그녀는 새 보물을, 대단히 여성스러운 뜻밖의 보물을 발견했
다. 현재였다. 그녀는 아르망 드니가 굶주림, 예속, 멸시, 무관심으

로 가득한 세상이 침묵을 통해, 부르주아 언론이 목소리 높여 뒤
덮어버리는 그 침묵을 통해 그에게 전하는 끊임없는 호소와 개인
적 운명에 대한 갑작스러운 애착 사이에서 번민하며 자기 자신을
상대로 벌이는 싸움을 짐작조차 못했다. 훗날에야—정확히 말해
17년 뒤에야— 레이디 L은 그들이 제네바에 도착하고 얼마 뒤에
아르망 드니가 사회주의자 디노 스카볼라에게 쓴 편지에서 이 번
민의 흔적을 발견했다. 디노 스카볼라는 아나키스트 명령들의 피
묻은 절대주의보다는 칼 마르크스의 사상에 훨씬 더 열광하는
인물이었다. 편지는 스카볼라가 쓴 자서전 제2권*에 실렸다. "어
쩌면 선생의 생각이 옳은지도 모르겠습니다. 때로는 테러리즘이
혁명 논리보다는 성급한 본능을 따른다는 생각이 들 때가 있어
요. 선생께서 어디선가 언급하신 테러리즘과 패배주의의 상관관
계가 근거 없는 얘기는 아닌 것 같습니다." 스카볼라는 아르망 드
니에게 보낸 자신의 편지도 실었다. "이성의 지배가 마침내 열정
의 방종을 잇고, 절대를 향유하는 자들이 그들의 이상주의적 방
탕을 거부하고, 영혼의 극단주의가 인간을 그만 모독하기를 바랄
뿐입니다. (⋯) 선생의 동료들은 모두 인간에 대한 사랑을 주장하
지만 그들 중에는 인간의 결함을 응징함으로써 무엇보다 개인적
인 복수 욕망을 채우려는 사람들이 얼마나 많습니까. (⋯) 그들의
행동과 사회주의의 관계는 성적 변태 행위와 사랑의 관계나 마찬
가지입니다." 그러나 당시 레이디 L이 알았던 것은 자신이 격렬한
열정으로 비범한 존재를 품에 안고 있다는 사실이 전부였다. 그

---

* 디노 스카볼라, 『혁명, 혁명가들』, 밀라노, 1907.

리고 그가 그토록 맹렬히, 헌신적으로 애무에 몰입한 것이 그녀가 그에게 불러일으키는 사랑보다 더 크고 더 탐욕스러운 사랑을 잊으려는 것이었음을, 그 사랑으로부터 달아나려고 애쓰는 것이었음을 이해하기에는 이런 유형의 남자를 아직 잘 알지 못했다. 그녀는 아직은 인류를 자신의 경쟁자로 볼 줄 몰랐고, 심지어 연인의 인생에 자기 말고는 아무도 없다고 생각하기까지 했다. 아마도 이때가 '영구 혁명' 사도의 경력에서도 유일한 순간이었을 것이다. 이때 이 극단주의자 청년은 이미 오래전부터 그를 집어삼킨 신념 때문에 빠져 있던 깊은 번뇌에서 해방되려고, 수면으로 다시 올라오려고, 피상적인 것에 이르려고, 입맞춤과 은방울꽃과 푸른 하늘의 진부함에 이르려고 애썼다. 그는 행복해지려고 애썼다. 때로 그들은 일어나서 발코니로 나가 지붕 너머로 보이는 거대한 호수의 창백한 물을 응시했다. 산은 마치 그들에게 인사라도 하듯 투명한 물속에 눈 덮인 봉우리를 던져 그들 앞에 모습을 드러내는 것 같았다. 그러나 아네트는 풍경에 금세 싫증이 났다. 그녀가 몇 시간이고 바라볼 수 있는 건 살짝 낮은 듯한 코에 맹수의 갈기 같은 곱슬머리, 강인한 목, 깃을 풀어헤친 흰색 실크 셔츠 아래 감추어진 억센 어깨, 포동하면서 섬세한 그의 얼굴뿐이었다. 그녀는 그 동물적인 코를 늘 만지고 싶었고, 빛이 닿으면 청동색이 감도는 헝클어진 머리카락 속에 손을 집어넣고 싶었고, 웃을 때면 색깔이 바뀌는, 어두우면서 동시에 쾌활한 눈을 들여다보고 싶었다. 목소리는 깊고 단호했으며, 늘 조금은 갑작스러웠다. 몸동작도 갑작스레 굳거나 활기를 띠곤 했지만 느림은, 느리고 굼뜬 동작은, 무기력한 나태함은 알지 못하는 듯했다.

"아르망, 사랑 노래를 하나 가르쳐줘요……."

"저런. 아네트, 당신은 그런 걸 배운 적이 없나요?"

"내가 아는 건 전부 너무 짧고 너무 슬퍼요. 징징거리고, 한탄하고, 울고, 죽어요. 그런 노래를 쓴 사람들은 모두 폐에 무슨 문제가 있나 봐요. 진짜 사랑 노래를 써줘요, 아르망."

"내 평소 기질에 안 맞는 일이긴 하지만 한번 해보죠."

이렇게 해서 1895년경 프랑스에서 인기를 끌었던 작자 불명의 노랫말이 탄생하게 된다. 훗날 아리스티드 필리올이 곡을 붙이게 될 〈흘러가는 행복에〉는 쫓기던 어느 테러리스트가 제네바의 다락방에서 쓴 것이었다. 이 노래를 파리의 거리에서 처음 들었을 때 레이디 L은 영국 대사 앨런 해즐릿 경과 함께 자동차를 타고 있었는데 불현듯 그 가사를 알아보았다. "아듀, 짧았던 순간이여, 흘러가는 어여쁜 행복이여……." 그녀는 베일 너머로 창백해졌고, 장갑 낀 손으로 얼굴을 가린 채 울음을 터뜨려 외교관을 깜짝 놀라게 만들었다. 아르망은 그를 앞서간 다른 모든 시인들보다 더 잘해내지 못했다. 너무 짧고 너무 슬픈 사랑 노래를 만들었던 것이다.

그러나 자유, 평등, 박애는 참지 못하고 안달했고, 곧 존재를 드러냈다. 아르망은 정치적 망명자들에게 은신처를 제공했다. 러시아의 속박에서 벗어나려고 애쓰던 폴란드인들, 민족적 특징인 규칙성을 드러내며 독일 황제에 맞서 벌인 테러를 거듭 실패하던 독일 혁명가들, 코슈트Lajos Kossuth, 1848년 혁명을 주도한 헝가리 정치가. 급진적 자유주의자로 헝가리 자치권을 얻어내고 독립을 선언해 임시정부의 정권을 장악했으나 이후 제정러시아에 패하여 이탈리아로 망명했다를 아직도 꿈꾸는 헝가리인들, 왕의 암살을 준비하던 이탈리아인들, 합스부르크 왕가의 몰락을 기다리던 세르비아인들. 행복한 미소를 머금고 4층을 오른 아네트는 문을 열면 한 무리의 사람들이 러시아식 훈제 청어 뼈다귀와 동그랗게 눈을 뜬 대가리가 뒹구는 기름종이를 앞에 두고 파리에서, 빈에서 또는 모스크바에서 테러를 벌일 계획을 세우는 광경을 점점 더 자주 보게 되었다. 그들은 그곳에서 밤을 보냈다. 바닥에서 자거나 새벽까지 지칠 줄 모르는 열정으로 최근에 망명한 동지들이 각 나라에서 전해준 정치 소식을 분석했다. 별것 아닌 소문일지라도 그들은 엄청나게 흥분하고 엄청나게 열광하며 받아들였고, 곳곳에서 자신들에게 우호적인 징후들을 보며 절대적인 신뢰를 갖고 실낱같은 희망에 매달렸으며, 극적인 반전을, 누구도 막을 수 없을 저항을, 마침내 그들이 현실을 장악해 피의 순수성과 학살의 정의가 드러나게 되기를 나날이 기대했다. 그들은 모두 세상의 공감을 얻고 있다고 믿었다. 억압받는 민중은 봉기하기 위해 신호만 기다리고 있고, 대중이 그들 편이니 몇 달, 몇 주, 몇 시간이 걸리든 단지 시간문제일 뿐이라고 생각했다. 그들 중에 노동자는 물론 없었고, 노동자나 농민의 자식조차 없었다. 러시아인들은 모두 좋은 집안 태생이었고, 대개 유명한 이름을 가졌다. 독일인들은 모두 시에 푹 빠진 낭만적인 부르주아였다. 이탈리아인들은 벨칸토 애호가로, 서로 알지는 못했지만 모두들 그들 내면에서 느껴지는 오페라를 체험하기 위해 인류를 가지고 사랑 노래나 미美의 노래를 만들고자 했다. 그들은 모두 인정 많은 귀족의 흔적을, 궁정 연애 시절에 음유시인들이 노래한 귀부인을 다만 인류라는 귀부인으로 대체한 고귀한 감정을 품고 있었다. 그들은 인간을 숭배의 대상으로 삼았고, 자신들의 정치적 신념을 교회로 삼았다. 그리고 대개 그들이 가진 작위보다 더 진정한 귀족 작위를 혁명에서 찾았다. 훗날 지나치게 까다로운 갈망이 자연스럽게 초래한 지적 패배주의에 사로잡힌 몇몇은 파시즘이나 나치즘과 손잡음으로써 이루지 못한 사랑 이야기에 나오는 전형적인 자살을 범하게 된다. 그들 가운데 몇몇 순정한 몽상가들은 저명한 부르주아 웅변가들이 자기 정부貞婦들에게 잘 보이려고 폼 잡으며 연설을 해대는 의회에 폭탄을 던지고는 자랑스레 단두대에 올랐고, 그렇게 잘린 목을 바침으로써 꿈에 전통적인 경의를 표했다. 그들은 격분해서 비극적인 폭력으로 끝나가는 세기의 마지막 잠을 흔들어 깨우려고 애썼지만 소용없었다. 그들의 귀는 참으로 예민해서 멀리서 파도처럼 밀려오는 역사의 노호가 벌써 들렸지만, 그들에겐 그 파도를 기다릴 인내심도 없었고 앞당길 힘도 없었다. 아네트는 그 작은 방에서 그들을 모두 다시 만났다. 그들은 신문지 위에 놓인 빵과 마른 소시지를 둘러싼 채 느리고 절망적인 교육과 선전, 조직의 노고를 면제해주고 그들을 곧장 목표로 이끌어줄 어떤 경이로운 지름길을, 놀라운 활약을 꿈꾸고 있었다. 그들 중 하나는 그곳에 2주째 숨어 지냈다. 뚱뚱하고 동글동글하며, 대머리이지만 수염은 덥수룩하고, 담배 냄새를 풍기는 러시아인이었다. 그 러시아인은 제네바에서 상트페테르부르크로 돌아가 차르를 암살할 수 있도록 그의 어머니가 보내기로 한 돈을 기다리고 있었다. 그는 늘 어머니 얘기를 했다. 모두에게, 그리고 한 사람 한 사람에게 그의 어머니가 얼마나 대단하고 용기 있고 똑똑한지 설명했다. 그의 이름은 코발스키였고, 그의 어머니는 그 유명한 코발스키 백작 부인이었다. 혁명 활동 때문에 시베리아로 추방된 그녀는 그곳에서 슐코프의 조언자이자 인도자가 되었다. 몇 주 후 코발스키는 러시아로 돌아갔지만, 차르를 죽인 게 아니라 자신이 제조한 폭탄이 야기한 사고로 어머니를 죽이고 말았다. 청년 장교로 러시아 왕실 근위대의 일원이었던 킬리모프도 있었다. 그는 조용하고 생각이 많고 감정을 드러내지 않는 남자로, 자신을 상대로 끝없이 체스 게임을 하며 시간을 죽이곤 했는데, 매번 져서 울적한 만족감을 맛보는 것 같았다. 그리고 크레모나 출신의 키 작고 쾌활한 이탈리아인으로 카페에서 바이올린을 연주하고, 제네바를 돌아다닐 때마다 전혀 위험해 보이지 않는 바이올린 가방 속에 폭탄을 넣고 다니는 나폴레옹 로세티도 있었다. 그는 아네트에게 상냥하게도 이렇게 설명했다.

"모르는 일이잖아요, 마드무아젤. 사람들의 발길이 끊이지 않는 레만 호숫가에서 어떤 매혹적인 만남이 기다릴지 모르잖습니까. 제 신조는 이겁니다. 언제나 쓰일 준비가 되어 있으라."

레이디 L은 1941년에 출간된 버트럼 무어 경의 『예술에 관한 에세이』에서 아르망과 그의 몇몇 동료들에게 해당하는 것으로 보이는 주목할 만한 대목을 발견한 적이 있다. "이런 종말을 맞을 수밖에 없었다. 인간 영혼이 품는 미美의 욕구는 언젠가 예술의 경계를 벗어나 삶 자체를 공격하게 마련이다. 따라서 우리는 걸작을 좇아 달리던 창조자들이 삶과 사회를 조형물처럼 다루기 시작하는 걸 보게 된다. 피카소나 브라크 같은 사람이 자신의 예술 기준에 따라 새로운 세계를 건설하려고 드는 걸 상상해보라.

온 인류가 점토 반죽처럼 다뤄지고 주물러지는 걸―고문당하는 걸― 상상해보라. 이것이 우리에게 닥친 일이다. 미의 욕구가 어떻게 인간 영혼에 생겨나는지는 아직 알지 못한다. 그러나 우리가 그 욕구를 집어넣는 곳은 참으로 기이한 장소다."

처음에 아네트는 그 작은 음모자 무리를 좋게 보았다. 그런데 아르망은 그들의 계획이 성공하려면 젊은 여인의 익명성이 반드시 지켜져야 한다고 결정하고서, 동지들이 있을 때는 그녀가 자신을 보러 오지 못하게 금했다. 아네트는 곧 그들을 진심으로 증오하게 되었는데, 아마 그들을 경찰에 고발하는 것도 망설이지 않았을 것이다. 그런 변덕스러운 행동이 자기 연인을 위험에 빠뜨리지만 않는다면 말이다.

따라서 그녀는 많은 시간을 혼자 지냈고, 새로운 상황과 알퐁스 르쾨르의 남은 돈이 허용하는 한 온갖 즐거움을 음미하며 홀로 위안을 찾았다. 양산을 만지작거리며 들판에서 긴 산책을 할 때면 자신이 홀로 산책하는 사람들에게 불러일으키는 재미난 파장을 하나도 놓치지 않으려고 마부에게 천천히 가달라고 했고, 사람들의 감탄에 행복해하며 그들의 호기심을 자극하려고 살짝 고뇌하는 듯한 신비로운 표정을 지었다. 그녀는 사라진 모든 연인의 그림자가 떠도는 것 같은, 이탈리아풍 발코니가 딸린 낭만적인 빌라들 앞에 멈춰 서서 우아한 귀부인들과 기품 있는 신사들이 잔디에서 크로케 게임을 하는 걸 바라보았다. 그리고 알렉시스 대공이 도시에 내준 정원도 방문했는데, 그곳에선 꽃으로 만든 미로에 들어서기 전에 안내 책자를 나눠주었다. 그녀는 부자가 되고, 집을 소유하고, 마차와 정원을 갖고, 자기가 소유한 꽃들 사이를 거닐고 싶은 강렬한 욕구에 사로잡혔다. 다양하고 경이로운 꽃들이야말로 그녀에겐 가장 큰 창조의 신비 중 하나처럼 보였다. 그녀는 정원사들과 얘기를 나누며 식물들의 이름을 알았고, 식물들의 맛과 습관과 요구와 변덕을 배웠으며, 눈을 감고 향기로 꽃을 알아맞히려고 애썼다. 그 이름을 맞히고 나면 평생 같이할 친구를 사귄 것 같은 느낌이 들었다.

그녀는 패션 살롱에서 몇 시간을 보내며 옷과 모자를 착용해보기도 하고 그녀의 넘치는 젊음을 신비스러운 분위기로 감싸주는 모피 목도리나 베일을 둘러보기도 했다. 그러면 판매원들이 탄성을 내질렀다. "마드무아젤, 정말 아름다우십니다!"

다섯 시경이면 그녀는 반드시 룸펠마이어 제과점에 들어섰고, 주변에서 프랑스인, 러시아인, 독일인의 목소리가 만들어내는 나지막한 속삭임을 들으면서도 아무도 보지 못하고 아무것도 듣지 못하는 척 차를 마셨다. 그녀는 배불뚝이 이탈리아인이 털북숭이 손을 가슴에 대고 부르는 〈오 솔레 미오〉 노래와 긴 머리에 메마른 그의 친구가 반주하는 바이올린 소리에 귀를 기울였다. 그녀가 멍하니 무언가에 정신이 팔린 듯한 표정을 너무도 잘 짓고, 참으로 조신한 태도를 보이고, 고독에 확실히 자리를 잡은 듯해 보여, 차를 마시는 시간에 제과점을 탐색하던 젊고 늙은 모든 신사들이 감히 접근을 못한 건 물론이었고, 드러내놓고 그녀를 쳐다보지도 못했다. 어쩌다 간혹 그녀가 던지는 재빠르고 태연한 눈길이 화살처럼 순식간에 그곳의 세련되고 점잖은 대기를 가로질렀는데, 그러면 누군가의 얼굴엔 짓궂은 표정이 그려지는 듯했고, 매복 중이던 몇몇 사냥꾼들의 손에서는 찻잔과 숟가락과 잔

받침이 부딪치는 소리가 들렸다. 그러나 이 아마추어들이 어떤 의혹이나 희망을 채 품기도 전에 아네트의 입술은 사라진 미소의 마지막 흔적마저 엄중히 통제했고, 냉랭하고 정숙하게 아래로 깔린 긴 속눈썹은 그녀의 표정을 가려 헤아릴 수 없게 만들었다. 그럴 때면 틸리 씨의 말이 그녀의 귓전에 울렸다.

'기억하세요. 당신은 다가갈 수 없는 먼 존재입니다……. 당신은 가까이 할 수 없는 존재입니다……. 올림포스 산에 홀로 선 여신입니다……. 누구도 감히…… 어느 누구도 이런저런 추측을 할 수 없고…… 아주 멀리서 정중하게 당신을 숭배하며 한숨만 내쉴 수 있을 뿐이라는 걸 알아야 합니다……. 그래야 그들에게서 당신이 원하는 모든 걸 얻어낼 겁니다.'

그러고 재빨리 마지막으로 은밀하고 경쾌한 눈길을 던졌지만 그녀의 숭배자들이 어리둥절한 채 자기 눈을 믿고 의자에서 일어서야 할지 말지 마음을 채 정하기도 전에 그녀의 얼굴에는 감탄스러울 만큼 완벽한 이목구비밖에 남지 않았다. 섬세하고 영적이며 매혹적인 코, 겸손의 무게로 내리깔리는 것 같은 묵직한 속눈썹. 귀족적이라고밖에 누구도 달리 규정하지 못했다.

그녀는 보석 가게에서 자주 눈에 띄었다. 그곳에서 그녀는 당시에 인기를 끌던 멋진 이탈리아 카메오 보석을 만지작거리거나—레이디 L은 지금까지도 이 보석을 몇 상자 가득 가지고 있다— 아니면 귀고리며 팔찌며 브로치를 착용해보는 걸 좋아했다. 그때까지는 브로치를 '클립스clips'라는 끔찍한 이름으로는 부르지 않았다. 터득한 지 얼마 되지 않았지만 그녀는 의지력과 체면 의식이 대단해서 결코 아무것도 훔치지 않았다. 때로는 유혹이 너무 커서 거의 울고 싶을 지경이었다. 그러나 그녀는 진짜 사치는 돌멩이와 예술품의 사치가 아니라는 걸, 땅이 제공해주는 형체와 광채와 색채에 비하면 아무리 아름다운 보석도 한낱 조야한 물건일 뿐이라는 걸 금세 깨달았다. 그녀는 진품에 대한 감각을 타고났다. 번드레한 겉치레와 고상함을, 진짜 기품을 본능적으로 구별할 줄 알았고, 자신의 옷차림에 거의 감지하기 힘든 개인적 터치를 더할 줄 아는 최고 수준의 신비로운 기교를 갖추고 있어 어디건 나타나는 곳마다 가장 옷을 잘 입는 여자가 되었다.

그 지역을 산책하면서 그녀는 튈리 씨가 더없이 인내심을 발휘해가며 그녀에게 가르치려고 한 것을 온전히 제 것으로 만들었다. 라일락 가지 하나도 멋에 대한 교습이었다. 백조들이 호수 위를 미끄러져 가는 걸 바라보고 꽃잎을 매만지며 그녀는 몸가짐을 가르치는 모든 교재에서보다 더 많은 것을 배웠다. 정원을 거닐 때마다 조금씩 더 자연스러운 몸가짐을 터득해서 어느덧 룸펠마이어 제과점에 앉아 온갖 언어가 뒤섞인 재잘거림을 들을 때나 전람회에서 그림들 앞을 지날 때, 단지 그녀의 외모만이 아니라 진짜 귀족이라면 즉각 알아볼 수 있는 타고난 무엇이 사람들의 감탄을 자아냈다. 자연스럽고 자신만만하고 흉내 낼 수 없는, 터득할 수 있는 것이 아니라 갖고 태어나는 '알 수 없는 무엇'이 말이다. 귀족 혈통을 알아보는 사람들은 저들끼리 "기품이랄까"라고 말하며 알겠다는 듯이 서로를 쳐다보았다. 몇 년 뒤 레이디 L은 그녀를 숭배한 귀족들에게 자신이 남긴 첫인상을 떠올리다가 예쁜 금발을 뒤로 젖히고 유쾌한 웃음을 터뜨려 주변 사람을 살짝 걱정하게 만든 적도 있다. 무사태평한 그 웃음이 온 세상을 품은 것처럼 보였기 때문이다. 사람들은 이 고귀한 귀부인의 기질에는 어딘지 비도덕적인 데가 있다고, 심지어 허무주의적인 데가 있다고들 수군거렸다. 게다가 그런 기질은 스스로에게 모든 걸 허용할 수 있고, 여러 세기 동안 특권을 누리느라 살짝 상궤를 벗어나기도 하며, 전혀 정중하지 않아도 되는 진짜 귀족들이 종종 보이는 특징이라고들 말했다. 화가들과 조각가들이 그녀의 풍모에 감탄하고 몸짓 하나에서 즉각 감지할 수 있는 그녀의 인품에 경탄할 때 그녀는 진지하게 이렇게 설명했다.

"이 모든 건 꽃을 자주 보다 보면 얻어지는 것이랍니다."

그녀는 음악을 좋아하기 시작했다. 그리고 금세 진짜 예술과 얄팍한 기교를 구분할 줄 알게 되었다. 연주장에 앉아 눈을 반쯤 감고 입가에 미소를 띤 채 그녀는 매혹에 빠져들었다. 오직 사랑의 매혹만이 능가할 수 있는 매혹이었다. 그러나 그녀는 당시 사람들이 천박함의 절정으로 여기던 대중 왈츠에는 늘 사족을 못 썼다. 이 거리의 여인이 살롱에 들어오도록 돕기까지 레이디 L은 몇 년을 기다려야만 했다.

7

　아르망 드니를 중심으로 제네바에 모여든 극단주의자들 소집단은 그 시대의 혁명 사상에 맞서고 있었다. 1890년 1월 바젤에서 가진 비밀 모임에서 그들은 칼 마르크스를 맹렬히 규탄했다. 마르크스의 이론이 인간을 국가에 완전히 예속시킨다고 보았던 것이다. 또한 영국의 사회주의자들을 "우는소리나 하는 페이비언주의자들"* 이라고 부르며 그들과의 모든 협력을 거부했고, 크로포트킨과 페두킨 또한 지나치게 "흰 장갑"** 만 끼고 있다고 판단하고 완전히 단절했다. 바젤 분열 이후 '영구 혁명' 운동 지도부가 해방위원회로 이름을 바꾸고 계획과 활동 방안을 야심차게 키워나가던 순간에 돈이 떨어지기 시작했다. 아르망과 르쾨르가 로잔에서 제대로 성공한 우편 수송차 습격과 1890년 아르망과 슬레서가 실행에 옮긴 제네바의 막시민 보석상 습격은 무기를 갖춘 여섯 명의 행동대를 조직하게 해주었고, 행동대는 초봄에 프랑스

＊　아르망 드니, 「목가적 환상」, 〈자유로운 인간〉, 1890년 1월 3일 자.
＊＊　같은 글.

국경을 넘었다. 국경을 넘자마자 병력의 반은 돈과 함께 증발해버렸고, 나머지 반은 1891년 5월 1일 클리시에서 벌인 시위가 실패하면서 유명해졌다. 그 시위에서 총격은 있었지만 사망자도 부상자도 없었다. 압지가 잉크를 빨아들이듯 부르주아 사회가 말 그대로 아나키스트들을 빨아들이는 것 같았다. 그들은 끊임없이 신입 회원들을 찾아나서야 했고, 그러고 나면 또 교육 작업이 필요했는데, 그 느린 과정은 아르망 드니의 기질에도 맞지 않았고, 바젤에서 지도자들의 야심과 식민주의자들의 경쟁으로 인해 위협받는 인류를 구해야 할 '세계적 위급 상황'임을 부르짖게 만든 그의 깊은 신념에도 잘 맞지 않았다. 범죄자 집단에서 용병들을 모집하는 편이 훨씬 쉽고 효과적이었다. 라바숄이라고 불리던 쾨니히슈타인이 파리에서 맡은 임무가 그것이었다. 아르망은 파리에서 저질러지는 수백 건의 저속한 범죄들을 정치적 암살로 바꿔놓을 수 있다면 자본주의 사회는 기둥을 잃어 민중이 살짝 밀기만 해도 무너지리라고 계산했다.* 그러나 이 실행 방법은 비용이 대단히 많이 드는 것이었다. 진짜 이상주의자들은 말 그대로 공짜로 일했지만 특수 분야의 전문가들을 모집하는 데는 엄청난 액수가 필요했다. 아르망 드니는 오랜 망설임 끝에—이 망설임은 오늘날 레이디 L에게 그 시절엔 알지도 못한 채 자신이 뜻밖의 승리를 목전에 두고 있었다는 느낌을 주었다—마침내 아네트를 18개월 전 그녀를 끌어들인 목적대로 활용하기로 결심했다. 그래서 매혹적인 카모엥 백작 부인은 이 빌라 저 빌라로 가서 차를 마

---

* 아르망 드니, 「범죄자들과 우리」, 〈자유로운 인간〉, 1889년 11월 14일 자.

셨고, 크로케 게임을 했고, 아이들의 머리를 쓰다듬었고, 실내음악을 들었고, 자신을 초대한 상냥한 집주인들의 저택들을 서성이며 생각에 잠긴 듯한 눈길로 주위를 돌아보기도 했다. 개중 여럿이 자루에 집어넣을 만해 보였기 때문이다.

그녀는 베렌 남작이라는 사람의 주선으로 필요한 사교 관계를 맺을 수 있었다. 남작은 대단히 수준 높은 교양과 보기 드물게 명석한 지성의 소유자였는데, 알퐁스 르쾨르가 몇 년 전부터 수중에 쥐고 좌지우지하던 불행한 사람들 중 한 사람이었다. 인품이 얼룩 하나 없이 순결했고 취향 또한 대단히 고결했지만, 더없이 비천하고 굴욕스러운 상황에서 무릎을 꿇거나 죽음의 위협이 임박한 상황에서만 어떤 쾌락을 느낄 수 있는 데다 그 쾌락 없이는 살지 못하는 사람이어서 귀족 영혼의 이 약점을 르쾨르가 가차 없이 활용했던 것이다. 프로이트라도 이 백발의 나약한 존재를 저항할 수 없는 유혹에서 구해내지는 못했을 것이다. 성인 안에 숨어 처벌을 바라는 이성 잃은 방탕한 어린아이에게 어둠의 굴종이 던지는 유혹 말이다. 이 절망적이고 불량스러운 애호가가 무거운 외투 속에 몸을 숨기고서 거리의 가스등 불빛 아래 외알박이 안경을 낀 창백한 얼굴을 드러내고 비열한 세계 속으로 야간 다이빙을 하는 동안 한 번도 목이 잘리지 않은 건 전적으로 르쾨르의 보호 덕이었다. 그의 재산이 몽땅 거기에 들어갔다. 법률고문을 끼고 다니는 베렌은 몇 년 전부터 샤바네1878년부터 1946년 까지 파리에서 가장 유명하고 호사스러웠던 매춘업소의 옛 주인에게 예전처럼 유용한 존재가 되지 못했다. '부호' 르쾨르가 저 자신에게서 혁명의 소명을 발견하기 이전, 그러니까 그토록 어울리고 싶어 했던 좋은 가문의 청년들을 상대로 도박 서클에서 교섭자 역할을 하던 때처럼 말이다. 그래서 베렌이 아네트를 부유하고, 한가하고, 예의 바르게 지루해하는 제네바의 상류사회로 들여놓는 역할을 맡았다. 르쾨르는 특별히 이런 목적으로 그를 스위스로 불렀다. 가련한 남자는 억지로 오기는 왔지만 곧 병에 걸렸다. 스위스의 순수한 공기를 견디지 못해 천식 발작을 일으켰던 것이다. 건강한 생활환경에 들어서자마자 그는 질식했다. 베르그 호텔 아파트에서 창문이란 창문은 모조리 닫고 커튼을 치고 누운 채 그는 아네트에게 침울하게 중얼거렸다. "나는 자연이 끔찍이 싫어요." 그러나 그에게 불복종이란 있을 수 없는 일이었다. 그는 빛에 맞서, 봄에 맞서, 빙하에서 불어오는 눈바람에 맞서 용감하게 싸웠지만 식욕을 잃고 시들어갔으며 질식했다. 그러나 마부들 사이에서 조금이나마 위안을 찾으면서 맡은 임무를 수행했다. 그가 카모엥 백작 부인을 사교계에 확실히 정착시키는 데는 몇 주가 걸렸다. 마침 백작 부인의 복상 기간도 끝이 났다. 그러자 그는 서둘러 파리로 돌아갔고 거기서 금세 건강을 회복했다. 그러나 그가 너무 방심하여 자기만의 치유법을 시도하려고 찾은 빈민가에서 르쾨르의 강력한 영향력은 예전 같지 못했다. 돌아간 지 넉 달 뒤 그는 시냇가에서 죽은 채 발견되었다. 그의 얼굴엔 달콤한 공포가 깃든 표정이 아직 남아 있었다.

어쨌든 아네트는 어려움 없이 사치스러운 철새 무리에 섞여들 수 있었다. 그들은 아들과 딸 들이 독일인 가정교사와 영국인 보모의 감시 아래 에드워드 리어풍으로 예쁘장한 수채화를 그리거나 『소공자』를 읽거나 피아노 앞에서 몽상에 잠기는 동안, 계절에 따라 이 나라 저 나라로 날아다니며 바덴바덴이나 키싱겐에서 온천을 즐기고, 사랑스러운 호숫가에서 피크닉을 하고, 빙하 위에서 등산지팡이를 들고 사진을 찍었다. 스위스는 이 신중한 여행자들이 즐겨 찾는 약속 장소였다. 그들에게 몽블랑은 여전히 무시무시한 볼거리였다. 빅토리아 여왕 시절은 곰 인형처럼 폭신폭신한 안락함과, 찻주전자, 앨범, 일기장 사이사이에 끼워둔 마른 꽃잎들과 더불어 콤, 스트레사, 인터라켄 호수와 강가의 잘 가꿔진 공원들을 거점으로 마련해두었던 것이다.

예절과 품위가 유일한 열정인 이 빈둥거리는 무위도식자들 사이에서 아네트는 당대 최고 괴짜에 누구보다 교양 있고 지적인 사람을 알게 되었다. 오랫동안 그의 관대한 보호를 받아온 에드워드 리어는 그를 "행복한 본즈"라고 불렀다. 『이상한 나라의 앨리스』에서 루이스 캐럴은 그를 거울 나라의 왕의 모델로 삼았고, 더들리 페이지에게 보낸 편지에서 이렇게 묘사했다. "깡마른 부처를 상상해보세요. 완전히 민 머리털, 무엇으로도 지울 수 없는 미소, 물처럼 깊고 가느다란 눈을 덮은 속눈썹 없는 눈꺼풀, 관능적인 주름 속에 이미 맛본 산해진미의 풍미를 간직한 듯한 입술. 그래도 당신은 이 사람에 대해 아무것도 알지 못할 겁니다. 왜냐하면 그는 이 꿈쩍 않는 가면 뒤에 숨어 눈에 보이지 않기 때문입니다. 때로는 자기 주변에서 본 것, 특히 당신 안에서 본 것을 대단히 재밌어 하는 존재가 깃든 석상을 대하는 느낌이 들지요. 솔직히 말해 상대를 편하게 만들어주는 느낌은 아니지요."

친구들에게는 '디키'로 통하는 글렌데일 공작은 그 당시 쉰을 조금 넘긴 나이였고, 이미 오래전부터 빅토리아 여왕이 가장 싫어하는 사람이라는 평판을 유지하고 있었다. 그의 적들은 그를 뼛속 깊이 타락한 사람으로 여겼고, 그의 친구들은 그를 지혜의 화신으로 보았다. 그는 자유분방하고 모험을 즐기는 성격으로 유명했다. 바이런 경을 따라 그리스로 죽음의 원정까지 다녀온 아버지로부터 물려받은 성격이었다. 그리스의 독립에 관심이 있어서가 아니라 아름다운 풍경, 시인과의 동행, 고대의 진귀한 문화재를 손에 넣을 기회라는 점 때문에 따라나선 원정이었다. 바이런의 죽음 이후에도 그는 입실란티스_{Alexander Ypsilantis, 그리스 독립을 위해 싸운 비밀결사대의 최고 지도자} 편에 서서 계속 싸웠고, 터키 기병대로부터 헬리오스 산을 빼앗으려다 여러 차례 죽을 고비를 넘겼다. 승리를 거둔 뒤 그는 신전을 약탈했고, 의기양양하게 전리품을 들고 영국으로 돌아왔다. 그의 아들 글렌데일 공작은 집시 여인과 결혼해 젊은 여왕과 부군을 충격에 빠뜨렸다. 아내가 죽은 뒤 그는 스페인으로 가서 아내가 속했던 부족과 몇 년을 살았다. 영국 관광객들은 세비야 거리에서 어깨에 앵무새를 얹고 원숭이의 묘기에 맞춰 탬버린을 치는 그를 알아보고 격분했다. 그 후 그는 몇 년 동안 극동 지역에서 흔적 없이 사라졌다가 어느 날 머리를 민 채 불교 승려처럼 주황색 승복을 걸치고 돌아왔다. 캔터베리 주교를 불교로 개종시키려 시도했고, 여우 같은 사람이나 찬동할 냉소적이고 격분한 어조로 기마 사냥을 금지하라는 내용의 편지를 〈타임스〉에 보내 영국을 떠나라는 요구를 받았다. 그래서 그는 이탈리아로 갔고 그 후론 그에 대한 말을 거의 들을 수 없었는데, 그가 점잖게는 언급할 수 없는 사람들을 만나고 다녔기 때문이다. 떠돌이 화가, 사회주의자, 자유주의자, 그는 모든 걸 받아들였다. 그러나 결국 예술에 대한 사랑이야말로 그의 삶에서 가장 주도적인 힘이었다. 그의 심미안과 정확한 판단은 그 시대 수집가들과 상인들 사이에서 전설이 되었다. 그는 예술에서 자기 조건과 짧은 운명에 맞서는 인간의 의지를 보았다. 그의 똘레랑스 감각과 미소 띤 호의는 어떤 이들에게 귀족적인 무관심으로, 심지어 일종의 경멸로 비쳤고, 다른 이들에게는 천성의 징후처럼, 예민한 감수성과 항시적인 분노를 초연함과 냉소 아래 감춘 징후처럼 비쳤다. 어쨌든 빅토리아시대의 규범과 관례를 거부한 그는 사실상 영국에서 살기 힘들었다.

러시아 대사인 로덴도르프 백작의 집에서 열린 사교 모임에서 그는 처음 본 순간부터 아네트에게 관심을 보였다. 그가 그녀의 눈부신 금빛 미모에 감탄한 건 분명했지만, 그녀 태도의 야릇한 점에 호기심이 동한 것도 사실이었다. 아네트는 아직까지는 자주 입을 다물어야 했고 내내 조심해야만 했다. 속어나 지나치게 민첩한 동작이, 무지를 확연히 드러내는 말이 튀어나오지 않도록. 글렌데일이 입가에 늘 가벼운 미소를 머금고 속눈썹 없는 눈꺼풀과 살짝 찢어진 눈으로 응시할 때마다 그녀는 왠지 불안감이 느껴졌다. 그의 불거진 광대뼈와 태연한 표정은 묘하게 동양적인 얼굴 특징을 한층 두드러지게 했다. 글렌데일은 그녀와 함께 있고 싶어 했고, 함께 있을 때 그녀가 완전히 편한 적은 없었지만 곧 그들은 거의 매일 보게 되었다. 그녀에게 눈길을 던지고 다정하게 미소를 짓는 그의 독특한 방식은 그녀가 미처 깨닫지도 못한 채 그의 온갖 질문에 이미 대답한 것 같은 느낌을 주었다. 그러나 그는 매력적이고 재미있는 사람이었으며 그녀에게 반한 게 분명했다. 그리고 그녀는 한 인간이 어떻게 그와 같은 삶을 살 수 있는지 상상하지 못했다. 프랑스인 요리사, 중국인 요리사, 이탈리아인 주방장, 순종 말, 아일랜드인 말 조련사, 시인, 음악가로 이루어진 그의 수행 행렬, 유럽 끝에서 끝으로 그를 실어 나를 채비가 된 특별 열차, 그의 경주마 마사, 사냥개, 그가 수집한 그림과 예술품, 그리고 여러 채의 집과 정원을 소유한 사람. 그런 사람이 자신의 부와 특권을 누리기보다는 그것들을 비웃고, 자신을 조롱하고, 자신을 용인하는 사회를 조롱하고, 자신의 삶 자체를 통해, 호사스러운 삶을 통해 자기 자신을 풍자할 뿐 아니라 그런 삶을 가능하게 해주는 모든 것을 풍자하는 것 같아 보였다. "도발자", 이것이 어느 날 그가 자기 자신을 정의하며 아네트에게 한 말이었다. 그러나 그녀는 훗날 레이디 L이 되어서야 이 테러리스트가 말하고자 한 바를 제대로 이해할 수 있었다.

그녀가 그와 함께 보낸 시간들은 금세 그녀에게 흔적을 남겼다. 그녀는 의식하지 못한 채 감염되듯 조금씩 달라졌다. 세상을 바라보는 그만의 방식, 삶에 대한 깊은 사랑을 감추는 냉소적 회의주의, 관대하고 호의적인 배덕까지 허용할 정도로 철저하게 선입견이 없다는 점이 그녀에게 거부할 수 없는 매력으로 작용했다. 재빨리 그녀는 그 방식을 자신이 옷 입듯 입는다면 넋을 빼놓을 만큼 잘 어울릴 거라고 판단했고, 단지 쳐다보는 방식만으로 세상과 거리를 유지하게 해주는 그 기술의 비밀을 파악하려고 애쓰며 디키를 주의 깊게 관찰했다. 그는 그녀의 과거에 대해 한 번도 묻지 않았다. 그가 애써 이 주제를 피하려고 조심하는 것 자체가 이미 경계심, 어쩌면 의심의 흔적을 드러내는 것이었지만 그녀는 그 점이 고마웠고, 이내 그의 앞에서 더는 거북해하지도 조심하지도 않았다. 그녀가 발을 헛디뎌 불쑥 속어가 튀어나오거나 변두리 은어의 짙은 흔적이 그녀 말에 담길 때에도 그는 못 들을 줄 알았다. 그와 지내며 온갖 즐거움을 만끽하면서도 그녀는 자신의 임무를 잊지 않았고, 글렌데일 빌라의 세밀한 내부 구조도를 만들었다. 보물들의 정확한 위치와 각 진열창 속 내용물을 세심히 표기했다. 레만 호와 공원이 내려다보이는 테라스에서 그녀는 그와 함께 거의 매일 그림을 그리며 조금씩 평면도를 그렸다. 프랑스 쪽 강가의 산들이 레만 호의 수평선을 닫았고, 이따금 요트들이 나비처럼 사뿐히 항구를 빠져나갔다. 글렌데일은 그녀의 초상화를 그렸고, 아네트는 도화지를 무릎 위에 올려놓고 테라스 계단을 장식한 아폴론 조각상의 남성적 형체를 복제하며 살짝 싫증을 냈다.

"디키, 3층 복도 오른쪽에 말이에요, 서재 입구 바로 앞에 신기한 작은 물건들 있잖아요."

글렌데일은 한쪽 눈을 감고 연필 든 팔을 뻗어 그녀를 쟀다.

"그것들에 관심을 갖는 게 옳아요. 이집트의 신성갑충 조각품이죠. 3세기 작품들인데, 날 위해 특별히 파라오 무덤에서 훔쳐 온 거요. 사실은 날 위해 도굴하는 유능한 고고학자 팀을 이집트에 두고 있어요. 그렇잖아도 그들이 얼마 전에 새로운 묘를 발견해서 나를 위해 약탈하고 있는 중이오. 나 같은 사람을 사람들은 예술 후원자라고 부르지요."

"저 매혹적인 작은 물건들의 값어치가 큰가요?"

"엄청나오. 단 하나밖에 없는 것들이니까."

아네트는 아폴론을 살짝 들어 올리고 진열창의 위치를 평면도에 그렸다. 그리고 가장자리에 썼다. '이집트의 황금 풍뎅이, 큰돈. 빠뜨리지 말 것.'

"다음 봄에 내가 직접 이집트에 가서 약탈을 지켜볼지도 모르는데, 같이 가겠소?"

글렌데일이 말했다.

"멋지겠어요……. 그런데 디키, 저 풍뎅이 말인데요…… 당신이 그걸 판다면 얼마나 받을까요? 그냥 단순히 호기심에 묻는 거예요."

"물론 그러시겠죠. 봅시다……. 루브르는 나한테 1만 리브르를 제시했고 작년에 내 집에 묵었던 카이저는 거의 두 배를 제시했지만 손에 넣지 못했소."

"2만 리브르를요?"

아네트가 목소리를 낮춰 물었다. 아직은 돈에 확고한 존경심을 느끼고 있었기 때문이다.

"만약 저 물건을 내놓는다면 카이저가 정말 그 값을 치르리라고 생각하세요?"

"망설이지 않을 거요. 그가 단지 내 풍뎅이들을 손에 넣기 위해 영국이나 스위스에 전쟁을 선포하더라도 난 놀라지 않을 겁니다. 그도 예술 후원자니까 말이오."

아네트는 그 금액을 적고 물음표를 붙였고, 잠재적 구매자인 독일 황제의 이름도 세심히 적었다. 흥미로운 판로였지만 도덕적 문제가 제기되었다. 아르망의 친구들이 그토록 혐오하는 카이저와 교섭하기란 어려울 것이기 때문이다. 문득 그녀는 새 친구에게 자기 비밀을 털어놓는 편이 훨씬 간단하지 않을까 싶었다. 디키는 이해심이 많아 어쩌면 자기 집을 털려는 사람까지 도울지도 몰랐다. 글렌데일에 대한 그녀의 감탄은 조금은 유치할 만큼 한계가 없어서 아르망 앞에서도 곧 티가 났다. 그럴 때면 청년 아나키스트는 격분했다.

"그자는 썩어빠진 인간이오. 우리가 그에 대해 좋게 말할 수 있는 건 그의 부패가 너무도 명백해서 어떤 면에서는 그가 우리를 위해 일한다고 할 수 있다는 거요. 그가 혁명 과정을 재촉하고 있다고 할 수 있죠. 그는 오직 자기 쾌락에만 관심을 갖는 이기적인 향락주의자요. 냉소주의와 회의주의를 지혜의 한 형태라고 주장하는 초연한 자유주의자의 태도보다 더 혐오스러운 건 없어요. 게다가 그는 자기 주변의 추악함과 비참함을 보지 않으려고 자기 눈에 예술의 황금가루를 뿌리고 있단 말이오."

그녀는 반박하고 싶었다.

"그렇지만 그분은 정말 선량하고 관대해요. 수십 명의 화가와 작가와 음악가를 먹여 살리고 있어요. 그분이 없었더라면 그들은 굶어 죽었거나 아무것도 이루어내지 못했을 거예요."

"오! 그건 나도 의심하지 않아요."

아르망이 어깨를 으쓱하며 말했다.

"예술가는 언제나 지배층과 공모해왔고 점점 더 그러고 있소. 그들은 교회에서 나오는 대중을 같은 이유로 미술관으로 보내 새 아편을 피우게 만들려고 하지요. 난 부르주아의 입에서 '문화'라는 말을 들을 때마다 권총을 들고 싶은 욕구가 솟구치오.* 우리 시인들과 음악가들은 민중을 잠재우는 걸 도우려고 자장가를 노래하고 돈을 받고 있어요. 이 시대 최악의 화가들은 우리의 사회 현실들에 예쁜 장막을 씌우고 돈을 받고 있소. 정의 없이는 미美도 없고, 인간의 현실에 열광하지 않는 예술도 있을 수 없어요. 글렌데일은 반동적인 자유사상가일 뿐이오. 민중이 그를 밟고 지나갈 것이고, 역사책에는 그에 관한 임상적인 묘사만 남게 될 거요. 악의 귀환을 피하기 위해 말이오.”

그들은 ‘순례자의 산’ 허리를 따라 수선화 밭을 거닐고 있었다. 아르망은 학생 모임에서 돌아오는 길이어서 거기서 받은 흰 천이 달린 챙모자를 들고 있었는데, 그가 든 모자에는 두 사람이 함께 딴 체리가 가득 담겨 있었다. 낮의 햇살과 바람이 그의 머리카락에 얼룩무늬를 만들었다. 살짝 작달막해 보이는 다부진 체격, 강인한 어깨와 팔이 그의 외모에 조금 거친 풍모를 더했다. 〈페르페나르〉에 실린 유명한 그림이 이 느낌을 정말 잘 포착했다. 레이디 L은 그 그림을 잘라 별채에 둔 러시아 성화聖畵 속의 시릴 성자 위에다 붙여두었다. 작은 호숫가의 마을들과 거대한 호수, 푸른 산, 저 멀리 눈에 보이지 않는 양 떼로부터 들려오는, 공기와 빙하의 순수성을 찬미하는 듯한 종소리. 타인의 고통과 추악한 현실에 등 돌릴 줄 아는 이 풋풋한 여름도 틀림없이 반동적인 자유사상가일 테지만, 아네트에겐 아르망의 언어보다 이 여름의 언어가 더 솔깃하게 들렸다.

“글렌데일은 삶의 목표가 저들 말대로 ‘지독한 이기주의’일 뿐인 단죄받은 계층에 속하오.”

---

* 괴벨스가 거의 동일한 선언을 하기 33년 전인 1904년, 스카볼라의 회고록에 실린 편지에서 아르망 드니가 한 말.

아네트는 한숨을 내쉬었다. 이보다 지독한 경우가 없었기 때문이다. 그녀가 디키의 수집품을 터는 일에 혐오감을 느낀 건 결코 아니었다. 오히려 그 반대였다. 다만 다리를 폭파해 기차를 탈선시키고 장관들을 살해하고 삐라를 인쇄하는 데, 게다가 절대로, 절대로 단 한 번도 음악을 듣지 않고 꽃을 바라보지도 않으며 예쁜 여자가 지나가도 고개조차 돌리지 않는 동지들을 먹여 살리는 데 그런 재산을 낭비하는 것이 그녀는 정말이지 어리석게 느껴졌다.

"물론, 당신이 원하는 걸 난 할 거예요. 그렇지만 아르망……단 한 번이라도 우리를 위해, 여행을 하고 세상을 보고 함께 행복할 수 있게 돈을 남겨둘 수는 없을까요? 왜 당신은 언제나 모든 걸 당신 친구들에게 다 줘야 하죠? 그 사람들은 아무짝에도 쓸모없어요! 떠들어대기만 하고 돈을 허비할 뿐이에요. 저 어설픈 코발스키처럼 말이죠. 그 사람이 성공한 거라곤 자기 친어머니를 날려버린 것뿐이잖아요. 웃기지 않아요?"

"그 친구는 잘하려고 했던 거요. 그건 누구에게나 일어날 수 있는 안타까운 사고였을 뿐이오."

"좋아요, 그 선량한 디키의 집을 털자고요. 그렇지만 적어도 돈의 일부는 우리를 위해 남겨둬요. 정말이지 난 여행을 하고 싶어요! 인도, 터키…… 단 1년만이라도 좋아요, 아르망. 그러고 나서 다시 돌아와 세상을 바꿔요. 그렇지만 그러기 전에, 아직 세상이 아름다울 때 난 돌아보고 싶어요……."

그는 놀란 눈으로 그녀를 쳐다보았다. 양산을 만지작거리며 수선화 밭을 거닐고 있는, 눈부시게 아름답고 우아하고 자신만만한 젊은 여인. 그녀는 그가 불과 18개월 전에 거리에서 거둔, 상처 입고 넋이 나간 듯해 보이던 소녀와는 정말이지 거리가 멀었다. 그는 무릎께 이르는 꽃 틈에 멈춰 섰다.

"내 말 들어봐요."

그녀는 그를 향해 돌아섰고, 거의 적개심을 품은 그의 굳은 얼굴을, 숙인 이마를, 눈의 광채를 보았다. 폭력성을 억누를 때면 그의 눈은 언제나 갑작스럽게 한곳을 응시했다. 그녀가 그의 손을 잡으며 말했다.

"미안해요. 당신은 나의 삶이에요, 아르망. 당신이 원하는 건 뭐든지 하겠어요. 내가 경솔했어요. 행복에 겨워 무슨 말을 하는지 몰랐어요. 게다가 모든 걸 조소하는 디키와 온종일 같이 지내다 보니 내가 어떤 처지인지 잊었어요. 내가 아는 것이라곤 그 어떤 여자도 사랑하지 못한 만큼 내가 당신을 사랑한다는 것뿐이에요."

아르망은 아플 정도로 그녀의 손목을 거세게 쥐었다.

"내 말 들어요, 아네트. 당신에겐 냉혹한 데가 있어요. 충분히 이해할 수 있어요. 그렇게 어린 나이에 그토록 깊은 고통을 받아서 당신에겐 고통에 대한 경멸밖에 남지 않은 겁니다. 고통 얘기는 듣고 싶지 않은 겁니다. 당신은 불행의 학교를 다녀서 불행이 끔찍이 싫을 뿐 아니라 불행한 사람들까지도 싫어진 겁니다. 이건 익히 잘 알려진 자기 보호 반응이오. 민중을 떠나 냉혹해진, 그 냉혹함 뒤로 숨은 부르주아지도 마찬가지요. 그러나 내가 이해하지 못하는 게 한 가지 있어요. 당신은 나를 사랑한다고 말하는데, 누군가를 있는 그대로 사랑하지 않고서 어떻게 사랑할 수 있죠? 나를 사랑하면서 어떻게 동시에 나더러 완전히 달라져서 다른 사람이 되라고 요구할 수 있죠? 내가 혁명의 소명을 거부한다면 나라는 존재는 아무것도 남지 않게 되오. 나 자신을 포기하고 당신이 사랑하는 사람으로 남으라고 요구할 순 없소. 당신도 알겠지만 나 자신으로 사는 건 쉽지 않은 일이오. 아르망 드니가 되는 건 쉽지 않단 말이오. 아주 불안정해요. 때때로 아침에 눈을 뜨면서 내가 아직 여기 있다는 사실에 놀라곤 하오. 당신이 내게 힘이 되어줘야 해요. 내 의지와 신념을 나약하게 만들지 말아요. 당신은……."

그는 입을 다물었다. 그녀의 눈에 눈물이 고여 있었다. 그의 얼굴이 누그러졌다.

"내가 하려는 말은, 사람들이 자기 안에 있는 더없이 인간적인 것에 늘 진다면 인간은 벌써 오래전에 없어졌을 거라는 얘기요."

8

이틀 뒤 글렌데일 집을 다시 찾았을 때 아네트는 황금 풍뎅이 수집품이 사라진 걸 보고 기분이 상했다. 그녀는 눈썹을 찌푸리며 어찌된 일인지 꽤 퉁명스럽게 물었다. 디키는 천진한 표정으로 텅 빈 진열창을 바라보며 말했다.

"오! 얼마간 안전하게 내 은행 금고에 넣어두었어요. 요 근래 이 지역에 한두 번 강도 사건이 있었거든요. 그 귀한 물건이 도난당한 걸 보게 된다면 정말이지 애통할 겁니다. 새 소유자들이 그 물건들을 녹여 금으로 만들어버릴지도 모르니까요. 생각만 해도 끔찍하군요!"

아네트는 무심한 듯 보이려고 애썼지만 디키가 무언가 의심한다는, 대단히 불쾌한 기분이 들었다. 아주, 아주 곤욕스러운 일이었다. 그녀는 그런 의심이 친구의 뇌리를 스칠 수 있었다는 생각에 언짢았고 심지어 화가 나기까지 했다. 정말이지 기분 나쁜 일이었다. 그녀는 일주일 내내 뿌루퉁해 지냈다. 그런데 글렌데일은 그녀에게 무척이나 애착을 갖는 것 같았다. 그는 여전히 그녀와

같이 있고 싶어 했다. 그녀에게 영어를 가르쳐주겠다고 제안했고, 그녀는 비록 끈질긴 파리 억양을 끝내 버리진 못했지만 빨리 발전해 곧 영어로 쉽게 자기표현을 할 수 있었다. 그들이 함께 있는 모습은 곳곳에서 눈에 띄었다. 음악회에서, 무도회에서, 가든파티에서 보였고, 호수에서 배를 타거나 자동차로 도심 근교를 오래도록 드라이브하는 모습도 보였다.

아네트가 교회에 잠깐 들렀다가 골몰해서 초를 태우느라 불가리아 미하일 대공의 암살 초반부를 하마터면 놓칠 뻔한 것도 바로 이런 나들이를 갔다가 돌아오는 길이었다. 이튿날 그녀는 러시아 대사인 로덴도르프 백작의 크로케 게임에서 디키를 다시 만났다. 거기서 모든 대화의 주제는 당연히 테러에 관한 것이었다. 모두가 질겁해 있었다. 스위스 당국은 테러리즘이 국가의 관광 산업에 끼칠 영향을 우려해 정치 망명자들을 체계적으로 통제하기 시작했다. 따라서 아르망과 그 친구들의 상황은 금세 힘들어졌다. 한편 프랑스 정부는 아나키스트 움직임이 확대될까 봐―1891년 3월 18일 로보 병사兵舍에서 일어난 폭발은 브누아 재판장이 거주하고 있던 생제르맹 거리의 폭발이 있고 불과 7일 만에 발생했다― 파리에서 극단주의자들의 주요 조직망을 와해하는 적극적인 태도를 취했다. 쇼마르탱, 베알라, 시몽, 그리고 알퐁스 르쾨르의 오른팔인 라바숄까지 체포되어 법정에 소환되었다. 신문들이 "블랙 인터내셔널"이라고 이름 붙이기 시작한 조직의 책임자들이 바젤에 모였고, 아르망은 또다시 자신의 관점을 관철했다. 일시적으로 중지할 것이 아니라 오히려, 특히 파리에서 테러 활동을 강화해 체포된 동지들을 판결할 판사들에게 겁을 주어

압박을 가하는 동시에 경찰이 무능함을, 아나키스트 운동의 기세가 결코 꺾이지 않았다는 것을 여론에 입증해 보여야 한다는 것이었다. 러시아인 벨라이에프의 제안에 따라 얼마 동안 스위스를 떠나 해방위원회 본부를 이탈리아로 옮기자는 결정도 났다. 그런데 그러자면 자금이 필요했는데, 행동 대원들에게는 자금이 거의 바닥나 있었다. 얼마 전에 벌인 브뤼셀의 크레디퐁시에은행 습격은 코벨레프가 체포되면서 떠들썩한 실패로 끝나버렸다. 아르망은 제네바로 돌아오자마자 아네트에게 그녀가 오래전에 알려준 로덴도르프 백작의 빌라를 약탈할 의향을 알렸다.

러시아 대사는 활기 넘치지만 어설픈 곰 같은 사람이었다. 그는 도박에서 엄청난 돈을 잃고도 도를 넘는 사치스러운 생활을 이어갔고, 금식기에 100여 명의 식사를 차려내는 만찬을 열곤 했다. 그는 젊은 카모엥 부인에게 홀딱 반했다. 그녀가 그의 청혼을 거절하자 그녀 발아래 무릎을 꿇고 자기 머리를 총으로 날려버리겠다고 협박까지 하며 울먹였다. 그러자 글렌데일이 말했다. "그런다면 그 사람이 자기 나라에 바치는 첫 봉사가 되겠군요." 아르망, 알퐁스 르쾨르, 기수는 아네트가 사랑에 빠진 남자와 함께 발레를 관람하는 동안 그의 빌라에 잠입했다. 불행히도, 대사가 공연시작 전부터 과식을 하는 바람에 공연이 시작되자마자 탈이 났고, 그의 친구들이 그를 집으로 데려가야만 했다. 아네트는 서둘러 자기 호텔로 돌아와 두려움에 떨었다. 집으로 돌아가던 길에 로덴도르프는 몸이 나아져 극장으로 돌아가고 싶어 했다. 그러나 그의 친구인 도브린스키 러시아 장교와 독일 대사 보좌관이 고집을 부려 그를 그의 빌라로 데려갔다.

대문이 열려 있고, 하인들은 묶인 채 입에 재갈이 물렸고, 위압적인 체격의 한 남자가 입에 시가를 문 채 권총을 들고서 현관에 서 있고, 기수가 금식기들을 자루에 집어넣는 광경을 그들은 보았다. 그때 아르망은 2층에서 비서의 목덜미에 권총을 겨누고 금고를 열라고 요구하고 있었다. 이 갑작스러운 출현에 화가 난 르쾨르가 즉각적인 반응으로 로덴도르프에게 총을 쏘아 팔을 다치게 했다. 아르망이 황급히 계단을 뛰어 내려왔고, 세 사람은 러시아인의 노호를 뒤로한 채 어려움 없이 빌라를 떠날 수 있었다. 하지만 경찰은 그들의 자세한 인상착의를 입수해 사방에 유포했고, 대사는 범죄자들을 체포하는 데 기여하는 사람에게 금화 1만 프랑을 특별 사례금으로 주겠다고 제시했다. 자기 나라의 환대를 이렇게 남용한 행위에 분개한 스위스 경찰이 정보원들을 총동원해 나서자 세 사람은 거의 절망적인 처지에 놓이게 되었다. 아르망의 비범한 외모를 보고 언론이 달려들어 "검은 천사"라거나 "흰 악마"라고 별명을 붙였다. 르쾨르의 거대한 체구가 기수의 작은 키와 인상적인 대조를 이루어 그들을 바로 알아보게 만들었다. 눈에 띄지 않고 빠져나간다는 건 꿈도 꿀 수 없는 상황이었기에 그들은 베르그 거리의 존경받는 시계공인 라뉘스 노인의 작업실에 숨어 지냈다. 노인은 멋진 백발의 콧수염을 과시하며 태연히 할아버지 파이프를 물고서 레만 호수 부근의 카페들을 공공연히 드나들었는데, 6개월 뒤 그를 체포하자 그 지역을 날려버리기에 충분한 폭탄을 보유하고 있는 것이 발각되었다. 경찰은 그 오래된 빌라에서 아르망이 머물렀던 방을 수색했고, 한 무리의 러시아 망명자들이 아나키스트 문학으로 가득 찬 여행 가방들 틈바구니에서 찻주전자를 둘러싸고 거드름을 피우며 떠들어대고 있는 걸 발견했다. 아르망 드니와 그 동료들이 체포되는 건 이제 시간문제인 것 같았다.

그들을 구하러 나선 건 아네트였다.

9

그녀 방의 창문은 호수 쪽으로 나 있었다. 도무지 끝날 것 같지 않은 밤이었다. 아네트는 거리에서 발소리가 날 때마다, 마차가 지날 때마다, 낚싯배가 물가로 다가올 때마다 귀를 기울였다. 그녀는 아르망이 죽을 위험에 처해 있다는 걸 알았고 그가 쉽게 잡히지 않고 필사적으로 싸우리라는 것도 알았지만, 그가 살아 있으며 부상당하지 않았다는 것 또한 확신했다. 그것은 마치 두 사람의 몸이 하나이기라도 한 것처럼 그녀가 몸으로 느끼는 육체적 확신이었다.

아홉 시경이 되어서야 파출부가 문을 두드리더니 웬 시계공이 만나기를 청한다고 전했다.

아네트는 흥분해서 거실을 성큼성큼 오가며 라뉘스 노인의 이야기를 들었고, 이따금 이를 악문 채 욕설을 내뱉었다. 그 노골적인 욕설이 고귀한 생각과 숭고한 말에 길들어 있던 늙은 이상주의자에게 거슬린 건 분명해 보였다. 그녀는 용기가 몽땅 되살아나고, 마음속에서 투쟁 욕구가, 목표에 도달하려는 의지가, 그 무엇도 승리를 가로막을 수 없는 의지가 깨어나는 것을 느꼈다. 거부할 수 없이 아르망에게 이끌리는 감정의 묘한 양면성을 그녀는 처음으로 깨닫기 시작했다. 그것은 거의 모성애 같은 욕구였다. 전적으로 헌신하려는 동시에 완전히 소유하려는 욕구요, 전제적이고 강압적인 이기심이면서 온갖 희생과 복종을 감내할 준비가 된 감정, 약점인 동시에 그녀가 힘과 에너지를 길어올리는 그런 감정이었다. 그녀를 도울 수 있는 사람은 딱 한 사람뿐이었다. 그런데 이 무모한 시도에는 극도의 신중함과 능숙함, 그리고 실책 없는 여유가 필요했다. 접촉하고 유혹하고 관심을 사로잡는 자기 역할을 그녀가 잘 해내야 할 터였다. 거짓말은 매혹적이어야 하고 마음의 깊은 동요는 가벼운 변덕처럼 보여야 했다. 잘 훈련된 강아지처럼 삶이 당신을 따라 거실로 들어오게 만들 거침없고 당당한 말투를 찾아야 했다. 요컨대 그녀는 세상에 들어서는 입학시험을 치르게 될 터였다. 반 시간 뒤 그녀는 글렌데일 집에 있었다.

그는 테라스에서 그의 어깨에 앉은 거취조와 아침 식사를 나누고 있었다. 검은 새의 거대한 노란 부리는 몸통만큼이나 컸다. 디키는 남아메리카 여행에서 그 새를 데려왔고, 그 녀석과 아주 잘 통했다. 금과 다이아몬드가 경이롭게 세공된 상자 하나가 탁자 위에 놓여 있었고, 그가 아네트에게 담배 한 개비를 건네기 위해 상자를 열자 바바리아 곡조가 흘러나왔다. 아침 햇살 아래 디키는 더 나이 들고 더 희끗희끗해 보였다. 동양의 지혜가 어린 듯한 그의 얼굴 표정 속엔 굳은 무엇이 있었다. 그녀는 그의 입가에서 두 줄기 가느다란 주름을 확인하고 그것이 종종 미소처럼 여겨졌으리라고 생각했다. 그는 능직 실크 실내복 차림에 가죽 신발을 신고 있었다. 그녀는 그가 몇 살이나 될까 생각했다. 그러곤 앉아서 담배를 받았고, 하인들이 나가기를 기다렸다.

"디키, 저한테 끔찍한 일이 일어났어요."

"그 말은 당신이 사랑에 빠졌는데 잘못 빠졌다는 얘기처럼 들리는군요. 사랑에 빠질 땐 잘 빠지는 경우가 없어요."

"디키, 장담하지만 이보다 더 잘못 빠질 순 없어요."

"축하해요. 분명히 좋은 일이군요. 내가 무슨 도움이 되겠소?"

"오! 디키, 이 모든 게 얼마나 있을 수 없는 일인지 당신은 상상도 못할 거예요."

"자, 누굽니까? 마부? 낚시꾼? 하인? 아니면 저런, 시인이오?"

그녀는 그에게 자기 이야기를 하기 시작했다. 물론 진실을 모두 말하진 않았다. 그녀의 거짓말이 진짜 같아 보이는 데 필요한 만큼만 말했다. 그녀는 디키를 전적으로 신뢰했지만 아직은 자신이 없었고, 자신의 과거를 약간은 부끄러워했다. 자신이 거리의 여자였다는 사실을 털어놓을 사치를 자신에게 허용할 만큼 아직은 충분히 귀부인이 되지 못했던 것이다. 그녀는 세심하게 자기 이야기를 준비해두었고, 불안함을 잘 감추고서 매우 예의 바르게 이야기했다. 더구나 디키도 완전히 설득된 것 같았다. 이야기를 하는 동안 아네트를 살짝 거북하게 만든 건 거취조였다. 새는 고개를 갸우뚱 기울이고 매우 빈정거리는 표정으로 뚫어져라 그녀를 쳐다보았다. 그녀는 녀석이 금세라도 이죽거릴 것만 같은 느낌을 받았다.

어느 날 저녁 그녀가 자기 아파트에서 머리를 빗고 있을 때, 창문이 닫혀 있는데 갑자기 붉은색 커튼이 이상하게 움직이는 게 보였다. 하녀를 부르려는 순간 무언가 본능과 직감이 그녀를 꼼짝 못하게 막았다. 그녀는 일어나서 커튼을 향해 다가갔다. 그리고……

"제 평생 그렇게 기품 있는 얼굴과 그렇게 거만한 눈길, 그렇게 남성적인 아름다움은 보지 못했어요……. 그 사람은 셔츠 바람으로 손에 권총을 들고 서 있었어요. 상상할 수 있는 한 가장 낭만적인 표정이었죠. 그 사람은 당신 서재에 있는 바이런 경의 초상화를 살짝 닮았어요. 전 심장이 멎는 줄만 알았어요. 그리고 바로, 천박한 강도일 리 없다는 생각이 들었죠. 그 창백하고 순수한 이마 뒤에 감춰진 생각은 어떤 고귀한 영감에서 나온 것일 수밖에 없다는 생각이 들었어요……."

토스트에 버터를 바르던 글렌데일이 살짝 눈살을 찌푸렸다.

"어쨌든 비범한 일이긴 하군요."

그가 살짝 불쾌해하며 말했다.

"남자에게 육체적 끌림을 느낄 때마다 여자는 언제나 그 남자의 영혼에, 아니 조금 더 현대적으로 말하자면 그 사람의 지성에 매료되었다고 주장하죠. 그가 지적인지 아닌지 말 한 마디 내뱉을 시간이 없었을 때조차 말입니다. 이 경우도 그런 것 같군요. 당신이 그자의 영혼을 찬양하니 말이오……. 육체적 끌림을 정신적 사랑과 혼동하는 건 정치와 이상주의를 뒤섞는 것이나 마찬가지예요. 아주 나쁜 일이지요. 좋습니다, 그래서 어떻게 되었죠? 그러니까 그…… 명백하게 일어난 일 말고, 그래서 당신이 대단한 만족을 얻었던 것으로 보이는 일 말고 말입니다."

"제발 부탁이에요, 디키. 비웃지 마세요. 전 그런 것 끔찍이 싫어해요. 저는 그 사람의 상처에 붕대를 감아주었죠……. 참! 그 사람이 다쳤다는 걸 깜빡 잊고 말하지 않았군요."

"물론 아주 심한 상처는 아니었겠죠. 그를 거부할 수 없게 만들 정도로만 다쳤겠죠."

글렌데일이 말했다.

"그리고 며칠 동안 그 사람을 제 아파트에 숨겨주었어요. 우리는 서로 미친 듯이 사랑에 빠졌어요. 그런 뒤 일주일 정도 그를 다시 보지 못했어요. 그런데 지금 그 사람이 또 다시 잘못된 일을 범한 것 같아 겁이 나요."

"……이를테면 그 멍청한 로덴도르프의 집을 턴 것 말입니까?"

"그걸 어떻게 아세요?"

"신문에 난 일이오."

"디키, 그를 돕고 싶어요."

"그 사람에 대해 정확히 뭘 아는 거요? 그가 거부할 수 없는 존재라는 사실 말고 말이오."

"불행히도 그 사람은 아나키스트인 것 같아요."

"정말이오?"

"게다가 아주 유명한 사람인가 봐요. 이름이 아르망 드니예요. 그에 대해 들어본 적 있으세요?"

그들이 대화를 나누기 시작한 뒤 처음으로 글렌데일은 놀란 표정을 드러냈고 심지어 흥분한 기색까지 보였다.

"물론이오! 아주 잘 알려진 낭만주의 시인이죠."

"아니에요, 디키. 그 사람은 전혀 시인이 아니에요! 그는 행동 가이고 사회 개혁가예요. 그 사람은 정의와 자유와…… 모든 걸 지상의 모든 인간에게 주고 싶어 해요."

"내 말이 바로 그겁니다. 낭만적 시인이란 말이죠."

글렌데일이 거듭 말했다.

"바이런처럼 50년 전에 그리스 독립을 위해 싸우다 설사병으로 죽었을 그런 유형의 인간이란 말이오. 낭만주의 시대가 남긴 이 최후의 잔재들보다 더 비극적인 건 없어요. 20세기가 이미 코앞에 와 있는데 과거가 계속해서 우리의 물가로 실어 보내는 최후의 잔재들 말이오. 내 친구 칼 마르크스가 어느 날 크로포트킨과 바쿠닌의 제자들을 이렇게 기막히게 묘사했지요. '자신들의 고상한 인간적 감정과 고결함을 사회주의 학설로 여기고 절대적인 것을 꿈꾸는 몽상가들. 이런 사람들은 사회과학보다는 고상한 감정을 갖고, 고귀한 마음을 품고, 시적 영감에 속하는 영혼의 선의를 갖고 사회문제들에 접근한다……. 그들은 화가가 그림 소재 앞에 서듯이 어떻게 걸작을 만들까 고심하며 인류 앞에 선다. 그들은 빅토르 위고가 시적인 벼락을 던지듯이 폭탄을 던진다. 그런데 그 효과는 훨씬 미미하다.' 그렇다고 당신의 청년이 나쁜 연인이라는 건 아니오. 오히려 반대죠."

아네트가 그를 향해 애원하는 눈길을 들었다.

"그런데 제가 어떻게 해야 하죠, 디키? 그를 어떻게 돕죠? 온 스위스 경찰이 그를 쫓고 있어요……."

"아주 낭만적이군요."

글렌데일이 커피 잔을 마저 비우며 말했다.

"스위스에 낭만적인 무엇이 있을 수 있다면 말이오, 당신의 음유시인과 이탈리아로 여행을 떠나는 건 어떻겠소? 당신의 강박증에서 벗어나기 위해서라도 말이오. 그리고 혹시 압니까? 혹시 그가 폭탄 말고 지상낙원에 도달할 다른 방법들이 있다는 걸 당신 품속에서 깨닫게 될지?"

새 토스트를 하나 집어 들며 그가 말을 이었다.

"그런데 아네트, 도대체 당신은 정확히 누굽니까?"

아네트는 천진한 눈을 크게 떴다.

"무슨 얘기예요? 전 카모엥 백작 부인이에요."

"저런, 카모엥 백작이라는 사람은 존재하지 않아요."

살짝 지친 표정으로 글렌데일이 대답했다.

"그냥 넘어갑시다. 내가 뭘 할 수 있는지 보겠소. 더구나 그 청년을 만나보고 싶군요. 나는 직접 폭탄을 던져본 적은 없지만 최선을 다했어요. 사실 내가 살아온 방식이 영국 귀족층과 당신의 젊은 친구가 '썩어빠진 지도층'이라고 부르는 계층에 최근 테러리스트들이 벌인 모든 테러보다 더 큰 피해를 끼쳤을 겁니다. 따라서 당신과 당신이 보호하는 젊은이를 위해 이탈리아로 낭만적인 여행을 준비해보겠소. 재미있을 것 같군요. 위험한 아나키스트가 스위스 국경을 넘는 데 내가 어떤 도움을 주었는지 나중에 웨일스 공에게 얘기할 기쁨을 맛볼 수 있겠군요. 이 얘기가 우리 고귀하신 여왕님의 귀에도 들어갔으면 좋겠소. 사실 내 명성을 지키기 위해 뭔가 할 때가 되긴 했어요. 그러지 않으면 사람들이 내가 늙은 줄 알 겁니다."

아르망과 그 동료들의 탈출은 세 나라의 경찰이 쫓는 범죄자

집단이 감히 꿈꾸지 못할 만큼 그 어떤 탈출보다 쉽고 편안한 탈출이었다. 그들은 글렌데일의 특별열차를 타고 호사스럽게 국경을 넘었다. 그의 가문이 가담하지도 않은 3차 십자군 전쟁 이후로 가문의 방패 위에 새겨진, 노란색 배경 위로 풀쩍 뛰어오르는 표범 문양과 공작 왕관이 그려진 열차 창문으로 스위스 풍광을 감상하며 국경을 넘은 것이다. 연방 당국이 길을 열어주었고, 기차에 올라타서 경비까지 섰다. 최근에 테러리스트들이 벌인 테러 이후로 스위스가 귀한 손님들의 안전을 보장하기 위해 경계를 소홀히 하지 않기로 결정한 것이다. 공작은 그들에게 자기 경주마들을 밀라노에서 있을 장애물 경주에 데려가는 것이라고 설명했다. 마구간 열차가 기차에 연결되었고, 경찰관들이 존경스러운 눈으로 지켜보는 가운데 근사한 벽돌색 체크무늬 정장을 입은 풍채 당당한 코치가 팔에 안장을 든 기수 한 사람을 동반하고 열차에 편안하게 자리를 잡고 앉았다. 글렌데일과 사퍼는 거의 서로를 끌어안을 뻔했다. 두 사람 모두 같은 경주마를 알고 있었던 것이다.

아르망 드니는 완벽한 차림으로 아네트의 팔짱을 끼고 기차에 올랐다. 스위스인들이 다시 한 번 호송차를 검열했지만 숨겨진 폭탄은 전혀 발견하지 못했다. 유니언잭과 연방 국기가 형제처럼 하나가 되어 눈부신 하늘에 나부꼈다. 기차가 흔들렸다. 요리사가 꿩 요리와 로스트비프에 신경을 쓰는 동안 늙은 아나키스트와 젊은 귀족—이건 글렌데일의 표현이었다—이 서로 마주 보고 앉아 샴페인 잔을 손에 들고 캐비아를 얹은 빵을 음미하며 나누는 대화는 여행 내내 이어졌고, 두 대화 상대 모두 매우 흡족해했다. 그리고 아네트는 대화에 귀를 기울이기보다는 아르망을 쳐다보는 데 더 몰두했지만, 자기 연인이 그런 대단한 상대 앞에서도 돋보일 만치 빛난다는 사실에 뿌듯하고 행복해했다. 이 시대 가장 세련된 이들 중 한 사람과 펼치는 구두 검술에서 아르망이 보여주는 놀라운 개성과 능숙한 솜씨와 정확한 찌르기를 지켜보며 아네트는 운명이 그에게 매우 부당했다고 생각하지 않을 수 없었다. 그는 적어도 대공으로는 태어났어야 마땅했다.

글렌데일이 말했다.

"당신의 논리가 대단히 인상적이라 무슨 말을 해야 할지 모르겠군요. 일시적으로 국가를 대표하는 사람들을 공격함으로써 국가를 파괴하겠다는 당신의 생각이 나한텐 약간 모호해 보입니다. 당신은 개인의 중요성을 과대평가하시는군요. 그 개인이 왕이건 공화국 대통령이건 말입니다. 당신이 자신을 표현하기 위해 폭탄을 던지는 건 아닌지 의심이 되는군요. 다른 표현 방식이 없어서 말입니다. 사실을 말하자면 재능이 없어서겠죠. 국회나 다리를 폭파하는 것이 당신을 기쁘게 해준다거나 편안하게 해준다고 말한다면 이해하겠소. 온종일 물가에 앉아 낚싯대를 쥐고 사는 사람들의 즐거움을 공유하지 않고도 그들을 이해할 수 있듯이 말이오. 난 낚시를 끔찍이 싫어합니다만."

아르망은 정중한 얼굴로 고개를 흔들어 반대 의사를 표명했다.

"예술을 위한 예술은 저의 악습이 못 됩니다. 국가원수들을 암살하고 경찰을 괴롭히고 정부를 불안에 빠뜨리면서 우리는 대단히 실용적이고 매우 명확한 목표를 좇고 있습니다. 우리는 지배자들이 그들의 '질서'를 옹호하면서 어리석게 점점 더 잔인해지도록 만들려는 겁니다. 그렇게 해서 그들은 지금 누리고 있는, 허상일 뿐인 자유마저 없앨 겁니다. 대중의 삶이 점점 더 억압받고 견디기 힘들어지면, 곧 그렇게 될 것입니다만, 대중은 자본주의 체제에 맞서 일어설 것입니다. 우리의 목표는 권력이 바이스를 더 죄어 민중의 폭발을 부추기고, 민중의 힘으로 권력을 내쫓게 만드는 것이죠. 우리의 과격 행위는 과격한 반동을 부추기는 걸 목표로 삼고 있어요. 반동이야말로 혁명의 최고 연맹이니까요. 우리가 범하는 테러 행위 하나하나에 더 크고 맹목적인 테러가 응답할 것입니다. 그렇게 해서 자유가 털끝만큼도 남아 있지 않게 될 때 온 민중이 우리와 합세할 것입니다."

글렌데일은 괴로운 표정을 지었다.

"민중에 대해 대단히 초라한 생각을 품고 있으시군요. 개인적으로 나는 퇴폐적인 귀족으로 여겨지고 있지만—기왕 나왔으니 하는 말입니다만, 우리는 늘 누군가에겐 퇴폐 예술가지요— 대중에 대해 훨씬 더 고결한 생각을 갖고 있소. 우리가 그들을 가축처럼 달군 쇠로 낙인을 찍어서 저항으로 내몰지는 못합니다. 혁명 또한 문화적 개념이지 전적으로 경제적이거나 경찰적인 개념이 아니오. 내가 일부러 과시하며 사는 방식을 관찰한 세대가 지나면 아주 자연스레 내 쾌락을 공유하고 싶다는 생각이, 아니면 적어도 그 쾌락을 나한테서 빼앗고 싶다는 생각이 대중들에게 찾아드는 순간이 올 겁니다. 난 혁명적 역할을 수행하고 있는데 당신은 그 중요성을 과소평가하는 오류를 범하고 있소. 나는 훌륭한 도발 요인으로서, 소박할지 모르지만 꼭 필요한 방식으로 진보에 봉사하고 있는 겁니다. 삶과 예술이 제공해줄 수 있는 모든 것을 대중이 정말로 맛보기로 결심하는 걸 보게 되는 날 나는 내 역사적 소임을 다했기에 매우 흡족한 마음으로 사라지겠다는 말을 덧붙이고 싶소. 수백만의 향유자들이 내 뒤를 잇는 걸 보는 것보다 더한 기쁨은 없을 겁니다. 나는 쾌락을 좋아합니다. 진정한 쾌락주의자에게는 같은 종種이 커지고 그 수가 늘어나는 걸 보는 것보다 더한 기쁨이 없지요. 진짜는, 진정한 향략주의자는 쾌락 없이 살 수 있고, 고행자의 삶을 살 수 있습니다. 타인의 희열이 제공하는 무한히 흡족한 광경을 맛보는 것이 허용된다면 말입니다. 그러면 그는 가장 고귀한 의미에서, 불교적 의미에서 관음자가 되지요. 사실 동양에서 명상을 통한 초탈이 의미하는 바가 바로 그것이니까요. 부처는 자신의 쾌락만으로는 만족하지 못하는 경지에 이르렀던 겁니다. 그래서 숨 쉬는 모든 생물의 기쁨에 둘러싸이고 싶어 했죠. 우리가 죽은 뒤에도 우리의 기쁨은 살아남으리라고 확신할 수 있는 순간부터 죽음은 행복 속에 빠져드는 달콤한 익사일 뿐인 거요……."

"그 역설은 자기 자신의 존재 이유를 만들어내기 위해 세상을 왜곡하고 물고기를 익사시키려고, 카드를 마구 뒤섞으려고 애쓰는 사람들, 그러니까 그들 스스로가 뒤틀린 걸 알기에 뒤틀린 거울을 교묘히 사용해 우리 눈을 현혹하려 드는 사람들의 고전적인 피난처이지요. 자취를 흩뜨려 사방에서 죄어 오는 진실에서 기를 쓰고 벗어나려는 가련한 발버둥이죠."

아네트는 아주 재미있어서 박수를 치고 싶었다. 무엇이 그렇게 자신을 매혹하는지는 알지 못했다. 푸아그라인지, 신기한 장난감 같은 특별열차인지, 아르망의 비범한 오만과 아름다움인지, 아니면 주름진 늙은 쾌락주의자의 섬세함과 유머인지 알지 못했다. 참으로 경험 많고 관대한 늙은 쾌락주의자는 아득한 고대 예술품을 연상시키는 항구 불변의 모습을 보이며 입가에 미소를 띠고 있었다.

10

이어지는 몇 달 동안 아르망이 밀라노의 숙소에 숨어 지내는 사이, 글렌데일은 아네트가 짐작조차 못한 고대 세계를 마법사처럼 여유롭게 그녀에게 보여주었다. 그녀에겐 이번이 이탈리아와의 첫 접촉이었다. 그녀가 큰 기대를 하고 있었음에도 이 충격적인 발견에는 전혀 준비가 되어 있지 못했다. 그녀는 너무 흥분한 나머지 병이 들었고, 며칠 동안 침대에 누워 열린 창문으로 에메랄드빛 도시가 분홍 새벽빛에서 노란 석양빛으로 물들어가는 것을 응시했다. 그녀가 앓는 병을 매우 정확히 진단한 의사는 그저 산 조르조 마조레 쪽으로 커튼을 치게 했고, 쥐오줌풀 용액 몇 방울을 처방했다. 로마에서는 초기 기독교인들이 사자 먹이로 던져졌던 콜로세움을 걸으며 자연히 아르망을 순교자의 역할로 상상하고 원형경기장 한가운데서 펑펑 울었다. 그곳을 지나던 어느 선량한 사제가 그녀의 신앙에 감동해 다가와 그녀에게 강복을 내릴 정도였다. 네로 황제가 자기 발아래에서 불타는 로마를 보며 리라를 켰다는 바로 그 장소에 이르러—가이드가 안내인 자격

증을 보여주며 장소가 확실하다고 말했다— 그녀는 살짝 당황한 얼굴로 아르망이 시인의 리라를 택했을지 아니면 방화자의 횃불을 택했을지 자문했고, 결국 횃불을 택했으리라 생각했다. 그편이 그의 아름다운 외모와 기막히게 어울리리라고 생각한 것이다. 무게 마차를 타고 머리를 쿠션에 기댄 채 양산을 흥겹게 돌리며 아피아 가도를 돌아보면서 그녀는 아르망이 나폴레옹 군대의 깃발 아래 선봉에 서서 행진하는 모습을 보았고, 그런 상황이라면 자신이 무슨 옷을 입을지 몽상에 잠겼고, 곧장 루피네로 달려가 새 드레스를 주문했다. 베네치아로 돌아와서는 디키의 곤돌라를 타고 운하 위를 미끄러지듯 항해했고, 참으로 가볍고 경쾌하고 경박하기까지 한 분홍색 교회들에 들러 무릎을 꿇었으며, 피렌체와 피사, 볼로냐와 파두를 발견했고, 지오토Giotto di Bondone, 13~14세기 신화적인 이탈리아 화가의 빛을 두 눈 가득 담았으며, 스칼라에 있는 베르디의 집에서 베르디 음악을 들은 뒤로는 이제 다르게 산다는 건 상상조차 할 수 없다고, 드디어 자신의 자리를, 자신의 세계를, 자신의 운명을 찾았다고 다짐하게 되었다. 글렌데일은 다정하게 주의를 기울이며 그녀를 지켜보았다. 그는 자기 계획이 윤곽이 잡히기 시작했으며, 그것이 그녀에게서 마귀를 몰아내주리라고 느꼈다.

"당신은 요즘 점점 더 보기 드문 재능을 가졌어요. 사는 기쁨을 누릴 줄 아는 재능 말이오. 그 재능을 길러야 합니다. 난 당신을 돕기만 바랄 뿐이오."

그러나 동맹국으로 이탈리아를 몽땅 갖고도 글렌데일은 때때로 지는 싸움을 하고 있다고 느꼈다. 자기 수중에 두고 있는 그

모든 눈부신 광채로도, 마술사 같은 온갖 재주로도 그는 그녀가
본질적인 것을 잊게 만들지는 못했다. 삶을 풍요롭게 하는 그 모
든 기쁨 중에서 그녀는 어느 기쁨이 정말 중요하고 유일한 기쁨
인지를 매우 잘 알았다. 밀라노에서 오페라를 관람하고 나서 그
녀를 호텔까지 바래다주고 그저 그녀의 손에 입을 맞추고 난 뒤
그녀가 어둡고 평판 나쁜 어디로 서둘러 달려갔는지 그는 모르
지 않았다.

"내 차를 당신에게 남겨둘까요?"

"아니에요, 디키. 삯마차를 탈게요. 그러는 편이 덜 눈에 띄어
요."

그는 삯마차를 불러 그녀가 마차에 오르는 걸 도왔고, 그녀는
초조해하며 마부를 재촉해 비아 페르디타로 갔다. 그곳엔 아르망
이 불결한 회랑 끝 어두운 건물 안에 숨어 있었다.

"오늘은 그 고상한 보호자한테서 돈을 얼마나 우려냈어요?"

그가 빈정거리며 물었다.

그러나 그녀는 그 냉소적인 태도에 속지 않았고, 그녀가 곁에
없는 것에, 그녀가 글렌데일과 친밀하게 지내는 것에 아르망이 괴
로워한다는 걸 알았다. 경찰이 사방에서 그를 찾고 있어 꼼짝 못
하는 동안 그는 전적으로 그녀에게 매인 신세였는데, 그녀는 허
세 뒤에 숨은 그의 질투의 낌새를 알아차리고 겉으로는 드러내
지 않으면서도 속으로는 아주 좋아했다. 아르망에게 그녀가 필요
했던 적이 한 번도 없었는데, 마침내 처음으로 그녀는 그를 완전
히 소유한 느낌이 들었다. 그가 그녀를 거칠게 끌어안았을 때, 그
거칢은 넘치는 그의 애정에 맞서 싸우는 방식일 뿐이었고, 때로

그가 욕설을 중얼거릴 때 그녀는 곧장 입맞춤으로 욕설을 덮어
버리곤 했는데, 거의 절망적인 그의 눈길 속에는 그의 어떤 조소
로도, 거침없고 냉소적인 어떤 말로도 감추지 못한 고백이 담겨
있었다. 그녀는 자신이 이기고 있다고 느꼈다. 자유, 평등, 박애가
마침내 죄었던 포옹을 풀고 있고, 아르망이 그것들로부터 벗어나
고 있다고 느꼈다. 인류는 이제 숲 속 멀리서 들려오는, 담을 넘
어서지 못하는 뿔피리 소리에 불과했다. 그에겐 그녀가 필요했고,
그 밖에 나머지는 아무것도 아니었다. 그녀가 그에게 기대자 머리
카락이 풀어지면서 그녀의 벗은 젖가슴과 아르망의 얼굴 위로 흘
러내렸다. 그녀는 진정 마음이 가볍고 유쾌했으며 모든 걱정으로
부터 완전히 해방된 기분이 들었다. 마침내 그녀 혼자서 영원히
그를 가졌다는 확신이 들어 어린 시절 파리의 거리에서 들었던
오래된 노래가 그녀 입가에 떠올랐다. 그 보잘것없는 노래의 진부
한 상투성이 그녀에겐 고상한 주장보다 더없이 인간적으로 느껴
졌다.

난 다른 건 몰라요

오직 내 사랑밖에는

오직 내 사랑밖에는

난 단 하루도 살지 못할 거예요

내 사랑 없이는

내 사랑 없이는……

계관시인이 아연실색해서 고개를 들었다. 레이디 L이 노래를

하고 있었다. 그녀는 꽃 핀 라일락 가지 아래 멈춰 서서 프랑스어로, 그녀의 백발과 정말이지 어울리지 않는 놀랍도록 젊은 목소리로 노래를 하고 있었다. 그녀의 목소리는 늙을 줄 몰랐다. 살짝 부담스러울 정도였다. 잠시 후 노래는 그녀의 입술에서 죽었는데, 이번에는 그녀 눈에 눈물이 고였다. 얼굴에는 미소를 머금고 손으로는 라일락 가지를 다정하게 어루만지고 있었는데도. 퍼시 경은 눈을 돌려 고개를 숙인 채 지팡이로 오솔길에 작은 네모를 그리기 시작했다.

어느 날 저녁, 젤리 형태의 꿩 요리와 포도와 포도주 한 병을 바구니에 담아 누옥에 들어서다가 그녀는 알퐁스 르쾨르와 기수가 침대에 앉아 흥분해서 성큼성큼 걷고 있는 아르망의 얘기를 듣고 있는 걸 보았다. 아르망은 그녀에게 건성으로 고갯짓을 했고, 아네트는 아르망의 말을 듣지 않고도 그의 강박증이 다시 도졌다는 걸 알아차렸다. 르쾨르는 황소 같은 힘과 자신만만하고 침울하고 거만한 인상은 여전했지만 그 당시 잘 알려진 질병의 말기에 이르러 있었다. 병색은 단지 확장된 동공에서만 드러났다. 그는 그곳에 앉아 있었다. 붉은 벽돌색 얼굴에는 망연자실한 표정이 역력했다. 사퍼는 아네트를 향해 슬픈 눈을 들었다가 다시 자기 담배를 내려다보았다. 튼튼한 체력만 믿고서 르쾨르는 몇 년 전부터 수은 처방을 중단했다. 방 안에는 다른 남자도 한 사람 있었다. 키 작은 대머리 이탈리아인으로 이름이 마로티였고, 큰일을 시작하려는 사람처럼 잔뜩 들떠서 연신 손을 비비고 있었다. 그들은 베르디의 새 오페라가 초연되는 날에 이탈리아의 움베르토 왕을 암살할 계획을 세우고 있었다. 아네트는 바구니를 던지고 울음을 터뜨리며 달아났다. 이날 이후로 일은 그녀가 익히 아는 대로 흘렀다. 또다시 그녀는 자기 보석들을 포기해야 했고—보석들은 본래 가치의 3분의 1도 채 안 되는 가격으로 팔렸다—모든 돈이 테러 준비에 들어갔다. 디키가 그녀에게 준 귀고리 사건은 아네트와 글렌데일과 아르망을 잇는 기이한 관계를 보여주는 전형적인 것이었다. 귀고리는 비교적 작지만 감탄할 만큼 순도 높은 다이아몬드로 암스테르담의 세공사들이 만든 진짜 걸작이었다. 아네트는 매일 저녁 살아 있는 두 마리 곤충이라도 되듯 그것을 손바닥에 담아 살피곤 했다. 아르망이 그것을 달라고 했을 때 그녀는 깊은 한숨만 내쉬고는 바로 빼서 건넸고, 귀고리는 즉각 갈리에라에 팔렸다. 이튿날 저녁 식사 때 글렌데일이 아네트를 쳐다보더니 매우 퉁명스럽게 보석이 어디에 팔렸는지 물었다. 그는 곧 그것을 되사서 그녀에게 다시 주었다. 귀고리는 얼마 지나지 않아 '행동대'의 손에 다시 들어가 갈리에라로 넘어갔는데, 글렌데일이 아네트에게 훈계를 하고 다시 한 번 되살 땐 살짝 화가 난 것도 사실이었다. 어리둥절해하는 보석상에게 어떻게 그 귀고리를 세 번씩이나 되사게 되었으며, 자신이 매번 더없이 무고한 얼굴로 약속을 했는데도 그 보석이 어떻게 매번 아르망에게 넘어갔는지 떠올리며 레이디 L은 종종 웃곤 했다.

글렌데일은 결국 인내심을 잃고 말았다. 그는 아네트에게 불같이 화를 냈고, 눈물을 흘리는 그녀를 남겨둔 채 온 밀라노 사람이 아는, 노랑과 검정이 섞인 쿠페를 타고 매혹적인 카모엥 백작부인이 무시무시한 애인과 함께 그곳에 있을 때 경찰이 들이닥칠

까 두려워 그가 항상 감시를 붙여두던 테러리스트들의 새 은신처로 갔다. 이런 법석이 그의 계획을 심히 저해할 것이었기에 테러리스트의 안전을 살피면서 그는 분노가 점점 더 치밀어 올랐다. 그의 유머 감각으로도 완전하게 그 분노를 통제하지 못할 정도였다. 검은 털외투 차림으로 그는 제복에 모자까지 갖춘 하인 두 명을 거느리고 비밀 인쇄소에 극적으로 등장했다. 아르망은 인쇄기를 돌리고 있었고, 마로티는 아나키스트들이 그즈음 이탈리아 북부에 뿌리던 팸플릿을 마지막으로 손보고 있었다. 글렌데일은 가게 뒤쪽 계단을 내려와 모여 있는 사람들을 무섭게 쏘아보았고, 아르망 쪽으로 다가가 자기 지갑을 꺼내더니 무뚝뚝한 어조로 물었다.

"움베르토 암살을 제대로 성사시키는 데 정확히 얼마가 필요한 거요? 그 계획에 드는 비용을 전부 내가 부담할 테니 제발 부탁인데 그 귀고리는 좀 가만히 내버려두시오. 그건 그녀가 아끼는 겁니다. 당신이 좋다면 당신이 그녀에게 주는 선물이라 칩시다."

왕의 숙소에 설치한 폭탄은 제대로 작동하지 않았고, 움베르토가 암살당하려면 1900년까지 기다려야만 했다. 더구나 아네트는 이즈음 마음속에서 왕에 대한 호감을 발견했고, 왕이 더 많이 없다는 사실을 안타까워했다. 이따금 왕을 죽여서 그들에게 제대로 행동하는 법을, 자신을 과대평가하지 않는 법을 가르쳐야 한다는 것은 이해했지만, 왕이 등장할 때 벌어지는 화려한 의식과 장중한 행렬과 음악, 자주색과 황금색의 장식, 빼 든 칼과 깃털 장식, 왕관과 의전이 좋았다. 정말이지 돈을 쓸 만한 볼거리였다. 그녀는 발을 구르며 걷는 말들이, 깃털 장식을 단 장군들이,

광장에 늘어선 추기경들이 좋았다. 추기경들의 자주색이라면 사족을 못 썼고, 대체적으로 교회가 옷을 잘 입는다고 생각했다. 세상에는 빛깔과 광채와 예쁜 의상이 충분히 많지 않은데, 사람들의 눈을 즐겁게 해주려고 왕들이 있었다. 그 밖의 문제에 대해서는 그들이 통치를 하지 못하게 막으면 그만이었다. 게다가 왕들이 모두 단두대에서 생을 마친다 해도 그녀는 전혀 개의치 않았다. 그들을 단두대로 데려갈 때 화려한 의식만 갖춘다면.

그녀 안에는 테러리스트의 기질이 이미 충분히 강해서 피 흘리는 일 없이 냉소만으로도 모든 걸 먼지로 날려버릴 수 있었다.

그녀가 겪고 있는 속박에서 해방되기 위한 첫 번째 시도는 귀고리 사건이 있은 직후 디키와 함께 베네치아 축제로 떠날 무렵 일어났다. 그즈음 아르망 드니의 이름은 경찰의 체포 명단 맨 위에 자리하고 있어서 두 사람이 만나려면 대단히 조심해야 했다. 어느 저녁 몬타네지 왕녀의 무도회가 끝난 뒤 닫힌 자동차 안에서 연인을 만났을 때 아네트는 아르망이 어둡고 경멸 어린 표정으로 자기를 쳐다본다는 걸 알아차렸다. 옷을 갈아입을 시간이 없었기에 가스등 불빛에 비친 그녀의 목과 귓불, 손가락과 손목에는 글렌데일이 그날 저녁을 위해 빌려준 에메랄드와 다이아몬드가 영롱하게 빛나고 있었다.

"내 역할을 해야 하잖아요, 아르망."

그녀가 수줍게 말했다.

"그래도 그 오만한 사치는 굶어 죽어가는 이 세상 모든 사람들에 대한 모독이오."

처음에 그들은 말없이 밀라노 거리를 달렸다. 그러다 불현듯 아르망이 마부에게 어느 구역 이름을 외쳤다. 그녀가 한 번도 가본 적 없는 구역이었다. 그들은 마치 모르는 사람들처럼 계속 말없이 갔다. 아네트는 불행했고 절망적인 기분이었다. 살면서 경험한 모든 불안 중에서 그를 잃는다는 두려움이야말로 가장 견디기 힘든 것이었다. 어둡고 좁은 캄포 골목길로 들어섰을 때 아르망이 차를 멈춰 세웠다. 그들은 내렸다. 달빛이 척박한 보도와 진흙탕을 비추었다. 공기에서는 노후한 냄새와 쓰레기 냄새가 났다. 행인은 없었다. 웬 걸인 노파가 벽에 등을 기댄 채 인도에 앉아 있었다. 그들이 나타나는 걸 보고서 노파는 손을 내밀었다. 아르망이 아무 말 없이 아네트에게서 귀고리와 목걸이, 팔찌와 반지를 낚아챘다. 그는 꼼짝 않는 노파를 향해 몸을 숙여 부드럽게, 거의 다정하게 응시하더니 목걸이를 노파의 야윈 목에 걸었고, 반지와 팔찌를 노파의 뒤틀린 손가락과 팔목에 채웠다. 그러더니 노파의 어깨에 손을 얹고 말했다.

"이걸 받아요. 이건 마땅히 당신 것입니다."

선의와 상냥함이 담긴 그의 미소를 레이디 L은 결코 잊지 못했다.

보석과 금의 무게에 노파의 손이 털썩 떨어졌다. 노파는 한동안 꼼짝 않고 무표정하게 아르망의 얼굴만 뚫어져라 쳐다보았다. 그러더니 고개를 푹 숙였다.

가련한 여인의 행동에서 문득 무언가 아네트를 충격에 빠뜨렸다. 그녀는 노파 쪽으로 몸을 숙였다. 노파는 눈은 뜬 채 죽어 있었다. 아네트는 비명을 질렀고 울면서 달아났다.

이튿날 밀라노 신문은 '가장 놀라운 세기의 불가사의'라는 제

목이 붙은 사건 얘기로 가득했다. 캄포 구역에서 걸인 노파가 값을 매길 수 없는 목걸이를 목에 걸고 12캐럿 다이아몬드를 귀에 걸고 황금 풍뎅이를 누더기에 꽂고 에메랄드와 황금 팔찌를 차가운 주머니에 넣은 채 시신으로 발견되었다는 얘기였다.

글렌데일의 변호사들이 그 보석들을 되찾기까지는 2년이 걸렸다. 그들은 호텔 손님의 보석함에 넣어둔 보석을 도난당했다고 주장했다. 온갖 가설이 나왔지만 아네트의 이름은 신문에도 실리지 않았고 수사 도중에도 흘러나오지 않았다. 이탈리아 작가 아르디티는 이 사회면 기사를 그의 소설 중 가장 유명한 작품의 출발점으로 삼았다.

아네트는 자기 방에서 울며 밤을 지새웠다. 그녀는 열이 났고 몸져누웠다. 아르망을 알고 처음으로 그가 두려웠다. 모욕당하고 멸시받고 거절당한 기분이었고, 그녀 안에 아직 남아 있는 난폭하고 길들여지지 않은 격정적인 모든 것과 상처 입은 여성성이 그녀에게 사랑과 증오를 가르는 문턱을 넘어서도록 부추겼다. 이제 냉소만으로는 부족했다. 빈정거리는 태도며 놀이는 이제 그 의미와 효력을 잃었다. 그녀는 격정과 감정의 소용돌이에 자신을 내맡겼다. 그 소용돌이 속에서 어린아이 같은 복수와 승리의 꿈이 깊은 절망과, 울음으로 위로될 수 없는 고통과 뒤섞였다. 몸을 추스르자마자 그녀는 콤행 기차를 탔고, 그녀를 정말로 이해하고 완전히 받아주는 유일한 사람 곁으로 가서 보호와 위로를 찾았다.

"이렇게 더는 계속할 수 없어요, 디키. 전 더는 못하겠어요. 이제 더는 못해요. 난…… 난…… 더는 싫어요……"

글렌데일은 울먹이는 젊은 여인의 머리를 다정스레 자기 어깨에 기댔다. 무심하고 어렴풋이 동양적인 그의 얼굴, 가늘고 살짝 굳은 듯한 그의 눈은 기쁨의 표정을 어렵게 감추고 있었다. 그는 더없이 기분이 흡족했다. 드디어 루브르에서 〈모나리자〉를 훔치는 데 성공할 참이었던 것이다.

"부탁이에요, 디키. 절 도와주세요. 그가 날 파괴하고 말 거예요. 그런데…… 전 그를 너무도 사랑해요!"

"진정해요. 당신들 두 사람 모두 열정적인 사람들이오. 절제된 자유라는 걸 전혀 모르는 사람들이지요. 그런 순간이야말로 인간의 행복이 지속될 가능성과 더불어 나타나는 유일한 때인데 말이오. 그 사람은 영혼과 사상의 극단주의를 좇고, 당신은 마음과 감정의 극단주의를 좇으니…… 대단히 나쁜 경우요! 마음의 열정이건 사상의 열정이건 열정은 언제나 세상을 정글로 만들어 버립니다. 윌리엄 블레이크의 시를 기억하오? **호랑이, 밤의 숲 속에서 환히 빛나는 호랑이**(Tiger, tiger burning bright, in the forests of the night)……. 열정에 대해 이보다 더 멋지고 더 정확한 심상을 난 알지 못합니다."

"그런데 어쩌죠, 디키. 어떻게 해야죠?"

"아주 쉬운 일이오! 그를 그만 만나세요. 처음에 겪게 될 고통을 피하기 위해 나와 함께 터키로 가서 6개월을 보냅시다. 보스포루스에서 보내는 봄이 많은 걸 해결해줄 겁니다."

"그래 봤자 아무 소용 없을 거예요, 디키. 그곳은 충분히 멀지 않아요. 난 언제라도 달려서 그의 품으로 돌아갈 거예요. 전 그이 없이는 살 수 없어요……. 세상에 디키, 내가 어떻게 될까요?"

글렌데일은 심각하게 고심하는 척했다.

"좋아요. 우리가 할 수 있는 일이 정말이지 한 가지밖에 없는 것 같군요. 그가 당신에게 불러일으키는 독점적인 열정을 보니 선택의 여지가 없겠군요. 그를 만날 실질적 가능성이 없도록 조처해야 합니다. 그러자면 처음엔 힘들겠지만, 인생이란 게 원래 그런 것인지라 1, 2년만 지나면 문제가 해결되리라고 난 확신합니다."

"중국이라도 충분히 멀지 않아요. 난 나를 알아요."

"그건 내가 생각한 바가 아닙니다."

글렌데일이 친절하게 말했다.

"당신을 그에게서 떼어놓을 유일한 해결책은 두터운 담과 매 순간 계속되는 엄중한 감시뿐일 겁니다. 아르망이 당신이 있는 곳까지 찾아오는 것이 절대적으로 불가능하도록 말이오."

"무슨 얘기예요? 제가 요새 같은 곳에서 살 수는 없잖아요."

"아니오, 그게 아니에요. 당신이 아니라 그 사람 말입니다. 정말이지 아주 쉽게 해결할 수 있어요. 아르망을 이탈리아인들이 오스트리아인들로부터 물려받아 아주 잘 관리하고 있는 유서 깊은 감옥 중 하나에 가두는 건 아주 쉬울 겁니다."

그녀가 질겁해서 그를 쳐다보았다.

"디키, 당신은 잔인해요! 그건 절대로 안 돼요! 당신이 그를 경찰에 넘긴다면 난 다시는 당신을 보지 않을 거예요! 그리고 나도 죽을 거예요."

그가 그녀의 손을 잡았다.

"들어봐요, 아네트. 잘 생각해봐요. 난 건강이 썩 좋지 못하오……. 의사들은 내가 늙고 있다고 생각해요. 내겐 자식이 없소. 내 정원들, 내 사랑, 내 그림들을 생각하면…… 당신과 나, 우리는 둘 다 친구들에게 하듯 사물들에 애정을 줄 줄 알죠. 그것들을 사랑하고, 사람들이 무생물이라고 말하는 것들의 불가사의한 세계를 돌볼 줄 알죠. 사물은 우리가 버려둘 때만 무생물이 되는 겁니다. 사물들이 살아나려면 눈길과 우정이 필요해요. 내가 죽게 되면 내 친근한 세계가 모조리 흩어질 겁니다. 사방으로 날아가버릴 겁니다……. 이런 생각을 하면 정말 고통스럽소. 나는 당신이 내 뒤를 이어 내 작은 마법의 세계를 지켜주었으면 하오. 당신이 나와 결혼해주길 바라오."

그녀는 믿지 못하겠다는 표정으로 그를 뚫어져라 응시했다.

"디키! 내가 어떤 사람인지도 모르시잖아요."

"다 압니다. 벌써 1년 가까이 당신 과거를 조사했고 이제 그다지 더 알아야 할 것도 없는 것 같소. 더 좋은 소식도 말해줄 수 있어요. 이제는 당신의 과거 흔적이 전혀 남아 있지 않아요. 아주 하기 힘든 일이었어요. 누가 시청에서 아네트 부댕의 출생증명서를 찾는다면 시간만 허비하게 될 거요. 출생이니 귀족이니 신분이니 하는 그 모든 너절한 것들을 난 결사적으로, 심지어 공격적으로 조롱합니다. 그런 것들이 나한테는 더없는 경멸만 불러일으킬 뿐이오. 내 아내는 처음 만났을 때 거리에서 춤추는 집시였소. 그러나 그녀에겐 진짜 혈통과 기품이 있었어요. 자연에서 오는 혈통과 기품 말이오. 인간 존재에게 중요한 것은 성품뿐입니다. 그리고 당신은 더없이 고귀한 성품을 지니고 있어요. 당신은 내게 완벽한 동반자이자 내가 소유한 모든 것의 이상적인 상속자가 될 겁니다. 당신이 없으면 내 그림들은 그저 돈을 의미할 테고, 내 집들도 텅 비어 점차 추악함 속으로 떨어지고 말 겁니다. 내 정원들도 버림과 망각의 냄새를 풍기게 되겠죠……. 우리가 사랑하는 것들에 그런 짓을 할 수는 없어요, 아네트. 이 사물들에는 우리가 필요해요."

그녀는 넋이 나가고 아연실색한 얼굴이었다. 이보다 더 감동적인 찬사는 상상할 수 없었다. 그러나 그녀는 고개를 저었다.

"저도 정말이지 좋다고 말하고 싶어요, 디키. 하지만 그럴 수 없어요. 당신한테 부정직한 일이에요. 전 아르망 없이는 살 수 없어요. 그게 어떤 건지 당신도 잘 아시잖아요."

그가 그녀의 이마에 입을 맞추며 말했다.

"알아요. 그게 뭔지 잘 알지요. 좋아요……. 라벤나로 갑시다."

그가 슬프게 말했다.

그러나 그는 그녀에게 도피 가능성을 슬쩍 보여주었고, 그녀는 밤새도록 잠들지 못하고 자유를 꿈꾸지만 벗어날 수 없어 절망한 채 줄담배를 피웠다. 그녀는 사랑이 잔인한 속박이 될 수 있으며 그것에서 벗어나려면 대단한 의지가 필요하다는 것을 깨닫기 시작했고, 자신에겐 그럴 힘이 없다고 느꼈다. 자유보다 소중한 건 아무것도 없으며, 자유를 위해서라면 무엇이건 망설임 없이 감수해야 한다고 아르망이 그토록 열심히 가르쳤건만 그녀는 그의 가르침을 활용할 줄 몰랐다. 한숨을 내쉬며 그녀는 생각했다. 정말이지 테러리스트의 영혼을 단련하고, 그의 말처럼 직접행동에 나서 그녀가 받은 가르침을 가슴에 새기고 자신의 독재자로부터 해방되기 위해 폭탄을 던져야 한다고.

　라벤나에서 돌아와 그를 다시 보았을 때 그녀는 전혀 다른 마음가짐으로 그의 말을 들었고, 처음으로 그의 냉혹한 논리를 제대로 받아들였으며, 울림 있고 열정적이며 매혹적인 그 목소리가 온갖 형태의 속박을 규탄하고 마음과 정신의 모든 속박을 거부할 때 발산하는 신념의 힘에 설득당하려고 애썼다. 레이디 L은 아르망이 그녀에게 가르친 것과 그의 존재 방식 사이에, 그가 주장하는 절대적 자유와 한 가지 사상에 묶인 그 자신의 예속 상태 사이에 모순이 있었다는 걸 오늘날엔 안다. 절대적 자유에 대한 생각과 그 생각에 대한 절대적 헌신 사이에도 모순이 있었다. 그가 주장하던 인간의 자유와 한 가지 이념, 한 가지 이데올로기를 향한 그의 전적인 복종 사이에 모순이 있었다. 그녀는 오늘날 인간이 정말로 자유로워야 한다면 자신의 생각으로부터도 자유롭게 처신해야 하고, 논리에 전적으로 이끌리지 말아야 하며, 심지어 진리에도 묶이지 말아야 하고, 모든 것에, 모든 생각에 인간적 여백을 남겨두어야 한다고 생각했다. 자유로운 인간으로 남으려면 아마도 자신의 생각과 신념마저도 뛰어넘을 줄 알아야 할 것이라고 생각했다. 논리가 엄격할수록 그것은 감옥이 되고, 삶은 모순과 타협과 일시적 조정으로 이루어지며, 대원칙들은 세상을 밝힐 수도 있지만 세상을 태워버릴 수도 있었다. 아르망이 좋아한 문장 "끝까지 가야 한다"는 무無로 인도할 수밖에 없었고, 절대적 사회정의에 대한 그의 꿈은 완벽한 공허만이 아는 순수를 표방하는 것이었다. 그러나 그녀는 겨우 스무 살이었고 학식도 없었으며, 논리의 극단적 추구가 진리에서도 오류에서도 파괴적 힘에 도달할 수 있음을 짐작조차 하지 못했고, '관념 강박증'

의 위대한 세기를 아직 경험해보지 못했다. 그녀가 아는 건 아르망이 불타는 열정에 사로잡혀 있어서 그녀가 나머지에 만족할 수밖에 없다는 사실뿐이었다. 또한 그녀는 그가 인류에 관해 말할 때 마치 여자에 관해 말하듯이 한다는 것도 알았다. 그래서 그 얼굴 없는 경쟁자를 미워하기 시작했다. 사내들이 결코 만족시키지 못할, 비밀스럽고 불가사의하고 전제적인 그 경쟁자의 가장 큰 기쁨은 그들을 파멸로 몰아넣는 것인 듯했다. 그가 늘 다른 여자에 관해 말하는 걸 듣는 건, 연인에게 기대어 그의 눈에서 열정과 꿈을, 당신이 완전히 배제된 욕구를 보는 건 분통 터지는 일이었다. 절대적이고 격렬한 그의 번민과 그의 무모한 행동 계획 속에 든 건 그녀가 아니었고, 그가 살고, 고통받고, 목숨을 위험에 빠뜨리는 것도 그녀를 위해서가 아니었다. 그 모든 남성다움, 관능적이고 따뜻한 몸, 강인한 허벅지와 종아리, 유연하고 튼튼한 허리, 한번 붙잡으면 무엇도 놓지 않게 만들어진 억센 손은 무심하고 잔인하고 만족할 줄 모르는 정부情婦, 저 멀리 있는 고약한 공주의 것이었다. 그는 그 공주에게 전적으로 헌신했고, 오직 그녀의 행복과 기쁨과 만족만을 진정으로 걱정했다.

‘그녀’ ‘그 여자’ ‘다른 여자’라는 이름으로 아네트는 자신의 경쟁자를 생각했다.인류를 뜻하는 프랑스어 ‘humanité’는 여성형 명사다. 그녀는 인류를 자신에게서 연인을 빼앗아 가려는 까다롭고 만족할 줄 모르는 여자로 보기 시작했다. 그렇다. 공주, 대단한 귀부인, 바로 이것이 그 여자였다. 무정하고, 냉혹하고, 무시무시하게 변덕이 심하고, 피 흘리는 놀이를 좋아하는 여자. 그 밖에 사상이며 대의며 정치적 명제들, 이 모든 건 너무 복잡하고 비현실적이었으며 살짝 역겹기까지 했다. '그녀'를 행복하게 만들어주기 위해 폭탄을 던지고 살인을 해야 하는 이상 '그녀'는 빌어먹을 악녀였다. 이런 걸 좋아하는 남자들, 고통을 안기고 불가능한 것을 요구하는 여자들을 좋아하는 남자들이 있다는 걸 아네트는 잘 알았다. '그녀'는 분명히 그런 고약한 여자들 중 하나였다. 특히 '그녀'를 공공연하게 비판하지 않도록, 조금이라도 무례한 지적을 하지 않도록 조심해야만 했다. 그랬다간 아르망이 자기 어머니가 모욕이라도 당한 것처럼 싸늘하게 쳐다보았고, 그 눈길이 아네트를 완전히 당황하게 만들었기 때문이다.

"왕, 정부, 경찰, 장군. 이것이 인류의 일상적 운명이군."

화가 나서 신문을 구기며 그가 말했다.

"인류는 저들의 흉포한 식욕에 내맡겨져 자기 방어조차 할 수 없소. 언론은 인류의 비명을 질식시키고 교회는 체념을 설교해대니."

아네트가 어깨를 으쓱하며 말했다.

"어쩌면 그걸 좋아하는지도 모르잖아요. 당신이 그걸 어떻게 알아요?"

그가 싸늘한 눈길을 던지자 그녀는 바로 당황했다.

"미안해요. 내가 무슨 말을 하는지 모르겠군요. 배워야 할 게 아직도 너무 많아요……."

불타오르고 무언가에 사로잡히고 상처 입은 듯한 그의 눈 위로 몸을 숙이고 그녀는 손가락 끝으로 정열적이고 아름다운 그의 얼굴을 매만지며 생각했다.

'참으로 이상하지. 정말 이상해. 내가 이 사람에게 저항할 수 없이 끌리는 것만큼 이 사람은 그 여자에게 저항할 수 없이 끌리고 있어. 내가 내 사랑 때문에 파괴될 위험이 있듯이 이이도 저 큰 사랑에 어느 때고 파괴될 위험이 있어. 그는 자유를 모든 것보다 우위에 두지만 자유로워지지 못하고 있어. 나 또한 그의 맹목적인 집착을 비판하면서도 벗어나지 못하고 있어.'

그를 보는 순간, 그를 품는 순간 그녀의 모든 결심은 흔적 없이 사라졌다. 그녀가 느끼는 행복이 너무 커서 그와의 관계를 끝내기 위한 놀랍도록 정확한 온갖 이유도 현실성이라곤 없는 날조된 이론, 초라한 이론으로 전락하고 말았다. 아르망도 그녀를 껴안고 있을 때, 살아 있고 다가갈 수 있고 도달할 수 있는 현실을, 그가 끌어안을 수 있는 이 현실을 마침내 만끽할 때, 손에 쥐고 체험한 이 충만감을, 문득 구현된 이 보기 드문 절대적 순간을 맛볼 때 엄청난 에너지와 열정적인 애정을 쏟으며 빠져들었기에 그녀는 너무도 잘 알고 있던 사실마저 잊었다. 그 순간이 별들 사이를 떠도는 방랑자가 스스로에게 제공하는 짧은 휴식의 순간이라는, 참으로 인간적인 땅에서 보내는 짧은 휴식의 순간일 뿐이라는 사실 말이다. 그런 순간에 두 사람은 평범한 행복 속에서 짧게 조우했다.

"당신을 사랑해요. 알죠?"

"조용히 해요, 아르망. 그녀가 당신 말을 듣기라도 하면 어쩌려고……."

"누구 말이오?"

"다른 여자 말이에요."

"무슨 소린지 모르겠소."

“아르망, 잘 알잖아요. 다른 여자, 인류 말이에요.”

그가 그녀의 머리카락을 매만지며 웃었다.

“아무리 그래도 당신 너무 과장이 심하군요. 마치 경쟁자라도 되는 것처럼 말하다니.”

“그 여자가 사방에 스파이를 심어두었어요. 그들이 당신을 고발할 수도 있어요. 몇 월 며칠 문제의 개인이 어느 장소에서 웬 여자를 사랑했다. 현행범이죠. 자유, 평등, 박애가 그 자리에 있었으니 증언해줄 수 있을 거예요.”

“그런 다음?”

“그 뒤로는 모르겠어요. 당신은 단죄를 받게 되겠지요.”

“난 무죄라고 주장할 거요.”

“거봐요. 당신은 날 사랑하지 않아요……”

“난 인류에게 말할 거요. 난 우리의 사상을 공유하는 여인을 사랑한다고. 그 여인은 충직하고 능숙하고 단호한 투쟁 동지라고……. 진심으로 하는 말인데, 곧 당신에게 우리를 도와달라고 부탁해야 할 것 같소. 우리는 순풍을 받고 있어요. 억압이 거세지는 걸 보면 그렇다고 판단할 수 있어요. 노동자들이 그 대가를 치르느라 자동적으로 우리 쪽으로 내몰리고 있어요.”

그녀는 생각에 잠긴 얼굴로 그를 쳐다보았고 한숨을 내쉬었다.

그녀는 생각했다.

‘신이시여, 왜 나는 이상주의자를 사랑해야만 했을까요. 왜 나는 모든 사람들처럼 돼지를 사랑하지 않았을까요. 그랬더라면 참으로 행복했을 텐데요!’ 그러나 그녀는 그것이 사실이 아님을 알았다. 오히려 그녀는 그를 집어삼킨 그 불꽃의 아름다움에 끌렸다. 그의 안에 있는 그 열정을 자신에게로 돌리고, 그것을 소유하고, 상대가 인류 전체일지라도 그런 열정과 충성을 쏟을 수 있는 이 예외적인 존재를 상대에게 넘기지 않으려는 지극히 여성적이고 본능적이며 강압적인 욕망에 괴로워했다.

"왜 울어요, 아네트?"

"오, 그냥요."

그즈음 테러리즘은 특히 프랑스에서 극에 달해 있었다. 은행가들과 정치인들, 때로는 썩어빠진 이들이, 때로는 무고한 이들이 거리에서, 심지어 국회 안에서도 살해당했고, 폭탄이 공공장소에, '부패한 자'들이 드나드는 카페에 던져졌다. 글렌데일은 아네트에게 남아 있던 보석들을 도로 가져갔다. 아르망은 끊임없이 이동했고 같은 장소에서 두 번 자지 않았다. 그는 학생들의 경호를 받았는데 그중 둘은 그를 보호하려다 죽었다. 두 사람이 언제 어디서 다시 만날지 그녀는 알지 못했다. 어느 날엔 쪽지가 스트레사 호수 위 낚싯배로 그녀를 불렀고, 그곳에서 그녀는 붉은 셔츠를 입고 페스카토레 푸른 모자를 쓴 아르망을 만나 사로잡힌 물의 요정처럼 낚시용 그물에 누워 밤을 보냈다. 그 후론 일주일이고 보름이고 침묵이었다. 그동안 신문은 새로운 테러—밀라노의 새 역사驛舍 준공식 때 일어난 끔찍한 폭발에 군중 가운데 어린 여자애가 부상을 입었다—를 알렸다. 그리고 그녀는 기다렸다. 불행하고 불안하고 격분해서 그녀는 정말로 반항할 마음의 준비가 되어 있었다.

이번에 새 전언은 그녀를 제노바의 '캄포 산토Campo Santo, '성역'이라는 뜻으로 공동묘지를 가리킨다'로 달려가게 만들었다. 그곳의 석고 성상들과 굵은 천사들 사이에서 아르망이 그녀 앞에 불쑥 나타났다. 그들은 그 당시 명성이 이탈리아의 하늘로 눈부시게 치솟기 시작한 가브리엘레 단눈치오의 집에서도 여러 차례 만났다. 그들은 단눈치오의 전형적인 방식으로 그를 알게 되었다. 그는 시작품을 작업할 때와 마찬가지로 삶에서도 영감에 따라 움직였기에 그것이 그의 주된 양식이었다고 할 수 있겠다. 어느 오후 그들이 캄포 산토를 거닐고 있을 때 우아하게 차려입은 자그마한 청년이 세상에서 가장 유명한 묘지의 바로크 기념물들 사이로 그들을 한 걸음 한 걸음 따라왔다. 즉각 경찰을 떠올린 아르망은 윗도리 아래 감춰둔 권총에 손을 대고 있었다. 그때 그 낯선 이가 다가와 매우 정중하면서도 불손함은 그대로 간직한 채 그들에게 인사를 건넸다.

"저는 가브리엘레 단눈치오이고 시인입니다. 두 분께 간청을 드리고 싶은데 무례하게 받아들이실지 몰라 미리 용서를 구하겠습니다. 두 신사숙녀분께 제 집을 내어드리고 싶은데 받아주시겠습니까?"

아르망은 차갑게 그를 쏘아보았다.

"무슨 말씀을 하시는지 제가 잘 이해하지 못했습니다."

"제가 혼자 살고 있는 집을 두 분께 쓰시라고 내드리고 싶습니다. 사랑과 아름다움이 시인의 새 집에 축복을 내려 제가 그곳에서 창작할 작품에 영감을 주도록 말입니다……."

단눈치오는 이 이야기를 다르게 전한다. 그의 판본에서는 제노바의 캄포 산토에서 만난 어느 가난한 연인이 함께 죽으려던 순간 그가 그들에게 자기 집을 제공한다. 훗날 시인의 편지에서 이 이야기를 읽으며 레이디 L은 자신이 꽃을 파는 젊은 여인으로 둔갑해 파르마의 제비꽃이 가득 든 바구니를 팔에 끼고 "그들의 마지막 사랑을 받아들이게 될 차가운 땅"에 꽃을 뿌렸고, "길들여지지 않은 야생동물처럼, 비할 데 없이 아름다운 미모"의 소유자로 그려졌다는 사실을 알고서 무척 재미있어 했다. 그러나 그녀는 시적 파격을 고려할 줄 알았다. 그래서 적어도 자신을 "길들여지지 않은 야생동물"로 형언한 것에는 아주 좋아했다.

그 후 두 가지 사건이 일어났고, 그것이 아네트에게 그녀의 삶에서 잔인할 정도로 가장 논리적인 결정을 내리게 만들었다. 그 결정이 가져온 가장 다행스러운 결과 중 하나는 영국 왕실에 가장 든든한 기둥 몇몇을 제공하게 된 것이다.

어느 날 아네트는 글렌데일 비서의 다급한 호출을 받고서 친구의 집으로 갔고, 곧장 그가 있는 방으로 안내되었다. 침대에 누운 디키의 얼굴은 잿빛에다 야위어 광대뼈가 한층 더 도드라져 보였고 눈도 더 찢어져 보였다. 세월의 흔적에 이제는 병의 흔적마저 더해져 있었다. 그는 손에 작은 그림을 들고 애정 어린 눈길로 바라보고 있었다. 그 그림은 죽을 위험이 없었다. 그것은 홀바인이 그린 그림이었다. 두 사람이 그의 머리맡을 지키고 있었다. 저명한 심장병 전문의 만치니와 밀라노의 고미술상 펠리니였다. 두 이방인이 떠나자마자 글렌데일은 그가 정말 사랑한 모든 작품들 가운데 가장 아름답지만 살아 있고 독립적인 의지와 정신까지 갖추고 있어서 그의 삶을 매우 힘들게 만들었던 작품을 향해 슬프게 미소 지었다.

"만치니가 내게 1년을 허락했소. 나를 과소평가한 거라고 생각하지만 2년이 될 수도 있고 반년이 될 수도 있어요. 내 조카들은 벌써부터 침을 흘리고 있을 테고, 경매 감정사가 베토벤의 운명의 노크 네 번을 울리게 되겠지요……. 나랑 결혼해주겠소?"

"안 돼요. 전 그럴 수 없어요! 도대체 당신은 이해를 못하시는군요……."

그녀가 외쳤다.

"아네트, 자유는 이 땅에서 무엇보다 소중한 재산이오. 모든 철학자들과 혁명가라는 이름으로 불릴 자격이 있는 모든 혁명가들이 우리에게 줄곧 그렇게 가르쳐왔소. 당신이 죽을 때까지 그 열정의 노예로 남아 있을 순 없어요. 아르망이 준 교훈을 벌써 활용했어야 했소. 아니면 당신은 정말이지 자격 없는 제자인 거요. 어쨌든 그가 살고 있는 정글에서 그의 이상주의적 열정은, 블레이크의 표현을 빌리자면 그 호랑이는 결국 그를 잡아먹게 될 거요. 그리고 당신도 같이 잡아먹고 말 거요. 당신의 독재자에 맞서 저항하시오. 왜냐하면 그는 자기 독재자에 맞서 저항할 능력이 없기 때문이오. 족쇄를 흔들어요. 자유로운 몸이 되시오. 그러기 위해 당신의 무정한 스승에게 폭탄을 던져야 할지라도 말이오. 생각해보고 서둘러 답을 주시오."

그녀는 조용히 울기 시작했다. 자신이 어떤 상황에 놓였는지, 어떤 성인에게, 어떤 악마에게 헌신해야 할지 그녀는 알지 못했다. 이것이 마지막 기회이며 중요한 때라는 건 알았다. 디키가 사라지고 나면 그 무엇도 추락하는 그녀를 구해주지 못할 것이다. 그러나 그녀가 할 수 있는 건 고집스레 고개를 흔드는 게 전부였다.

며칠 뒤 운명이 그녀를 도와 결정을 강요했다. 그녀가 아르망의 아이를 임신한 것이다. 레이디 L은 신이 이렇게 개입하지 않았더라면 자신의 삶이 어떻게 되었을까 종종 자문하곤 했다. 볼디니와 사전트가 그녀의 초상화를 그리지 못했을 것이고, 글렌데일의 혈통은 상속자를 갖지 못했을 것이며, 영국 국교와 제국과 보수당은 충직한 지지자 몇을 잃었을 테고, 영국은 최고의 귀부인을 잃었을 것이다.

"그런 거야 아무러면 어떻겠어요."

그녀가 꿈꾸는 듯한 표정으로 퍼시 경을 쳐다보며 말했다.

계관시인의 얼굴은 질겁했고 못 믿겠다는 표정이었다. 오솔길에 멈춰 선 그가 어찌나 지팡이를 세게 쥐고 있던지 레이디 L은 문득 그가 자기 주변을 둘러싼 악마를 느끼고서 그걸 쫓으려고 갑자기 허공에다 지팡이를 휘두르지 않을까 싶었다.

자신의 몸 상태에 대해 의심할 여지가 없어지자 아네트는 자기 감정에 귀를 닫고는 생각하지 않으려고 애썼고, 강철처럼 단호하게 행동했다. 이것이 그녀가 작정한 새로운 마음가짐이었다. 그녀는 디키를 완전히 신뢰하면서도 그에게 임신 사실은 알리지 않았다. 조금의 위험도 부담하지 않겠다고 마음먹고, 아이의 장래를 위해 가장 오래된 자연법에 복종하는 짐승들의 본능적 고집을 품고 맹렬하고 잔인하게 싸우기 시작했다.

두 사람의 마지막 만남은 보로메 섬의 마죄르 호숫가에서 이루어졌다. 그 시절 그 섬들은 아직 보르글리아 가문의 소유였고,

그녀는 그곳에 초대받은 손님이었다. 아르망은 파도가 심했지만 배를 타고 약속 장소에 왔다. 아네트는 흰 드레스에 양산을 들고 새벽부터 사유 항구의 부두로 이어지는 대리석 계단에서 그를 기다렸다. 그는 그녀를 따라 장미 수풀 사이로 오솔길을 걸었다. 9월의 마지막 장미여서 인간에게 지혜가 찾아오듯 꽃에 찾아오는, 보기 드물게 감미로운 향기가 났다.

그녀는 글렌데일이 10월에 자기 빌라를 폐쇄하고 모든 보물을 영국으로 가져갈 계획이라고 말했다. 늘 그렇듯이 활동에 돈이 부족했기에 그들에게는 그 보물을 손에 넣을 마지막 기회였다. 그녀는 콤 호숫가 빌라에서 주말을 보내기로 약속해두었다. 그곳엔 다른 손님도 몇 사람 있지만 그녀가 그들의 포도주에 수면제를 넣기로 했다. 그리고 하인들을 통제하기는 어렵지 않을 것이다. 물론 먼저 글렌데일 집의 내부 구조가 바뀌지 않았는지 확인해야만 했다. 레이디 L은 그 순간 말하면서 느꼈던, 거의 물리적이라 할 찢김을 지금까지 생생히 기억했다. 장미나무 주변에서 붕붕대던 말벌의 소리도 기억했고, 그녀 내면에 자리한 깊고 총체적이며 돌이킬 수 없던 절망과 거의 광적인 원한의 감정도 기억했다. 때로는 차갑고 냉소적이며 발톱처럼 날카로운 분노가 거세지다가 때로는 애정이, 연민이, 보호하고 구하고 고통받지 않기 위해 죽이고 싶은 의지가 커지고, 그러다 곧 다시 고통을 주고 벌하고 싶은 욕망이 마음을 완전히 어지럽히는, 복잡하게 뒤섞인 감정이었다. 그날따라 아르망이 그토록 다정하고 상냥하고 고마워하는 태도를 보이고 참으로 유쾌하고 희망에 잔뜩 부푼 것처럼 보여 일을 더 힘들게 만들었다. 그의 모습이 더없이 아름다워 그녀는 눈으로 그의 얼굴을 훑는 행복을 맛보았고, 그 얼굴에서 그녀가 품고 있는 아이의 이목구비를 벌써 알아볼 것만 같았다. 마음을 어지럽히는 모순된 충동들을 더는 감내할 수 없어 그녀는 그의 품에 뛰어들어 어깨에 기댄 채 울기 시작했다. 그의 모든 걸 용서하고 그에게 전부 털어놓을 참이었다. 그런데 다행히도 그녀가 채 말을 꺼내기 전, 그녀의 눈은 이미 그의 용서를 애원하고 있는데 신들린 청년이 다시금 악마에 사로잡히더니 모든 구속에서 해방되고 모든 독에서 구원받은 인류를 신세계가 기다리고 있다며 찬양 조로 얘기하기 시작했다. 그는 그녀의 경쟁자를 위한 사랑과 충절의 노래를 즉흥적으로 지어냈고, 대단한 사실성과 신념으로 힘을 실어 그들을 기다리고 있는 시련과 투쟁을 묘사했다. 아네트는 마지막 가책과 망설임을 큰 한숨으로 날려버렸다.

"더구나 영구 혁명을 위해 대단히 중요한 과학적 발견이 최근에 이루어졌어요. 만들기 쉬우면서 지금까지 알았던 그 어떤 것보다 백 배 이상 강력한 폭발물이오."

"정말 좋은 소식이군요. 멋지겠어요."

그녀가 말했다.

"정말 위대한 일을 할 수 있을 거요, 아네트. 신념이 확고한 사람 몇 명만 있어도 임무를 충분히 수행할 겁니다. 무기력하고 썩어빠진 부르주아지와 싸워 권력을 빼앗아야 해요. 권력은 행동하는 소수자들의 것이오. 우리가 그 자리에 있을 겁니다."

그녀는 눈을 반쯤 감고 다정하게, 그리고 심술궂게 그를 바라보았다. 나이 든 유혹자의 설득력 있고 달변인 목소리가 그녀를 도우러 왔다. '당신의 독재자에 맞서 저항해야 합니다. 아르망의 교훈을 활용할 때가 되었어요. 그러지 않으면 당신은 자격 없는 제자인 거요.' 그녀는 그에게서 고개를 돌리고 입가에 미소를 띤 채 어깨에 양산을 얹고 장갑 낀 손가락 끝으로 붉은 장미를 매만 졌다.

"동지들 모두가 이 발견이 우리에게 새로운 앞날을 열어주리라 고 믿고 있어요……."

"그럴 것 같네요."

그녀가 말했다.

이제 그녀에게는 냉소밖에 남지 않았다. 바로 그 순간, 그녀의 속눈썹에 아직 눈물이 남아 떨리던 순간, 그녀가 손가락 끝으로 장미 한 송이를 집어 춤추는 말벌을 향해 가만히 들어 올리던 순 간, 신랄하고 고도로 기교적이며 살짝 잔인하기까지 한 '레이디 L' 이 탄생했다.

그녀는 다시 한 번 아르망을 돌아보았다. 그 눈길로 이목구비 를 오래도록 훑어 그 뒤엔 기억만으로도 그 얼굴의 신비스럽고 남성적인 조화로움을 복원해낼 수 있게 되었다. '정말이지 신께서 당신의 적을 저렇게 아름답게 만들지 말았어야 했어.' 한 손을 오 렌지나무 가지에 얹고, 움직일 때보다 움직이지 않을 때 더 잘 느 껴지는, 고양잇과 동물처럼 잠재된 유연성을 보이며 그녀는 가벼 운 한숨을 내쉬었다. 문득 어둡고 타오르는 듯한 그의 눈길이 어 느새 우리의 창살 너머로 그녀를 향해 다가오는 것처럼 보였다.

　호랑이, 밤의 숲 속에서
　환히 빛나는 호랑이……

그녀가 중얼거렸다.

"뭐라고 했소?"

"윌리엄 블레이크의 시예요. 영어 수업을 듣고 있어요."

이 얼마나 부당한 일인가! 그가 그녀를 그렇게 대했으니, 이토록 끔찍한 수단을 쓰게 만들었으니 얼마나 잔인한가. 그녀는 그를 결코 용서하지 않을 것이다. 결코……. 그녀는 소매에서 레이스 달린 손수건을 꺼내 눈가로 가져갔다. 그가 그녀를 끌어당기며 웃기 시작했다.

"자 자, 아네트. 어쩌면 사태가 그렇게 심각하지 않은지도 몰라요……."

그녀는 그를 유심히 바라보며 생각했다. '오랜 세월 동안 어떻게 그이가 유럽의 모든 경찰을 따돌리고 한 번도 잡히지 않을 수 있었을까? 경찰은 주로 남자이지 여자가 아닌 건 분명해. 남자는 어떻게 공략해야 하는지를 알지 못해. 그뿐이야.'

아르망과 두 보좌관은 금요일 저녁, 다시 말해 이틀 뒤 콤에 도착하기로 했다. 그들은 집주인이 몬테카를로에서 파산하고 떠들썩하게 자살한 뒤로 몇 달째 닫힌 채 방치된 그라노브스키 백작의 빌라에서 밤을 보낼 터였다. 토요일 오후, 아네트는 모든 게 제대로 진행되고 있으며 뜻밖의 일이 없다는 걸 알리기 위해 빌라 철책 뒤에 붉은 장미 한 송이를 가져다 놓을 것이다. 열 시에 패거리가 호숫가의 글렌데일 집으로 들어갈 것이다. 그들은 하인들을 결박하고 가방을 채운 뒤 그라노브스키 빌라로 돌아갈 것이고, 오스트리아와 프랑스 기병대 장교 복장—콤에서 매년 열리는 마상 대회가 있을 예정이었다—으로 갈아입고 야간열차를 타고 제노바로 갈 것이다. 바로 거기서, 훔친 귀중품을 팔기 위해 세계 최고의 시장인 콘스탄티노플행 배를 탈 것이다.

콘스탄티노플이라는 마법 같은 이름이 아네트의 상상 속에서 소설처럼 울렸다. 아르망이 그 단어를 내뱉자마자 그녀는 다시 한 번 생각을 바꿔 아르망이 글렌데일의 빌라를 약탈하는 걸 정말로 돕고 싶은 마음이 들었다. 어느새 보스포루스해협 위를 항해하는 황금빛 작은 범선에 올라타 연인의 품에 안긴 자신의 모습이 떠올랐다. 하지만 다행히 바로 그 순간, 가슴에서 느껴진 신의 작은 발차기가 그녀가 정신을 차리게 도왔다. 그녀는 엄밀히 말해 신자는 아니었지만 우정 어린 묵인으로 그녀를 감싸고 지켜주는 선한 의지가 있다고 느끼지 않기가 힘들었다. 게다가 그녀가 신을 전지전능한 디키처럼 상상할 때도 종종 있었다. 신비롭고 너그러운 미소를 세상의 아름다운 꽃과 달콤한 과일 가운데 널리 퍼뜨리는 신.

그 후 레이디 L은 여러 차례 이스탄불에 갔다. 지금은 콘스탄티노플이라고 부르는 이 매혹적인 도시를, 살짝 부패한 데다 음산한 이 도시를 그녀는 언제나 좋아했다. 그러나 물론 아르망 없이는 전혀 같은 도시가 아니었다. 한낱 버림받은 배경에 지나지 않았다. 인생에서 모든 걸 가질 수는 없는 법이다.

아르망은 계획대로 정해진 날 정해진 시간에 그녀가 철책 너머에 던져둔 붉은 장미를 보았다. 얇은 망사로 만든 조화造花였다. 아네트는 그것을 자기 모자 중 하나에서 뜯어냈다. 진짜 장미는 오래가지 않아서 그녀는 아르망이 그녀를 늘 생각하게 만들어줄 다른 무언가를 감옥에서 갖고 있기를 바랐다.

세 남자는 어렵지 않게 빌라로 들어갔다. 제네바의 두 러시아 학생인 자슬라브스키와 루비모프가 입구에서 망보는 일을 맡았다. 아네트가 문을 열어두었다. 글렌데일은 손님들에게 약을 충분히 먹여두었다. 손님들 중에는 밀라노의 영국 영사와, 마상 경주 때 독일 황실 기마대를 지휘한 폰 루데킨트 장군과 다른 두 명의 명사가 있었는데, 레이디 L은 오래전에 그 이름들을 잊어버렸다. 연회 분위기가 돌처럼 식어버린 가운데 그들은 모두 샹들리에 불빛 아래 탁자 주변에 쓰러져 있었고, 그 옆에는 제복 입은 하인 두 명과 조리장과 꿩 요리가 있었다. 확실히 하기 위해 글렌데일은 하인들에게는 물론 강아지 뮈라에게도 약을 먹였다. 디키는 다만 약을 먹은 척하기로 했다. 심장을 조심해야 했기 때문이다. 그래서 그는 꽤 볼만하고 그럴싸한 자세로 안락의자에 퍼질러 앉아 실눈을 뜨고 모든 광경을 지켜보았다. 그는 자신이 준비한 생생한 작은 그림이 매우 성공작이라고 생각했다. 한편 아네트는 자기 잔에도 마취제를 넉넉히 넣었다. 그런 대비 없이는 밤새 눈을 감지 못하리라는 걸 알았기 때문이다.

45분간의 편안한 작업 끝에 아르망과 알퐁스 르쾨르와 기수는 전리품과 함께 그라노브스키의 빌라로 돌아갔다. 그들이 정원에 발을 들이자마자 스무 명의 경찰관이 사방에서 들이닥쳤다. 아르망과 기수는 바로 제압당했지만 르쾨르는 무시무시한 욕설을 내뱉더니 오래된 칼을 꺼냈고, 한 경찰관의 가슴에 한 방 깊이 찌르고 말았다. 기차 자리를 잡아두려고 바로 역으로 간 자슬라브스키와 루비모프는 도주하는 데 성공해서 나중에 러시아에서 니힐리스트들의 테러가 있을 때 그들에 대한 얘기를 했다. 루비모프는 시베리아에서 죽었고, 자슬라브스키는 살아남아서 사회민주주의 세력과 합류하더니 이민을 떠난 케렌스키를 따라가 그의 곁에서 상당한 역할을 했다.

세 아나키스트는 밀라노로 이송되었고, 며칠 내내 아르망 드니와 공범들의 체포 소식이 온 신문을 떠들썩하게 장식했다. 최종적으로 그들에게 적용할 수 있었던 유일한 기소 사유는 무장 절도뿐이었다. 조직이 모두 와해돼 그들에게 불리한 증언을 할 조직원이 하나도 남아 있지 않았던 것이다. 게다가 판사는 보복을 두려워했다. 최종적으로 내려진 15년 강제 노동 판결은 도의적으로 무죄판결처럼 받아들여졌고, 프랑스와 이탈리아의 모든 보수주의자들이 격분해서 야유를 퍼부었다. 때마침 일어난 라바숄의 활약은 질서 옹호자들에게 암살자의 시대가 오래전에 끝났음을 상기시켰다.

계관시인은 레이디 L이 듣도록 강요한 파렴치한 이야기에 너무도 격분한 나머지 이제는 되도록 듣지 않으려고 애쓰고 있었다. 그는 그의 삶을 이루는, 기운을 북돋아주는 밝은 것들을 생각하려고 애썼다. 그 무엇도 흔들어놓을 수 없는 친근하고 확실한 세계의 이미지들에 구조 요청을 했다. 부들스 클럽, 오스트레일리아와 겨룬 마지막 크리켓 시합, 작은 광고들이 함께 실린, 마음이 놓이면서도 살짝 거만한 평화로움이 담긴 〈타임스〉 표지. 세계에서 가장 진지한 신문이 전쟁과 재앙, 삶과 죽음, 예속과 자유의 문제로 얽힌 역사를 제자리에 돌려놓으려는 듯이 사설과 전 세계의 시사를 제쳐두고 가장 앞면에 결연히 싣는 그런 표지였다. 실제로 귀족적이고 심지어 살짝 허무주의적이기도 한 태도, 잘 생각해보면 테러 수준의 영국 유머 전통 속에 자리 잡고 있던 이 태도는 삶이 당신 가까이 너무 다가와 성가시게 굴지 않게 해주는데, 진짜 귀족의 미소 띤 차가움으로 중요하지 않은 것을 중요한 것보다 앞세울 줄 아는 레이디 L의 태도에서도 으뜸인 행동 양식이었다. 그러나 그가 이 모든 이야기는 지어낸 것일 뿐이라며 자신을 설득하려고 애써도 소용없었다. 거기서 끔찍한 진실의 색조를 간파하기 시작했기 때문이다. 그는 글렌데일을 조금 알았다. 최악의 기행을 할 수 있는 변덕스러운 존재, 왕실에 늘 큰 걱정을 안겨준 인물이었다. 언젠가는 웨일스 공에게 단두대 모양으로 된 황금 시가 커터를 선물하는 짓까지 하지 않았던가. 무엇보다 견디기 힘든 건 그의 감정 따윈 아랑곳하지 않고 이야기를 이어가는, 무심하고 심지어 잔인하기까지 한 레이디 L의 태도였다. 특히 그녀가 그에게 불러일으켜온, 그가 완벽한 조심성으로 늘 감추긴 했지만 그녀가 모를 리 없는 깊은 감정 말이다. 40년 전부터 퍼시 경은 그녀를 한결같이 사랑해서 때로는 자신이 절대 죽지 않을 것처럼 느껴졌다. 단지 그녀를 향한 자신의 애정이 끝날 수 있다는 걸 상상할 수 없었기 때문이다. 그런데 지금 그녀는 일부러 그에게 상처를 주려고, 그가 마음에 품고 있는 경이로운 이미지를 파괴하려고 애쓰고 있었고, 그녀의 사회적 지위와 명성에 매우 어울리지 않는 초상화를 스스로 그리면서 진짜 즐거움을 맛보고 있는 것 같았다! 푸른 하늘에 뾰족한 지붕을 우뚝 세운 별채에서 겨우 몇 발짝 떨어진 지점, 퍼시 경은 점점 더 커져가는 불안한 마음으로 별채 입구를 가린 야생 장미와 송악으로 뒤덮인 철망 뒤에서 무엇이 그를 기다리고 있을까 생각했다. 비밀스러운 약속 장소 같은 그 분위기가 그를 불안하고 살짝 불쾌하게 만들었다. 더구나 곳곳에 장미나무와 라일락 사이로 엉덩이를 허공에 치켜든 채 활과 화살을 가지고 장난치는 큐피드 조각상들이 있었다. 향기를 잔뜩 머금고 가슴을 파고들 것처럼 감미로운 분위기가 이 구역을 휘감고 있어 나비조차도 관능적으로 나른하게 나는 것 같았다. 계관시인은 지팡이 손잡이를 힘주어 쥐었고, 스스로를 창을 들고 마법에 걸린 정원을 헤매는 원탁의 기사 갤러해드 경에 비교하지 않을 수 없었다.

레이디 L이 말을 이었다.

"내 결혼식은 더없이 화려하게 치러졌어요. 우리는 영국으로 가서 살았고 거기서 내 아들이 태어났죠. 디키는 의사들이 예견한 것보다 훨씬 오래 살았어요. 어쩌면 내가 어느 정도는 역할을 했는지도 모르죠. 왕실은 물론 처음엔 눈살을 찌푸렸죠. 그러나 디키가 그 시절 최고 권위자를 시켜 만든 제 계보는 족보, 그리고 조상들의 초상화―그레코가 그렸고 모든 전문가들이 만장일치로 인정한 제 고조부 곤자그 드 카모엥의 초상화를 발견한 것은, 당신도 아시다시피 세기의 전환점에 이룩한 예술사의 획기적인 업적 중 하나였지요―와 마찬가지로 대단히 설득력 있어서, 사람들은 제 이목구비에서 세월을 넘어 놀랍도록 닮은 점을 발견했죠. 나는 정말로 인류의 가장 영광스러운 시간에 연루된 느낌이 들었어요. 왕실에서도 결국 내가 걱정한 것보다 훨씬 덜 주저하는 태도를 보였죠. 디키는 그 점을 살짝 언짢아했지만, 나에 대한 사랑으로 스캔들이 없다는 사실에 위안을 삼았고요. 웨일스 공은 나를 매혹적이라 생각한다고 알려왔는데, 빅토리아 여왕 영면 때까지 내가 버킹엄궁전에 받아들여진 적은 없지만 그건 나 때문이 아니라 디키와의 사적인 전쟁 때문이었죠.

난 돈을 많이도 썼어요. 그 시절에도 보기 드문 사치를 누렸죠. 내 천성에는 그다지 맞지 않는 일이었어요. 그렇지만 그건 무엇보다 내 경쟁자와 싸우는 방식이었지요. 그녀에게 도전하고 내가 가졌던 유일한 진짜 부에 관한 기억을 좇는 방식이었어요. 나는 가난한 수백 가구를 먹여 살렸죠. 그러나 언제나 먼저 내가 돕는 가난한 이들이 내 마음에 드는 얼굴들인지 보러 갔죠. 선의를 가진 남자들 주위를 어슬렁거리다가 절대적인 것을 찾는 그들의 욕구를 채워주는 척하며 잡아먹는 다른 여자, 그러니까 이름도 없고 얼굴도 온기도 없는 추상적인 인류를 위해서는 아무것도 하고 싶지 않았으니까요. 이게 사실이라면 인류는 정말이지 여성형이 맞을 거예요. 이 사치에는 견유주의가 아니라 꽤 많은 양의 허무주의가 들어 있는 것 같아요. 심지어 허무까지도 들었고요. 별을 먹는 낭비벽으로 나는 나 자신을 해명하는 일을 계속했어요. 그건 결코 신앙의 선언이 아니었어요. 차라리 영구적인 저항 상태, 제1차 세계대전 이후에 초현실주의에서 찾아야 했던 영혼의 극단주의, 절망적인 예술 표현의 한 형태였죠.

글렌데일 하우스에서 난 140명의 하인을 거느렸어요. 그중 절반은 우리가 겨울에 런던으로 갈 때 함께 동반했죠. 내 삶은 무도회와 극장 공연과 리셉션의 연속이었어요. 내가 그 소용돌이에 몸을 맡기고 실려 다닌 건 즐기기 위해서라기보다는—어떻게 말해야 할까요?— 아르망을 더 화나게 하기 위해서였어요. 디키는 약간 투덜거리긴 했지만 가는 곳마다 내게 쏟아지는 환대와 내 주위로 커져가는 존경심에 아주 기뻐했어요. 지르 거리에서 시작한 나의 데뷔를 떠올릴 때마다 그의 얼굴엔 환한 미소가 피어올랐죠. 내가 그를 행복하게 해주는 것 같았죠. 이따금 나의 검은 호랑이를 꿈꿀 때도 있었지만 그럴 때면 가슴에 어린 아들을 품고 그 아이가 웃는 걸 보기만 해도 내가 잘 처신했다는 걸 알게 되었고, 나의 회한과 후회를 쫓을 수 있었어요.

나는 금세 내 시대에 가장 인기 있고 가장 존경받는 여자 중 한 사람이 되었어요. 유럽에서 가장 명석한 지성들이 내 살롱으로 달려왔죠. 내 탁자에서 국사를 논했고, 내 의견을 열중해서 듣곤 했죠. 나를 둘러싼 경이로운 예술품들이 내 마음속에 아무런 흥미도 불러일으키지 못한다는 걸, 내가 정원 한구석에 세워둔, 아주 형편없는 취향의 동양풍 별채에 조금씩 모아둔 가치 없는 잡동사니들을 더 좋아한다는 걸 누구도 짐작조차 못 했죠. 그러나 나는 내 경쟁자, 그리고 내 연인과 대결을 계속 이어갔고, 내가 수집한 그림과 보석과 정원과 빌라는 곧 아나키스트들의 유인물에서 귀족의 퇴폐와 부패의 본보기처럼 언급돼 나를 아주 기쁘게 했죠. 내 초상화를 그린 화가에겐 곧 주문이 쇄도했어요. 내 살롱에서 콘서트를 하도록 초대받은 명인은 최고로 인정받았죠. 작가들은 내게 작품을 헌정했어요. 내가 엉뚱하거나 형편없는 취향을 보여도 새로운 유행이 되었죠. 말하자면 난 최선을 다했어요. 우리가 결혼한 지 6년 후 디키가 죽었을 때, 나는 그가 사랑한 모든 것을 돌봤어요. 사물과 물건들의 말 없는 세계는 점점 더 내게 안식처이자 친구가 되었어요. 난 L 경과 결혼했고—

훌륭한 공복公僕은 이미 아주 보기 드물어졌어요— 그의 정치 경력에 도움을 주었어요. 편협한 신념과 속물들로 구성된 보수당은 나를 가장 충직한 지지자로 보았기에 나를 거부할 리 없었죠. 난 그들의 생각의 부재를, 그들의 상상의 빈곤을, 그리고 그들의 지나친 조심성의 부질없음을 맛보며 즐겼어요. 그들이 내 경쟁자인 인류를 얼마나 화나게 할지 알 수 있었기에 난 내 적의 적들과 당연히 동맹을 맺었죠. 난 많은 것을 배웠어요. 독서하느라 수많은 밤을 지새웠고, 책은 내게 좋은 친구가 되어주었어요. 양식과 온건함 때문에 자유주의 사상에 끌렸지만 난 자제할 줄 알았어요. 내 성향에 이끌려서는 안 될 일이었죠. 내 아들은 검고 뜨거운 눈을 가진 사랑스러운 아이였어요. 그 아이는 왜 엄마가 자기를 오래도록 뜯어보다가 갑자기 울음을 터뜨리는지 종종 궁금했을 거예요. 나는 내게서 마귀를 몰아내고 행복해지려고 할 수 있는 모든 걸 했어요. 콘서트, 발레, 전시회, 여행, 책, 우정, 꽃, 동물, 모든 걸 시도했어요. 그러나 내 어깨는 이따금 세상에서 가장 춥고 가장 버림받은 것이었죠. 8년 가까이 나는 이렇게 내 경쟁자에게 매 순간 경박하고 절망적인 싸움을 걸었어요. 그러던 어느 날 밤……."

11

　창문은 열려 있었다. 정원은 어둠 속에 사라져 보이지 않았다. 별들이 있었지만 밤이 저만을 위해 간직하고 있었다. 레이디 L은 눈을 감고 안락의자에 앉아 과거에서 오는 것 같은 스카를라티 음악의 먼 메아리를 듣고 있었다. 그녀는 헤레스산 와인을 한 잔 마시며 담배를 피우려고 콘서트장과 손님들 곁을 떠나왔다. 미소를 너무 많이 짓고 우아한 말을 너무 많이 한 뒤라 무엇보다 혼자 있고 싶었다. 스질라기 4중주단에게 그녀 집에서 콘서트를 해달라고 부탁했는데 얼마 전부터 이들 음악에 무슨 일이 일어났는지 푸념으로 만들어진 음악처럼 보였다. 아름다운 음악은 꼭 질책 같았고, 이어지는 침묵도 그걸 연장할 뿐이었다. 레이디 L은 쿠션에 머리를 기대고 있었다. 그녀의 손가락 사이에서 담배가 혼자 타들어갔다.

　조심스러운 기침 소리를 듣고 그녀는 눈을 떴다. 그러나 살롱엔 그녀 혼자뿐이었다. 조금 더 주의 깊게 주변을 둘러보니 묵직한 붉은 벨벳 커튼 아래로 흙 묻은 투박한 구두 끄트머리가 보였다. 그녀는 깜짝 놀라 한동안 그걸 응시했지만 두려움은 전혀 없었다. 그녀를 겁나게 하려면 커튼 뒤에 숨은 사람의 존재보다 더한 것이 필요했다. 커튼이 젖혀지고 웬 낯선 남자가 그녀를 향해 다가올 때도 살짝 역정을 느꼈을 뿐이다. 정원의 경비원들이 제대로 일을 하지 않는군. 낯선 자는 비대했고, 팔이 짧고 손이 하얬으며, 동글동글한 용모가 불안감에 살짝 흔들려 보였다. 남자는 두려움과 거만함에 아연한 분노가 뒤섞인 표정으로 그녀를 응시했다. 선의를 가진 사람들이 온갖 실패를 누차 겪고 나서 갖게 되는 그런 표정이었다. 그녀는 눈을 내려 그의 발을 쳐다보았다. 발은 정말 컸고, 진흙으로 뒤덮인 구두는 중국 양탄자 위에서 더더욱 무거워 보였다. 외투에도 진흙이 묻어 있었다. 담을 넘다가 떨어진 모양이었다. 한마디로 많은 불행을 겪었다는 뜻이었다. 방문객은 모자를 벗지 않았고—아마도 도전의 표현이리라— 여전히 상처 입고 분노하고 끝없이 항의하는 듯한 표정으로 그녀를 응시했다. 그 표정이 그의 푸른 눈길을 진정한 사회적 주장으로 만들고 있었다.

"인류의 비천한 하인 그로모프, 플라톤 소포클레스 아리스토텔레스 그로모프*입니다."

묘하게도 절망하고 쉰 목소리로 침입자가 불쑥 말했다. 마치 존재를 드러내는 바로 그 순간 존재에 대한 모든 주장을 포기하는 듯한 목소리였다. 스카를라티 맞지요? 저도 음악을 꽤 좋아하

＊ 　실제로는 P. S. A. 토머스. 치체스터 대성당 오르간 주자의 아들로, 크로포트킨이 영국에 창설한 '행동'이라는 단체의 일원이다. 훗날 발레 무용수들이 그러듯이 아나키스트들은 이 시절에 이미 러시아 가명들을 사용했다.

는 사람입니다. 벨칸토 애호가이고, 대 헤르첸과 바쿠닌의 옛 제자였고, 코번트가든 오페라의 수석 바리톤이었으나 왕관 쓴 머리들 앞에서 노래하는 걸 거부해 치욕스럽게 쫓겨났지요…….

레이디 L은 얼어붙은 듯한 관심을 보이며 차갑게 그를 지켜보았다. 이방인들 사이에서 그 많은 세월을 보낸 뒤 그녀가 잘 아는 누군가를 만난다는 건 위로였다. 문득 자신의 아버지가 떠올랐지만 그녀는 적개심을 다스릴 줄 알았다. 남자는 오리 같은 걸음으로 몇 발짝 앞으로 나섰다. 그의 작고 다감한 푸른 눈과 땀에 젖고 겁먹은 얼굴이 한창 연가를 부르다가 차가운 물을 한 양동이 뒤집어쓰는 바람에 갑자기 노래를 멈춘 가수처럼 비장한 표정을 그렸다. 그녀는 입술로 담배를 가져갔고 눈을 찌푸린 채 연기를 들이마셨다. 그리고 즐기기 시작했다.

"대단히 미묘한 사안입니다. 아주 중요한 메시지가 있습니다. 말 그대로 죽느냐 사느냐가 달린 메시지입니다……. 저야 그저 인류에 봉사하는 우편함이지요……. 인간은 홀로 일어설 것입니다. 온갖 구속으로부터 해방되어 본성을 되찾은 생기 속에서 눈부시게 행복해질 겁니다……. 그건 그렇고, 여기까지 오기가 쉽지는 않았습니다. 개들도 짖고 깜깜한 밤이라. 그래도 제가 이렇게 왔습니다. 늘 그렇듯이 최선을 다했죠. 와인 한 잔만 주신다면 대단히 감사하겠습니다."

레이디 L은 손님이나 하인이 언제라도 들어올 수 있다는 걸 알았다. 그래서 상황을 고려해 안타깝지만 이 재미있는 기분 전환을 끝내야만 했다. 아주 재밌어지기 시작했는데 말이다. 에티켓과 예의범절, 공손하고 풀 먹인 듯 뻣뻣한 사회를 오랜 세월 겪고 나니 이 남자의 품위 없는 차림, 두려움과 도전 의식이 뒤섞인 표정, 양탄자를 밟고 있는 진흙투성이의 투박한 신발이 한 줄기 신선한 공기처럼 느껴졌다. 그러나 이 막간극을 오래 즐기고 있을 수는 없었다. 그다지 매력적이지 않은 이 인물에게 오랜 친구를 만난 것처럼 미소를 짓고 있다가 누군가에게 들킬 수는 없는 일이었다. 그녀는 눈썹을 찌푸리고 초인종 줄을 향해 손을 뻗었다. 그러자 남자가 모자를 벗더니 얇은 망사로 된 장미를 꺼내 팔을 높이 들고 내밀었다.

레이디 L은 아무 말 없이 장미를 응시했다. 그녀의 얼굴은 여전히 무심했지만 보일 듯 말 듯 흥미 동한 미소의 흔적이 스쳤다. 그러나 그녀의 몸은 갑자기 그녀를 버린 것 같았다. 아무것도 남기지 않고 몸이 완전히 비어버린 듯했다. 격렬한 심장박동만 빼고. 그녀의 친구 오스카 와일드의 말이 귓가에 울렸다. '난 모든 걸 견딜 수 있다. 유혹만 빼고.' 그녀는 손을 내밀었다. 플라톤 소포클레스 아리스토텔레스 그로모프는 매우 놀란 표정이었다. 성공하는 데 익숙하지 않았던 것이다. 모든 게 늘 실패했고, 아무것도 이루어지지 않았고, 늘 오해와 실수, 뜻밖의 사고, 무관심과 조롱뿐이었지만 그래도 그는 계속해서 믿고 다정하게 사랑하고 목숨을 바쳐왔다. 인류는 이 파괴할 수 없는 사랑에 영감을 주는 불가사의한 힘을 지니고 있었다. 어떤 실패도, 어떤 알맹이 없는 허풍도, 어떤 고도의 조롱도 그 사랑을 뒤흔들지 못했다. 인류는 사랑에 빠진 사내들에게 모든 걸 요구할 수 있는, 참으로 대단한 귀부인이었다. 저 서정적인 광대는 '따귀 맞는 사내'라는 보잘것 없는 자기 역할을 다하려고 저렇게 와 있었다. 두들겨 맞고 밖으로 내쫓기려고. 그런데 이제 무언가 윤곽이 잡히고 뚜렷해지더니 의미를 띤 현실이 되었다. 그의 얼굴이 밝아지더니 그녀에게 얼른 장미를 내밀며 안도의 한숨을 내쉬었다. 그는 천진하고 장난기 어린 미소를 짓고 두 손을 비비며 대담하게 원탁으로 다가와 헤레스산 백포도주를 한 잔 따랐다.

"인생의 아름다움을 위하여!"

그가 잔을 들어 올리며 말했다.

"계급도, 혈통도, 조국도, 주인도 없이 정의와 사랑 가운데 우애로 하나가 된 인류를 위하여, 건배."

"그 메시지란 게 뭐죠?"

레이디 L이 거칠게 물었다.

"이봐요, 모든 걸 말하는 게 좋을 겁니다. 뒤로 물러서기엔 너무 늦었어요. 말하세요. 그러지 않으면 당신이 엉덩이를 가졌다는 걸 후회할 정도로 매질당하게 하겠어요. 그 잘난 메시지란 게 뭐죠? 누가 보낸 겁니까? 얼른 말하세요."

플라톤 소포클레스 아리스토텔레스 그로모프는 완전히 당황한 표정이었다. 한 손엔 술병을 다른 손엔 잔을 든 채 눈을 껌벅이더니 다시 머뭇거리다가 수영할 줄도 모르면서 물에 뛰어드는 사람처럼 절망적인 용기를 내어 말하기 시작했다. 친구들 가운데 둘—성스러운 대의를 위해 싸우는 투사들로 감옥에서 8년을 보낸 친구들—이 탈주에 성공해 영국으로 왔는데 도움과 보호를 찾고 있다. 보아하니 지켜야 할 약속이 있는 모양이다. 어쩌면 자비로우신 부인께서 정확히 보름 뒤 호의를 베풀어 가면무도회를 열어주시지 않을까 기대한다……. 매우 기품 있고 매우 신분 높으신 귀부인들께서는 물론 최고의 보석으로 치장하고 오시리라 기대한다. 자비로우신 부인만이 여실 수 있는 화려한 연회가 될 테니. 왈츠와 불꽃놀이, 푸아그라, 샴페인, 자고새 요리……. 감히 명령은커녕 조언조차 드릴 생각 없다. 단지 인류에 봉사하는 우편함으로서 메시지를 전할 뿐이다……. 그날 매우 가련한 처지에 놓인 사람 몇몇도 아마 가면무도회에 참석할 것이다.

그는 입을 다물더니 곁눈질을 하며 다시 와인 한 잔을 비웠다. 감히 쏟아낸 소리에 겁에 질린 표정이 역력했다. 레이디 L은 재빠르게 숙고했다. 두려움이라곤 없었고, 기분 좋은 초조함을 넘어 거의 흥분마저 느껴졌다. 드디어 아르망을 다시 보게 되었으니 나머지는 아무래도 좋았다.

"정말이지 경이로운 순간이었어요, 퍼시. 갑자기 마침내 모든 걸 돌려받은 느낌이 들었죠. 우리가 함께 소렌토나 나폴리로, 아니면 더 멀리, 터키 주재 우리 대사께서 최근에 어느 만찬에서 감탄스럽게 묘사한 이스탄불로 떠나는 겁니다. 아르망과 함께 작은 범선을 타고 보스포루스해협을 항해한다…… 이보다 더 취하게 만드는 무얼 상상할 수 있겠어요? 지금 처지에서 나는 그에게 모든 걸 내줄 수 있고, 그가 상상할 수 있는 온갖 호사로 그를 감싸줄 수 있었죠. 그가 받아 마땅한 대접을 해줄 수 있고, 그에게 걸맞은 배경을 마련해줄 수 있었죠. 물론 나는 그가 이따금씩 누군가 죽여야 하리라는 걸 잘 알았죠. 가능하다면 그 대상이 왕이기보다는 어느 공화국 대통령이었으면 좋겠다고 생각했어요. 제가 맺고 있는 관계 때문에 말이에요. 때때로 다리를 파괴하거나 기차를 탈선시키기 위해 연락을 끊어야 할 때도 있겠죠. 그러나 이 것 역시 이제는 내가 그다지 위험을 겪지 않고 누릴 수 있는 호사였죠. 나를 의심할 생각은 누구도 하지 못할 테니까요. 난 여전히 그가 약간 원망스러웠어요. 그가 내게 준 8년의 고독이라는 단죄는 쉽게 잊기 힘든 것이었으니까요. 그이는 정말이지 내게 아주 잔인했어요. 당신이 나더러 경솔하고 의지박약하다고 비난해도 어쩔 수 없어요. 난 모든 걸 용서할 준비가 되어 있었죠. 그로모프의 어수선하면서 조심스러운 말 너머로 아르망의 명령이 내겐 분명히 보였어요. 런던 명사들의 보석들을 훔치겠다는 것이고, 초대 손님 명단은 내게 맡기겠다는 것이었죠. 디키의 냉소 어린 목소리가 내 귀에 대고 속삭이는 것 같았어요. ‘우리에겐 선택의 여지가 없으니 적어도 좀 즐기기는 합시다.’”

스카를라티의 메아리가 콘서트홀에서 계속 들려왔다. 그로모프는 이미 술을 상당히 마셔서 고개와 잔으로 박자를 맞추고 있었다. 곧 음악이 끝났고 박수갈채가 쏟아졌다.

“두 사람이라고 했나요?”

“둘입니다. 키가 큰…… 아주 유명한 사람, 그리고 목이 비뚤어진 아주 키 작은 아일랜드 사람도 있어요. 세 사람이었는데, 한 사람은 감옥에서 죽었죠…….”

“가련한 사람. 알았어요. 모든 게 아주 흥미롭군요. 그들에게 가서 내가 생각해본다고 하더라고 전하세요. 다음 주에 날 다시 보러 오세요. 숨지 말고 옷을 제대로 차려입고 오세요. 자, 이걸 받아요.”

그녀는 손가락에서 반지 하나를 빼서 그에게 건넸다.

“이걸 파세요. 이제 그만 가보세요.”

그는 원탁에 빈 잔을 내려놓고 정중한 인사를 하고는 창문 쪽으로 갔다. 그는 막된 사람이었다. 나가기 전에 그가 뒤를 돌아보더니 한숨을 쉬고 갑자기 스스로에게 연민을 느끼며 말했다.

“가련한 그로모프. 절대 문으로는 못 나가고 항상 창문으로만 다니다니. 그것도 늘 야밤에!”

그러더니 사라졌다.

레이디 L은 고개를 뒤로 젖혔다. 거실에서는 다시 연주가 시작되었고 슈만의 곡이 멀리서 들려왔다. 가벼운 미소가 그녀의 입가에 감돌았고, 반쯤 감은 그녀의 눈은 손에 든 붉은 망사 장미를 바라보고 있었다.

12

　계관시인은 빅토리아 여왕풍의 안락의자에 몸을 곧추세우고 앉아 있었다. 거기에 수놓인 매혹적인 그림에는 사자, 강아지, 사슴, 비둘기 들이 지상낙원의 감미로운 친밀함 가운데 다정하게 어울린 모습이 묘사되어 있었다. 퍼시 경은 여름 별채에 한 번도 들어와 본 적이 없었다. 이제 그는 주위로 불만 섞인 의심의 눈초리를 던지고 있었다. 그곳의 분위기는 정말이지 마음에 들지 않았다. 이를테면 거기엔 커다란 침대가 하나 있었는데, 터무니없이 커서 낯 뜨겁고 황금색에 동양풍으로 하렘 냄새를 풍기는 데다, 더 고약하게도 닫집과 거기 있어야 할 이유가 전혀 없는 거울까지 달려 있었다. 그는 애써 보지 않으려고 했지만 그 저주스러운 가구는 문자 그대로 보는 이의 눈을 후벼 팠고, 심지어 거울은 비웃음을 띤 것처럼 보였다. 이 장소의 모든 것이 수상쩍은 분위기를 풍겼고, 이상하고 심지어 병적인 데가 있었다. 아마도 터키인들로 보이는, 콧수염과 턱수염을 단 전사들이 기절한 여자 포로들 위로 몸을 기울이고 있는 초상화들, 목탄으로 그린 검은 피부의 잘생긴 청년의 얼굴이 성자들의 얼굴을 대체한 러시아 성화들, 가면들, 수연통들, 버드나무로 만든 마네킹에 입혀둔 다른 시대의 스페인 드레스, 수많은 폭신한 쿠션들, 카드만으로 만든 신기한 병풍 따위가 사방에 널려 있었다. 수백 개의 스페이드 퀸들이 나란히 붙어서 죽음의 징조가 가득한 검은 눈으로 얼굴을 뚫어지게 쳐다보는 것 같았다. 당연히 레이디 L의 친근한 동물들의 얼굴도 곳곳에 있었는데, 아주 무례하게도 인간의 얼굴들 위에, L 경의 가족 초상화 위에 그려져 있었다. 개, 고양이, 원숭이, 다람쥐, 궁정 옷차림을 한 앵무새 들이 황금빛 액자 위에서 거만하게 퍼시 로다이너 경을 쏘아보았다. 그곳은 레이디 L이 좋아하는 기분 전환거리 중 하나였다. 그는 그녀가 그곳에서 얼마 전에 죽은 강아지의 이미지를 남편의 고귀한 조상 중 한 사람의 얼굴 위에다 그리느라 몇 시간이고 보내는 것을 봤다. 갑옷을 입은 고양이들, 벵골 창기병들의 군복을 입고 말을 탄 고양이들, 트라팔가르해전에서 선교에 선 채 망원경으로 적의 함대를 주시하는 제독 차림의 고양이들, 한 손에 “나는 저지할 것이다”라는 고결한 문구가 적힌, 노랗게 바랜 양피지를 자랑스레 들고 근위대 정예병의 털모자와 군복 차림을 한 염소들, 증조모의 고귀한 얼굴 위에 겹쳐 그려진 앵무새들, 긴꼬리원숭이로 변형된 유모 곁에 선 손자들의 사진 위에 그려진 한배 새끼 고양이들의 천사 같은 머리들, 그리고 말을 타고 칼을 빼 들고서 관능적으로 말아 올린 꼬리로 폐하의 가장 유명한 연대의 군기를 거머쥔, 아주 거만한 자세로 그려진 멋진 검은 고양이.

“이건 내가 사랑하는 트로토예요. 이 가련한 녀석은 크리미아

전쟁에서 경기병대의 돌격을 이끌고 있죠. 아시겠지만 우리 역사에서 가장 영광스러운 순간들 중 하나죠."

레이디 L이 말했다.

퍼시 경은 그녀에게 못마땅한 눈길을 던졌다. 레이디 L은 자주색과 금색으로 된 페루의 바로크풍 안락의자에 앉아 있었다. 사자 아가리가 의자를 굽어보고 있었고, 팔걸이는 발톱 세운 발로 끝났다. 그녀는 사라진 소중한 존재들을 떠올릴 때마다 늘 그렇듯이 살짝 들뜬 것처럼 보였다. 계관시인은 용감한 사람처럼 엄숙한 표정으로 이리저리 고개를 돌렸지만 경계심은 풀지 않았다. 그는 위험과 은밀한 위기의 느낌에 맞서 잘 방어하지 못했다. 별채의 분위기는 왠지 모르게 압박감을 주고 음산한 느낌마저 풍겼다. 어쩌면 신선한 공기가 부족하기 때문인지도 몰랐다. 먼지를 뒤집어쓴 모든 물건, 모든 천 조각, 모든 나무 조각이 저들의 물리적 존재를, 메마르고 노후한 냄새를 강요하며 유혹하는 것처럼 보였다. 블라인드는 닫혀 있었고, 아주 미세한 빛이 내부로 새어들어 장소의 기묘함과 그곳을 채우고 있는 사물들의 야릇함이 두드러졌다. 잠재적인 위험에 대한 생각은 전혀 터무니없는 것이었지만 그래도 떨쳐버리기가 힘들었다. 퍼시 로다이너 경은 갑자기 레이디 L의 아나키스트 친구들이 예전에 그들의 폭탄을 이곳에 보관하지 않았을까 생각했다. 폭발물들이 아무 데고, 어쩌면 상아와 나전이 상감된 잔지바르 가구 속에 감춰져 있거나, 아니면 마드라스의 은행가들이 금을 넣어두곤 하던 것을 글렌데일이 동양 여행에서 가져온, 가장자리에 구리를 두른 작달막한 검은 금고 속에 감춰져 있을지도 몰랐다.

"좋아요. 그래서 어떻게 하셨습니까?"

커져가는 거북함을 감추려고 애쓰며 그가 퉁명스럽게 말했다.

그는 이제 그녀의 이야기를 한 마디 한 마디 전부 믿었다. 장소의 분위기가 이상하게도 이야기에 진실의 색조를 부여했다. 그는 다시 침대에 힐끗 눈길을 던졌다. 정말이지 영국에 있을 이유가 없는, 묘하게 불쾌한 가구였다.

"그건 튀니지 침대예요. 카이로우안에 갔을 때 제가 직접 샀어요. 베Bey, 튀니지의 군주를 뜻함의 하렘에서 바로 날아온 것이고……"

"그래서 어떻게 하셨어요?"

자신에게 상처가 될 우려가 큰 자세한 사실들을 피하려고 퍼시 경이 서둘러 응수했다.

"아주 성공적인 가면무도회를 여는 데 2주는 짧은 시간이에요. 따라서 난 정말로 아주 바빴어요. 게다가 설상가상으로 웨일스 공이 바스에서 돌아오는 길에 우리 집에 들러 주말을 보내겠다는 관대한 의향을 전해왔죠. 미스 존스를 포함해서 스무 명의 수행원들이 따라올 테고, 객설과 몸단장에 적어도 이틀은 허비될 것이라는 의미였죠. 남편에게 도움을 기대할 순 없어도 나한텐 140명의 하인이 있었는데, 그래도 에디웨일스 공. 빅토리아 여왕의 맏아들 에드워드 7세가 편안한지, 모든 게임의 규칙이 그렇듯이 자연스러워 보이면서 에티켓이 세심히 지켜지는지 내가 직접 확인해야만 했죠. 정말이지 진력나는 일이었어요. 하지만 한편으론 행복하고 초조한 상태에서 지냈죠. 마침내 아르망을 다시 보게 되었으니까요. 당신에게 말했듯이 다른 건 아무것도 중요하지 않았어요. 나는 생각했죠. 그가 잔인한 이별을 어떻게 견뎠을까, 그는 내가 변했다고 생각할까, 그의 마음에 나를 위한 자리를 그토록 작게 만든 그 열정을 그대로 간직한 채 인류를 사랑할까, 아니면 그 여자가 준 교훈에 환멸을 맛보았을 그의 눈에 어쩌면 내 경쟁자도 매력을 잃고 말았을까. 가장 위대한 시인들도 결국엔 달에 질린 만큼 그가 나를 품에 안고 나더러 감내하게 한 모든 아픔에 대해 다정하게 용서를 구할지도 모른다는 생각이 드는 순간들도 있었지만, 감히 큰 기대를 하진 못했죠.

나는 누구도 섭섭하지 않게 한 사람도 빼놓지 않으려고 내가 답례해야 할 모든 사람을 애써 기억하며 무도회 초대 손님 목록을 작성하느라 바쁜 시간을 보냈어요. 친구들 가운데 가장 거만한 몇몇이 보석을 도둑맞게 될 것이라는 생각에 살짝 기쁨을 느꼈다는 것도 털어놓아야겠군요. 더구나 나한텐 선택의 여지가 없었어요. 조금이라도 거부 의사를 보였다가 아르망이 내 과거가 들통 날 말이라도 꺼내면 스캔들이 터질 테니까요. 멋진 일이었어요. 이 점이 내게 자기 성찰과 도덕적 딜레마를 면제해주었으니까요. 와인은 이미 땄으니 마셔야만 했죠. 고백하지만 난 그 와인에 취하고 싶었어요. 사퍼를 다시 볼 생각을 하니 약간 거북했어요. 아르망보다는 그 작은 남자에게 난 더 죄책감을 느꼈어요. 아르망은 내가 열정적으로 사랑했지만 사퍼는 이유 없이 감옥에서 8년을 보냈으니까요. 난 웨일스 공에게 지극한 정성을 보였고, 그는 대단히 흡족해하는 것 같았어요. 그 시절 내 남편은 파리 대사로 임명될 희망을 품고 있었고, 에디는 그보다 얼마 전에 자기 어머니와 화해해서 당연히 남편에게 소중한 도움을 줄 수 있는 형편이었죠. 그래서 나는 최선을 다하기로 마음먹었죠. 더구나 고백하건대 파리 주재 영국 대사 부인이 된다는 생각에 꽤 고무된 것도 사실이에요. 전혀 다른 각도에서 파리를 본다면 재미있겠다고 생각했죠. 더구나 파리는 어느 곳보다 마음의 사무와 나라의 사무를 병행할 수 있는 도시잖아요. 아르망이 적어도 얼마간은 자기 사상을 옆에 제쳐놓고 자유롭게 사는 걸 받아들인다면 우리가 정말이지 함께 아주 행복한 몇 년을 보낼 수 있을 것 같았죠. 눈에 띄지 않는 어느 사저에 그의 거처를 마련해 아무런 물질적 걱정 없이 쾌적한 삶을 살도록 모든 것을 마련해줄 생각이었죠. 만약 그이가 정치 활동을 몰래 계속하더라도 난 그에게 아주 유용한 존재가 될 수 있을 테죠. 너무 과잉된 행동을 하지 않고 눈에 띄지만 않는다면 말이에요. 게다가 난 그가 감옥에서 온갖 종류의 강도들과 접촉하면서 이상주의 중독에서 벗어났으리라, 현실적인 생활양식을 어느 정도 터득했으리라, 강도들이 그를 퇴색시켰으리라 희망했어요. 정말이지 분홍빛 미래를 보고 있었죠. 그가 국회의원으로 선출되도록 돕기라도 했을 거예요. 난 스물다섯 살밖에 되지 않았고, 여전히 환상을 가득 품고 있었죠. 난 초조해서 안절부절못했고, 내 남편은 내가 멍한 눈길로 꿈꾸는 듯한 미소를 띤 채 집 안에서 서성이는 걸 보고 놀라곤 했어요. 나는 너무 행복해서 이따금 충동적으로 남편을 끌어안거나 다정하게 손을 잡기도 했죠. 그가 그렇게 좋아한 적이 없었죠. 때로는 벌떡 일어나 아들의 방으로 달려간 적도 있어요. 아이를 품에 안고 아이의 곱슬곱슬한 머리카락 속에 행복한 미소를 감추곤 했죠. 아이를 온통 입맞춤으로 뒤덮기도 했어요. 아이가 더 크지 않은 게 얼마나 안타까운 일이었는지 몰라요. 그랬더라면 난 그 아이에게 모든 걸 얘기했을 거예요. 아이가 모든 걸 이해하고 용서했으리라 난 확신해요. 내가 가는 곳마다 디키의 장난기 어린 눈길이 나를 따라오는 것 같아서 그의 완전한 동의를 얻었다고 느꼈어요.

그로모프가 다시 나를 찾아왔어요. 이번에는 매우 예의 바른 모습으로 용감하게도 대낮에 정문으로 나타났죠. 우리는 함께 세부 사항을 모두 해결했어요. 도망자들은 별채에서 가면무도 의상을 입고 어두워지면 손님들과 뒤섞이기로 정했어요. 나는 그들의 의상을 고르면서 아주 즐거웠어요. 사퍼에게는 단순하게 기수 복장을 준비했고, 검고 오렌지색의 모자와 윗도리를 준비했어요. 내 남편의 색깔이었죠. 그로모프를 위해서는 프란체스코 수도사의 승복을 골랐는데 그의 외모에 기막히게 잘 어울려 보였어요. 고백하건대 내가 아르망을 위해 루이 15세 시대 귀족의 궁정 의상과 흰 가발과 고른 데는 장난기가 발동한 게 사실이에요. 영혼의 고귀함은 신분의 고귀함보다 더 가치가 크니까요. 내가 보기엔 그런 차림을 해야 그가 자기에게 걸맞은 존중을 받는 것 같았어요. 코번트가든 오페라의 옛 바리톤 가수는 손에 중절모를 든 채 내 말을 정중하게 들었고, 내 남편과 함께 잔디밭에서 거닐고 있던 웨일스 공을 보고는 믿지 못하겠다는 듯 겁에 질린 눈길을 던졌죠. 그가 펭귄처럼 넓적하고 거대한 발로 서서 내가 내리는 명령마다 굽실거리는 걸 보면서 나는 훈련만 조금 시키면 그가 훌륭한 급사장이 되겠다고 생각했어요. 그 당시 나한텐 그런 사람이 꼭 필요했으니까요. 그런데 그 생각을 포기해야만 했어요. 그가 술을 너무 마신다는 것이 생각났지요."

13

초대 손님들은 위그모어 역에서 기차에서 내렸다. 그곳에서 아침부터 자동차들이 그들을 기다리고 있었다. 단달로가 즐겨 쓰는 무늬로 장식된 멋진 텐트 아래 잔디밭에서 시원한 음료가 제공되었다. 통통한 분홍빛 엉덩이를 가진 사랑의 요정들, 날개 달린 마차를 타고 창공을 나는 젊은 신들, 심각한 일이나 어두운 그림자는 완전히 빠진 매혹적인 세계, 그 경박함과 가벼움은 검은색에 맞서는 도전적인 분홍이요, 붉은 핏빛에 맞서는 도전적인 파랑 같았다. 대성당에서 고통의 의식을 찬양하고 미술관을 임종의 장소로 만드는 위대한 예술과는 거리가 멀었다.

일곱 시경, 손님마다 가장 무도회를 위해 차려입으러 갔고, 곧 하인들이 떼를 지어 터번과 가발과 망토와 검을 양팔 가득 들고 층마다 몰려들었다. 그러는 동안 화가 난 목소리들이 머리 인두나 잃어버린 커프스를 가져오라고 외쳤다. 방문객들 대부분이 자기 사람을 데려왔다. 갑자기 필요하게 될까 봐 미용사와 의상업자까지 데려온 이들도 있었다.

레이디 L은 알바 공작부인으로 차려입었다. 공작부인의 초상화는 주 계단 위쪽 명예의 전당에 자리하고 있었다. 무도회장으로 내려가기 전에 그녀는 그 전설적인 공작부인 앞에 잠시 멈춰 서서 그토록 모든 걸 버리고 때로는 잔인하게 사랑할 줄 알았던 그 여인에게 말없이 열렬한 기도를 올렸다. L 경은 오랫동안 망설이다가 베네치아 총독의 의상을 선택했는데, 베네치아 총독들이 모두 비밀스럽고 깊은 바다와 결혼했다는 사실을 떠올리면서 그녀는 미소를 억누르지 못했다.

열 시가 되자 샴페인 때문에 사람들의 목소리와 웃음이 열띤 억양을 띠기 시작했다. 익살광대, 동방박사, 동양의 왕자 들이 여러 세헤라자데와 양치기 여인, 브르타뉴 여인과 더불어 길이 20미터나 되는 세 개의 식탁 앞에서 수다를 떨고 있었다. 포트넘 씨가 직접 지시해 배치한 식탁이었다. 카페 루아얄에서 어렵게 데려온 집시 악단이 대초원의 곡조를 연주해 식욕을 돋우고 있었는데, 그 곡은 오르되브르에도 아주 잘 어울렸다. 레이디 L은 들뜨고 행복한 얼굴로 손님들 사이를 오가며 사람들이 하는 말을 듣는 둥 마는 둥했다. 그녀의 눈길은 여러 가면과 가짜 코, 변장들 위로 미끄러졌다. 그가 이미 와 있을 터라 그녀는 콘키스타도르, 돈 후안, 얼근히 취한 대재판관, 황금 수염을 단 파라오 들 사이에서 그를 찾고 있었다. 그녀는 아직도 약간 그를 원망하고 있었다. 그가 그녀에게 아주 고약하게 굴었고, 게다가 거의 8년 동안이나 그녀에게서 그의 애정을 박탈했기 때문이었다. 어쩌면 그 역시 화가 나 있을지도 몰랐다. 어쩌면 그는 여전히 그녀를 가르치려 들고 늘 그랬듯이 그녀를 혼낼지도 몰랐다. 하지만 이 모든 게 첫 입맞춤에 잊히리라고 그녀는 확신했다.

그녀는 앵무새들이 있는 초록 살롱을 둘러보았다. 그곳엔 수백 마리의 빨강, 초록, 파랑, 노랑 새들이 천장까지 날고 있었고, 주둥이가 검은 작은 원숭이들은 이탈리아 정글 속을 뛰어다니며 샹들리에며 머리 장식이며 여자들의 드러낸 가슴 위로 뛸 준비를 하고 있는 것 같았다. 무도회장으로 가자 첫 번째 왈츠가 막 시작되어 검고 흰 대리석 포석 위로 흥겨운 소용돌이가 일어나고 있었다. 그녀는 오르골의 유리 덮개 아래에서 맴을 도는 자동인형처럼 부채를 손에 들고 배회하다가 갑자기 그를 보았다. 큰 테라스로 통하는 발코니 창가에서 겁에 질린 어린아이 같은 얼굴을 한 프란체스코 수도사와 고개를 갸우뚱 기울인 채 꼼짝 않는 기수 사이에 그가 서 있었다. 티에폴로 그림에서 튀어나온 것 같은, 코메디아델라르테 인물들의 파랑돌 춤이 잠시 두 사람을 갈라놓았다. 그러다 그들의 눈길이 다시 마주쳤고, 그녀는 입가에 사랑스러운 미소를 머금고 손을 내밀며 실크 옷과 흰 가발 차림의 후작 쪽으로 다가갔다. 그는 어느새 정중하게 고개를 숙이고 있었다. 의상은 그에게 기막히게 잘 맞았다. 그녀가 그의 몸을 제대로 기억하고 있었던 것이다.

레이디 L이 말했다.

"궁정 차림의 아르망 드니라니요. 그것만으로도 이미 대단한 성과였죠. 아직 사진사가 존재하지 않았던 게 안타까웠죠. 함께 춤추는 동안 나는 손가락 끝으로 그의 목덜미를 부드럽게 어루만지지 않을 수 없었어요. 이따금 나는 그의 귓불에 입술을 스치곤 했는데, 그런 식의 가벼운 행동을 그이는 많이 경험해보지 못한 것 같았어요. 아시겠지만 그는 이런 식의 파티를 위한 사람이 전혀 아니었으니까요. 그런데 난 그를 벌하고 싶은 욕구가 솟구쳐 참기 힘들었어요. 그를 강제로 그의 세계에서 빼내와 프라고나르의 그림 속에서 살도록 만들 수만 있다면 무엇이라도 내주었을 거예요. 그는 변하지 않았어요. 여전히 아름다웠죠. 특히 분노와 열정, 난폭한 격정이 잘 억제되지 않을 때 그의 눈길에는 야성적이고 강력한 힘이 실렸는데, 그에게 아주 잘 어울렸죠. 그는 정말이지 **무척이나** 사랑스러웠어요. 그가 술을 마셨다는 걸 난 알아차렸죠. 예전에는 결코 없던 일이죠. 그렇지만 감옥에서 8년이나 보냈으니 그도 인간의 본성에 대해 명상할 시간이 충분히 있었을 테죠. 어쩌면 그의 눈에 그 여자가 전보다 덜 예뻐 보이지 않았을까요. 어쩌면 그의 눈에 그 여자가 매력을 살짝 잃지는 않았을까요. 그 여자가 어떤 짓을 할 수 있는지 그에게 보여주었으니까요……. 이제 그의 목소리에는 허스키하고 갈라진 억양이 실려 있었고, 눈에는 분노하고 상처 입은 듯한 격렬한 표현이 실려 있었어요. 격렬함과 항의 말고는 달리 표현할 말이 없었죠. 요컨대 좋게 생각해서 10년 뒤나 15년 뒤의 그를 거의 상상할 수 있었어요. 그가 그토록 사랑한 '그녀'에게, 대단히 고귀한 그 귀부인에게, 여러 구애자들 사이에서 고통을 줄 새 애인을 찾아 멀어져 버린 그 공주에게 버림받고 무시당해 술병을 들고 센 강 다리 밑에 자리한 아르망의 모습을 말이죠……. 아나키스트보다는 무법자의 모습밖에 남지 않겠죠. 퍼시, 내가 어떤 느낌이었는지 당신은 상상 못해요. 이건 당신의 영역을 벗어나는 것이지요. 당신은 극단주의자가 아니에요. 당신에게 테러리즘은 스페인이나 시칠리아에서 벌어지는 무엇이죠. 정치적 열정이 낳은 행동일 뿐이죠……. 당신은 이해 못해요. 그를 찢고 싶고 나도 찢고 싶은 마음, 완전히 순종하며 겸허히, 온전히 그의 것이 되고 싶은 마음을 말이에요……."

그녀는 입을 다물었다. 계관시인은 그녀를 보지 않으려고 애써 피하며 허공의 한 점을 뚫어져라 응시했다. 선 하나하나가 자연의 법칙에서 젊음과 순수함을 강탈해낸 것처럼 보이는, 시간의 어떤 공격도 상처 입히지 못한 저 얼굴, 그가 잘 안다고 믿었던 그녀의 얼굴에서 어떤 애정과 후회의 표현을 위험스레 만나게 될지 알 수 없었던 것이다. 레이디 L은 눈을 감고 있었다. 미소 짓고 있었다. 그녀는 끝까지 부인할 참이었다. 그를 더욱 화나게 하려고, 그의 눈길에서 섬광을 더 끌어내고 그의 목소리에서 고통의 색조를 더 끌어내려고, 자기 발톱 아래에서 그의 살점과 피를 더 잘 느끼려고.

"멋지십니다, 부인. 홀릴 정도로 변장을 잘하셨어요……."
두 사람이 얼마나 매혹적인 커플을 이루었던지 대리석 위에서 그들 주위를 맴돌던 폴리치넬라, 요정, 넬슨 제독, 보나파르트, 클레오파트라 들이 지나가다 걸음을 늦추고는 루이 15세 시대 궁정 귀족의 품속에서 환하게 미소 짓고 있는 알바 공작부인에게 찬사를 보냈다. 누구도 흰 실크 의상을 입은 루이 15세 궁정 귀족을 알지 못했지만 태생 좋은 사람들은 그의 동작 하나하나에 담긴 타고난 기품의 흔적을 즉각 알아보았고, 그의 남성미는 여자들의 호기심과 남자들의 짜증을 불러일으켰다.

"오! 아르망, 아르망……."

"그만, 그만해요. 사람들이 우리를 지켜보고 있소. 기분 좋은 얘기나 합시다."

"들어봐요……."

"그 무고한 눈길, 놀란 표정…… 연기가 훌륭하십니다. 무척이나 귀부인 같으십니다. 진짜 귀족 작위를 얻으셨군요. 혁명가들을 고발하고 경찰에 넘기셨으니 당연하겠죠. 거짓말, 위선, 배신…… 세속의 여인이 틀림없으시군요."

"아르망……."

"그래요, 아르망이오. 매음굴은 여인을 반드시 창부로 만들지 못하지만, 사치와 미모와 기품만 조금 있으면 쉽사리 창부가 되죠. 자기 자신을 팔고 친구들을 판다오."

"내가 아니에요……."

그가 그렇게 고통받는 걸 보고, 앙다문 이 사이로 으르렁거리는 목소리를 듣고, 그에게 퍽 잘 어울리는 거의 절망적인 분노를 보는 건 감미로웠다. 그녀는 그를 잡은 손에 다정하게 힘을 주었다.

"당신 참 멋져요……. 알죠?"

"복수할 생각은 없으니 안심해요. 당신은 위험할 일이 없소. 우리에겐 당신이 필요해요. 게다가 복수는 너무 개인적이고 너무 이기적인 만족일 뿐이오. 나 개인은 중요하지 않아요. 당신도 중요하지 않소. 우리는 그저 스쳐 갈 뿐이오. 왈츠처럼……. 중요한 건 우리의 적들이 사방에서 승리를 거두고 있고, 우리 인쇄소들은 문을 닫았다는 거요. 흩어진 우리 조직원들은 수단을 잃었는데 그사이 지도층과 총포 장사꾼들은 민중을 도살장으로 보낼 준비를 하고 있고, 사회주의 인터내셔널은 흰 장갑만 낀 채 얌전한 프롤레타리아를 위한 달콤한 약속들로 우리의 모든 지위를 빼앗고 있소. 우리에겐 많은 돈이 필요하오. 이제 당신은 진짜 창부가 되었으니 우리에게 정말 유용하겠군……."

"글렌데일이 당신의 행동을 낱낱이 감시해 알고 있었죠. 그가……"

"됐다지 않습니까. 당신이 손님을 만족시키려고 옷을 벗었을 때는 그다지 크게 나쁜 일은 하지 않았어요. 인간이 악행을 저지르는 건 속옷을 벗으면서가 결코 아니오. 그건 그저 부르주아의 도덕일 뿐이지. 사람들이 진짜 추잡한 짓을 하는 건 옷을 입고서요. 심지어 제복이나 정장을 입고서 하죠. 이제껏 누구도 엉덩이를 벌거벗은 채 크게 나쁜 짓을 하진 못했소."

"아르망……."

"그래요, 아르망이 맞아요. 얼른 말해요. 그러면 완벽해지겠군요. 아르망, 당신을 사랑해요. 잘 아는 곡조죠. 사방에 널렸으니. 카르멘, 비제, 대오페라……. 상류층이 그 공허한 소리에 도취하려고, 추한 꼴을 화장품으로 감추려고 찾는 곳이죠. 당신이 나를 사랑한다면 나도 사랑하오. 내가 당신을 사랑하니 조심하시오. 우리는 알아요. 이미 보았고 이해했어요. 감옥에서 8년을 거저 보낸 건 아니니까……."

"글렌데일이에요……."

"거짓말을 해요. 하려면 제대로 해야죠. 분명히 말하지만 당신은 전에 한 번도 거짓말을 하지 않았던 것처럼 곧 거짓말을 해야 할 거요. 당신은 정말이지 엄청난 게임을 하게 될 거요. 당신은 지금 있는 자리에 당신의 로스차일드와 굴벤키안과 함께, 당신의 공작들과 부호들과 함께 그대로 남아서 다만 우리를 위해, 망각된 대다수를 위해, 당신이 오른 그 높은 곳에서는 보이지 않는 인류를 위해 일하는 거요.”

그는 변하지 않았다. ‘그 여자’는 여전히 그의 눈에 아름다웠다. 그는 여전히 그 여자를 예전처럼 사랑했다. 그 여자는 무엇이든 할 수 있었고, 그는 그 여자를 위한 구실과 알리바이를 어떻게든 찾아나갈 모양이었다. 그 여자의 범죄와 추악한 면, 비겁한 면, 잔인한 면 들을 그는 오직 한 계급, 한 계층, 한 사회의 탓으로 돌렸다. 인류는 모든 의혹 너머에 머물렀다. 그 무엇도 타격 입힐 수 없고 더럽힐 수 없는 고귀한 이름을 가진, 매우 높은 신분의 귀부인으로 남은 채. 그러나 그의 목소리에는 여전히 아름다운 노호가 실려 있었고 말은 그다지 중요하지 않았다.

“아르망……”

샴페인과 왈츠, 들뜬 마음이 머리를 어지럽혀 그녀는 자신이 어떤 상황에 처해 있는지조차 잘 알지 못했다. 몸을 가누기가 힘들었고, 그에게 기대지 않기가, 행복한 미소를 머금은 눈길로 그의 얼굴을 사랑스레 바라보지 않기가 힘들었다. 그녀는 정말 존경받고 사랑받고 찬양받는, 이 무도회장에만 적어도 다섯 명의 남자가 남몰래 사랑하고 있는 레이디 L이었을까, 아니면 아직도 삶에서 죄스러운 도취의 순간을 탈취하기 위해 갖은 위험을 무릅쓰고 온갖 광기를 범할 태세가 된 아네트였을까.

"아르망, 가요. 떠나요. 당장 떠나요. 날 데려가줘요."

"달콤한 속삭임은 그만둬요. 당신은 여기 이 좌대 위에 남아서 우리를 위해 일하는 거요."

왈츠는 끝났고, 그녀는 그가 한 말을 이해하려고 애써야만 했다. 다음 춤이 끝나고 나서 당구장으로 갈 테니 그곳에서 보자. 그런 다음 파티가 한창 무르익는 동안 아르망과 그로모프와 사퍼가 층층이 돌며 보석들을 수거할 것이다. 그들은 헤어졌고, 그녀는 대리석 체크무늬 포석 위로 몇 발짝 걷다가 샴페인을 한 잔 마시려고 멈춰 서서 스페이드 잭으로 분장한 월터 도너휴 경이 레셉스^{Ferdinand Marie de Lesseps, 수에즈운하를 만들었고, 파나마운하 건설까지 계획했으나 완공하지 못한 프랑스 외교관이자 기술자}와 파나마운하에 관해 늘어놓는 얘기에 정중하게 귀를 기울였다. 그러고 나서 그녀는 아들 방으로 달려갔다. 달빛이 잠든 아이의 얼굴을 어루만지고 있었고, 이불 위에 얹은 아이의 한쪽 손엔 빨간 매부리코를 한 펀치 인형이 쥐어져 있었다. 인형이 장난기 어린 눈으로 그녀를 응시했다. 그녀는 거의 거칠게 달려들어 아이에게 몸을 숙이고 따뜻하고 작은 귀에 입술을 댔다. 아이는 몸을 움직이고 고개를 돌렸지만 잠에서 깨지는 않았다. 뺨에서 아이의 미약한 호흡을 느끼자 그녀는 곧 단호함과 명석함을 되찾았다. 손님들이 있는 곳으로 돌아갈 때 그녀의 걸음걸이와 모든 몸짓에는 자신만만한 여유로움이 있었다. 그것을 사람들은 그토록 자주, 그리고 잘못 '위풍당당한' 여유라고 규정했다.

"본질적으로 난 여전히 민중의 여자였어요."

레이디 L이 말했다.

"나는 아직 정말로 아름다운 세상에 속하지 못했어요. 아주 다행한 일이었죠. 그 점이 나를 구해주었으니까요. 여전히 나는 자연에 아주 가까웠고, 사람들이 내 앞에서 자기 새끼를 지키는 암컷 얘기를 할 때마다—키플링이 이에 관해 아주 예쁜 글을 썼죠— 내가 끔찍한 짓을 했다는 걸 알지만, 자책할 일은 전혀 아니라는 것도 알아요."

앵무새가 있는 초록 살롱에서는 어느 메피스토가 무심코 자기 꼬리를 매만지며 〈샤리바리〉(Charivari), 19세기에 발간된 프랑스 풍자 신문의 캐리커처에서 나온 것 같은 실크해트를 쓴 웬 존 불John Bull, 전형적인 영국인을 가리키는 이름과 정치적 대화를 나누고 있었다. 자신을 세인트 제임스 왕실 주재 네덜란드 대사라고 생각하는 아랍 왕자가 한쪽 눈에 검은 안대를 두르고 핏빛 머플러를 머리에 쓴 깡마른 해적에게 트란스발의 상황에 관해 자기 의견을 개진하고 있었다. 외국인사무소의 상임 비서 세인트 존 스미스였다. 이 시대의 가장 엄격하고 가장 무시무시한 판관인 국왕 법정의 재판장이 카사노바로 가장해서 와 있었는데, 그것을 레이디 L은 꽤나 감동적이라고 생각했다. 그는 웬 프란체스코 수도사와 수다를 떨면서 샴페인을 마시고 있었는데, 수도사는 땀을 비 오듯 흘리며 판사의 눈길을 피하려고 애썼다. 정말이지 구조 요청을 하고 있었다.

"네, 판사님…… 그 점에 대해서는 저도 전적으로 동의합니다."

가련한 그로모프는 상대가 설명하는 말을 한마디도 듣지 않고 기계적으로 쉰 목소리로 말을 더듬었다.

"어느 날 디즈레일리Benjamin Disraeli, 영국의 정치가이자 소설가가 나한테 너무도 잘 말했듯이, 그가 내게 무슨 말을 했건 그는 완벽하게 옳았소. 디즈레일리는 이론의 여지가 없는 대단한 사람이오. 우리는 함께 스코틀랜드에서 뇌조 사냥을 했지요. 아니면 자고새였던가? 어쨌든 사냥철에만 했소. 엄격하게 합법적으로 말이오. 난 평생 밀렵은 단 한 번도 하지 않았어요. 맹세할 수 있소. 난 늘 이렇게 말하지요. 법이 당신을 존중해주길 바란다면 법을 지켜야 한다고 말이오.”

그로모프는 뒷걸음질로 물러나 숨마저 죽인 채 거의 레이디 L 뒤에 숨었다. 그의 얼굴은 땀으로 범벅이 되어 마치 눈이 번들거리는 액체 속에서 헤엄을 치는 것 같았다.

“더는 못 참겠어요. 보세요, 제가 종잇장처럼 떨고 있다고요. 저를 쳐다보는 저기 저 사람, 저 판사는 50주년 행사에서 여왕에 반대하는 시위를 한 뒤 왕실을 모욕했다는 이유로 저한테 3년 형을 먹인 사람이에요. 어디선가 저를 만난 적이 있는 게 분명하다고 말하더군요……. 제 심장은 이런 시련에 버티지 못합니다. 눈앞에 부옇게 안개가 끼어 이제 아무것도 보이지 않아요. 끔찍한 공포입니다. 끝장이에요……. 저를 이렇게 대접하면 안 되죠……. 저는 영국에 남은 마지막 아나키스트입니다. 아무리 그래도 저를 조심스럽게 다뤄주셔야죠…….”

당구장 안에서는 아르망이 귀부인 세 명과 다정하게 대화를 나누고 있었다. 귀부인들은 홀린 듯해 보였는데, 한 사람은 마리 앙투아네트로 가장했고 다른 한 사람은 잔 다르크로, 세 번째 사람은 오필리아로 가장했다. 아니면 줄리엣이었는지도. 어쨌든 저 여자들은 모두 적어도 맡은 역할보다 스무 살은 더 먹었군. 레이디 L이 불쾌해하며 생각했다. 아르망이 겨우 빠져나와 그녀 쪽으로 다가왔다. 두 사람은 테라스로 나가 어둠이 시작되는 지점에 멈춰 섰다. 흥겹고 빠르고 여성적인 왈츠가 그들 뒤로 웃음과 비명을 불러일으켰고, 그 가벼움이 이 땅의 모든 무거운 중책들을 조롱하는 것처럼 보였다.

"모두 준비되었소?"

"내 방에 가방을 준비해두었어요. 내 보석들이랑. 2층 오른쪽 마지막 문이에요. 그걸 가지고 가세요. 상당한 재산이에요. 1년은 보낼 수 있을 거예요. 그렇지만 다른 사람들은 건드리지 마세요. 너무 위험해요."

"마담, 당신의 절친한 친구들이 보석을 빼앗기는 걸 보면 재미있지 않겠어요?"

"물론 대단히 재미있겠죠. 하지만 늘 웃고만 살 수는 없죠."

레이디 L은 얼굴과 목을 밤공기에 내놓고 신선한 호흡으로 마음을 가라앉히려고 애썼다.

"아르망, 아르망. 조금은 당신 자신만을 위해 살고 싶을 때가 없나요?"

"늘 있소. 하지만 자제할 줄을 알아야죠."

"행복해지길 바라세요?"

"오직 그것만을 바라지만, 내겐 동료가 필요해요."

"지구에 인구가 정확히 얼마나 되죠? 10억? 20억?"

"그들이 머잖아 자신들의 존재와 정확한 수를 당신에게 상기시킬 겁니다."

"보석을 가져가세요. 내 손님들의 것도 훔치세요. 그러나 일부는 당신을 위해 간직하세요. 둘이서 얼마간 떠나요. 인도나 터키로……."

"정말이지 당신은 사랑을 전혀 이해하지 못하는군요."

그의 목소리에는 거의 고통의 색조가 실려 있었다. 그녀는 자신이 알았던 유일한 진짜 아나키스트가 그녀에게 했던 말을 떠올렸다. '당신의 연인은 별을 먹는 사람이오. 그런데 스스로는 사회 개혁가라고 생각하지. 그는 이 땅에서 가장 오래된 귀족계급, 이상주의적 몽상가 계급에 속하오. 그는 『아서 왕의 죽음』에서 성배를 찾아 헤매던 기사들과 아서의 직계 후손이오. 그는 『아나키즘의 원칙』에서 성배의 비밀을 발견했다고 믿고 있소. 마법사 멀린의 시대에도 그들은 많이들 죽였소. 같은 용이 아니긴 하지만. 절대적인 것에 대한 갈증은 매우 흥미로우면서 아주 위험한 현상이오. 거의 언제나 엄청난 학살을 낳지요. 그는 결국 언젠가 사랑의 원한 때문에 사랑하는 사람을 치정 범죄 속으로 몰아넣고 말, 인류의 위대한 광신도 중 한 사람이오.' 그래요, 사랑하는 디키, 당신 말이 천 번이고 옳아요. 그렇지만 그는 너무 아름다워요! '그러면 볼디니에게 그의 초상화를 몽환적인 피에로처럼 그리게 해요. 그리고 나머지는 처분해요.'

그러나 이 모든 조롱 조의 종소리가 귓전에 울리도록 해 삶의 깊고 절망적인 색조를 덮으려고 애써도, 그 여자, 아르망의 진짜 연인을 잊으려는 희망을 품고 솜씨 좋게 만들어낸 이 태도를 자기 것으로 돌리려고 애써도 소용없었다. 이 모든 사랑스러운 술책도 아르망의 아름다움을 간직하고, 소유하고, 자기 쪽으로 돌려놓고 싶은 욕구 앞에서는 아무런 도움이 되지 못했다. 그 아름다움은 다른 여자에게, 수천 개의 낯선 얼굴을 지닌 연적에게 향했다. 그러자 갑자기 레이디 L이 부채로 세차게 돌난간을 내리쳤고, 부채가 부러졌다.

"들어가요."

14

퍼시 로다이너 경은 손을 얹은 안락의자의 팔걸이를 살짝 움켜잡으며 의심의 눈초리로 주변을 둘러보았다. 그녀가 그를 이곳으로 데려올 만한 중대한 이유가 있으리라고 믿어야만 했다. 왜냐하면 그곳은 정말이지 사람들 눈에 띄고 싶지 않은 그런 장소였기 때문이다. 그곳에는 어딘가 추시계가 숨겨져 있었다. 아마 참으로 음산한 스페이드 퀸으로 뒤덮인 저 병풍 뒤인지도 몰랐다. 집요하게 규칙적으로 똑딱거리는 그 소리는 어떤 운명의 순간이 다가오고 있음을 알리는 것 같았다. 이 끔찍한 테러리스트와 폭탄 테러 이야기를 듣고 나니 죽음의 시계가 이미 작동하기 시작했고, 이 모든 불건전한 배경이 갑자기 얼굴에 달려들 것 같은 느낌이 들었다. 별채의 분위기에는 어딘지 파렴치하고 수상쩍고 은밀한 데가 있었고, 이 환경 안에 있으면 어떤 불건전한 호기심을 느낄 수밖에, 심지어 어떤 몽상에 빠질 수밖에 없을 것만 같았다. 이를테면 벽에는 노골적으로 무례한 의도로 만들어진 그림들이 있었다. 아마도 영국인인 것 같은 금발 여인들이 가슴을

완전히 드러낸 채 보스포루스해협 부근에서 콧수염을 단 구릿
빛 연인의 품에 안겨 황홀한 표정을 짓고 있었다. '감히'라는 말
로도 성격을 규정짓기에 충분치 않은 그림들이었다. 두세 점의 판
화는 너무 자세히 들여다보지 않는 편이 나았는데, 그저 '프랑스'
의 것이라고 규정할 수밖에 없었다. 고분고분한 백인 여인들을 포
로로 잡아 말에 태워가는 흑인 기병들. 눈 위를 달리는 삼두마차
안, 고전적인 이탈리아 발코니, 고전적인 달빛 아래 등 온갖 장소
에서 포옹을 하는 연인들. 공기조차도 그들의 입맞춤으로 무거
운 느낌이 들었다. 계관시인은 힐난하는 얼굴을 하고 이 모든 것
한가운데 자리하고 있었다. 레이디 L이 장난기 어린 미소를 머금
고 지켜보고 있어서 그는 더욱 거북했다. 더구나 이 모든 조악한
물건들은 값어치라곤 전혀 없었기에 그녀가 이곳에 감춰둔 비밀
보물, 곧 파괴당할 위협을 받고 있는 이 별채를 떠나 다른 곳으로
옮겨져야 할 비밀 보물이 무엇인지 상상하기가 힘들었다. 정확히
말하자면 퍼시 경은 이제야 그걸 깨달았다. 이곳에서 어느 정도
상품 가치가 있는 유일한 그림은 터키 황제의 궁녀들이 목욕하
는 장면을 그린 프라고나르의 그림뿐이었다. 계관시인은 프라고나
르가 동양적 영감을 받은 주제들을 그렸다는 사실을 알지 못했
다. 그는 이 화가의 외설이 프랑스에만 국한된 것인 줄 알았다.

"이런 종류의…… 잡동사니를 수집하고 계시는지 몰랐습니다."
그가 퉁명스럽게 지적했다.

레이디 L은 어깨를 덮은 인도산 숄 끝을 만지작거렸다. 그녀는
다정하게 웃으며 무언가 응시했다. 퍼시 경이 그 눈길을 따랐고,
그녀가 사랑한 동물 중 하나의 주둥이를 맞닥뜨렸다. 황금색 액

자 속에 파란색 깃이 달린 세일러복을 입고 붉은색 방울 모자를 쓴 커다란 얼룩고양이였다. 그는 언젠가 자신도 그녀가 아끼던 고인들의 대열에 끼게 되면 어떤 카나리아나 앵무새가 자신의 초상화 위에 그려질까 떠올리며 울적해했다.

"여기 있는 물건들 중 일부는 내게 정서적 가치가 대단히 큰 것들이에요. 이 별채가 곧 사라질 테니 그것들을 다른 곳으로 옮기도록 당신이 도와주셨으면 해요."

그녀는 그가 잘 아는 빠르고 변덕스러운 동작으로 고개를 저었다.

"난 여기서 내 삶의 일부를 보냈어요. 퍼시, 당신 말대로 이 모든 잡동사니는 나를 위해 할 수 있는 일을 해주었어요. 내가 꿈꾸게, 추억하게 도와주었어요."

그녀는 믿기 힘들다는 듯한 얼굴로 생각했다. 참으로 이상한 일이야. 갑자기 이렇게 늙은 할머니가 되어 있다니. 60년이라는 세월이 흘러 이제 남은 건 아무것도 없고, 모든 게 사라졌으며, 무도회가 끝났다고 생각하니 참으로 이상한 일이야. 그렇지만 그녀 귀에는 차르다시csárdás, 헝가리의 민속 무용곡의 곡조가 너무도 생생히 들렸고, 샹들리에 아래에서 맴도는 커플들, 바이올린과 탬버린을 연주하는 집시 악단, 번쩍이는 황금색으로 장식한 오스트리아 제복을 입은 악단장도 보였다. 기수도 거기에 서 있었다. 기수 조끼를 걸치고 오렌지색에 검정색 기수 모자를 썼으며 손에는 승마용 채찍을 들고 고개는 기울인 채. 그는 자신에게 큰 관심을 보이며 뚫어져라 쳐다보는 한 무리의 사람들에게 둘러싸여 있었다. 그들은 모두 술을 많이 마신 상태였다. 개중 한 사람은 존 에

버트 경이었는데, 그의 경주마 제피르가 이해 더비 경마 대회에서 우승을 했다.

"실례합니다만, 선생께서 아스코트 마지막 경주에서 허리케인을 타셨다는 겁니까?"

"그렇습니다. 제가 분명히 맞습니다."

기수가 살짝 도전하듯 대답했다.

"그렇다면 로스차일드에서 시리우스를 타셨던 것도 선생이라고 주장하시겠군요?"

"맹세코 그렇습니다! 명마 시리우스를 탔지요."

사퍼가 퉁명스럽게 대답했다.

"그랜드 내셔널도 두 번이나 우승하셨고요?"

"두 번 맞습니다. 2년 연이어 두 번이었죠. 사실입니다."

세 남자가 몸을 비틀거리며 싸늘한 눈으로 서로를 쏘아보았다.

"그렇다면 선생께서는 이곳에 '사퍼' 오말리로 분장하고 오신 거라고 할 수 있겠군요. 12년 전 파리 그랑프리 뒤부아에서 목이 부러진 그 유명한 키 작은 기수 말입니다."

"바로 맞히셨습니다. 기억력이 대단하십니다."

"사퍼는 대단한 기수였죠."

에버트가 말했다.

"저도 선생의 의견에 전적으로 동감합니다."

사퍼가 말했다.

"그 사람 목이 부러진 건 참으로 안타까운 일입니다."

에버트가 말했다.

"안타깝지요. 대단히 안타깝지요."

"그 후로 그에게 무슨 일이 일어났는지 모르겠군요."

"많은 일이 일어났지요. 많은 일이."

"그는 가장 위대한 기수였어요."

에버트가 말했다.

"그는 정말이지 하나뿐이고 독보적인 인물이었죠."

사퍼가 말했다.

"그러면 그 가련한 영혼을 위해 마십시다."

에버트가 제안했다.

"당연히 마셔야죠."

사퍼가 말했다.

바로 그 순간, 게임이 위험해지기 시작했다고 느낀 아르망이 끼어들었다. 그는 사퍼를 식탁 쪽으로 데려갔고, 그곳에서 두 사람은 잔뜩 겁에 질려 기운을 차리려고 수프를 계속 퍼먹고 있는 그로모프를 발견했다.

"더는 못하겠어요."

그가 울먹이는 목소리로 그들에게 말했다.

"엄청나게 겁이 나면서 굉장히 멋지기도 해요. 진짜 위업에 다가가는 것 같아요……. 저는 직접행동을 하는 게 싫습니다. 성스러운 대의를 위해 마음과 영혼 깊이에서 내지르는 노래에는 언제나 제가 가진 모든 것을 내놓았지만, 직접 손을 담가야 하는 경우엔 몸이 분해되는 것만 같고 갈피를 잃고 정신이 나갑니다. 저한테 진짜 행동이란 노래이고 외침이지 권총이 아니에요……. 날 여기서 나가게 해줘요. 아직 내 안에는 아주 아름다운 노래가 남아 있고, 내 목소리는 아직 군중을 일으켜 세울 수 있어요. 하지만 그러자면 내가 반드시 살아 있어야 하죠. 우리의 대의를 위해서는 내가 여기 있는 것보다 진심에서 우러나온 아름다운 시나 저항 노래로 더 많은 것을 할 수 있다고 생각합니다. 난 곧 죽을 것 같은 지경이에요……."

"내 생각에도 그런 것 같군."

그를 차가운 눈길로 쳐다보며 아르망이 말했다.

수프 그릇이 그로모프의 작고 포동포동한 손 안에서 떨리기 시작했다. 그의 눈은 기름으로 채워진 것처럼 보였다.

"좋아. 때가 됐어. 4층부터 시작해서 내려오는 거야."

그는 아네트 쪽을 돌아보며 말했다.

"오케스트라에 신경 써줘요. 음악이 멈추지 않도록. 우리에게 40분은 족히 필요하오. 그런 다음 별채에서 만납시다."

"아무도 죽이지 않도록 조심하세요. 오점이 남을 테니까요."

그녀는 거울에 비쳐 무한히 수가 늘어난 반짝이는 샹들리에 아래로 세 사람이 멀어지는 걸 보았다. 그들은 마치 역사 속으로 들어가듯 샤를마뉴와 브루투스와 칭기즈칸과 사자왕으로 변장한 사람들 사이로 순식간에 사라졌다. 레이디 L은 알바 공작부인 초상화 앞에 잠시 멈춰 서서 그녀를 향해 눈을 들었고, 그녀가 자기 입장이었다면 어떻게 했을지 생각했다. 그러나 숭고한 공작부인은 다른 시대에 살아서 그녀의 욕망이며 갈망이며 변덕이 곧 법이었다. 현대 세계는 정말이지 사랑을 위한 곳이 못 되었다. 그녀는 한숨을 내쉬더니 초상화에 손짓을 하고는 살짝 비만인 몸으로 손님들에 섞여 이리저리 다니는 스카라무슈, 주식 얘기를 해대는 이아고나 로빈 후드와 함께했다. 그들은 그녀 곁에 머물며 국가 기밀이나 비만을 잊고 행복해했다. 모두가 아주 유쾌했다. 그녀의 남편도 와서 그녀에게 축하의 말을 건넸다. 늘 그렇듯이 그는 모든 것에, 특히 자기 자신에 만족하는 듯했다.

"다이앤, 대단히 화려한 파티요. 당신이 내 의견을 묻는다면 최고의 파티라고 하겠어요. 사람들도 모두 동의할 겁니다. 아주 탁월한 생각이었어요. 그건 그렇고, 프랑스 주재 대사 자리가 아직 거론 중이라고 스미시가 확인해 주었소. 당신이 멋진 대사가 될 거라고 내게 말하더군요. 게다가 당신은 그 나라를 잘 알지 않소. 그가 여왕님께 한마디 건네겠다고 내게 약속했는데, 폐하께서 당장 그 자리를 마련할 생각은 아닌 모양이오."

"저도 그렇게 생각해요. 친애하는 우리의 빅토리아 여왕께는 파리에 대표를 보낸다는 생각이 충격적인 일일 겁니다. 그분께는 파리가 불량한 곳이니까요."

손잡고 이 방 저 방 뛰어다니는 무용수들이 그들의 말을 끊었다. 레이디 L은 세 명의 이탈리아 고위 성직자들에게 둘러싸였다. 젊은 리지우드 경, 브래큰풋 경, 칠링 경이었다. 이 용감한 청년들은 그들의 아버지가 섭정 시절에 얻은 나쁜 평판을 유지하느라 애쓰고 있었다. 그러나 아무에게도 충격을 주지 않으면서 대담해 보이려니 '위험'의 경계선을 벗어나지 못했다. 레이디 L은 그들의 행동이 실크 구두에 샴페인을 따라 마시거나 주치의에게 미리 꼼꼼히 검사받게 한 젊은 여인을 방문하는 것 이상으로 멀리 가지는 못하리라고 확신했다. 그녀는 웃으며 그 무리에서 빠져나와 무도회장으로 돌아갔다.

파티는 시들해지기 시작했다. 피로와 샴페인이 효과를 발휘하고 있었다. 탈레랑으로 변장한 오스트리아 대사는—오, 메테르니히의 넋이여!— 안락의자에서 졸고 있었고, 헨리 8세로 분장한 젊은 노퍽 공작은 살짝 흐릿해진 눈으로 에디 로스차일드의 부축을 받고 있었다.

"다이앤, 오늘 저녁 저와는 한 번도 춤을 추지 않으셨습니다. 오늘 저녁……"

"조금 있다가요, 버니. 숨 좀 돌리고 나서요."

그녀가 약속했다.

그녀는 손수건에 고정해둔 작은 이탈리아 손목시계를 슬쩍 들여다보았다. 세 시 가까이 되었다. 40분은 넉넉히 흘렀다. 음악은 새벽의 날카롭고 광적인 색조를 띠고 있었다. 그녀는 키가 작고 상냥하고 포동포동하며 눈이 큰 데다 바퀴벌레 같은 콧수염을 단 악단장에게 다가가 반 시간 정도 더 연주하라고 청했다. 그는 지휘를 계속하며 예의 바르게 고개를 숙였다. 그러나 이미 몇몇 초대 손님은 무도회장을 떠나기 시작했고, 그녀는 선주 부인인 굴벤키안 부인이 천사 의상을 입은 채 지친 걸음으로 계단을 오르고 있는 것을 보았다. '저런, 그들이 벌써 끝냈어야 할 텐데!' 그녀는 생각했다. 운이 따라준다면 그 순간 그들은 이미 전리품을 가지고 떠났을 것이고, 별채에서 옷을 갈아입고 다섯 시에 위그모어에서 기차를 탈 것이었다. 경찰이 대규모로 도착해 수사를 시작하려면 시간이 걸릴 테고, 그러면 그녀도 몇 개월은 시간을 벌 수 있었다. 그러나 그들이 결코 그녀를 가만히 내버려두지 않을 것이었기에 그녀의 운명은 그들 손에 달렸다는 걸, 그래서 추문이 터지는 건 시간문제라는 걸 알았다. 선수를 쳐서 그들과 함께 오늘 밤 사라지는 편이, 모든 것을 떠나는 편이, 필요하다면 스스로를 파괴하는 편이 더 나을 터였다. 세상이 진실을 아는 일이 없도록, 달빛을 받으며 저렇게 평온하게 자고 있는 아이가 언제나 행복하게 깨어나도록……. 그러나 그녀는 자신의 머리가 자기 자신을 속이는 데 너무도 능숙하다는 걸 알았다. '아르망을 따라갈 구실을 찾고 있어.' 그녀는 생각했다. 다시 샴페인을 한 잔 따랐고, 그녀는 손이 떨리는 걸 느꼈다.

그때 여자의 날카로운 비명이 집 안쪽에서 들려왔다. 레이디 L은 그 비명에 벽이 무너지는 느낌을 받았지만, 조금 전에 악단이 꺼져가는 축제의 불씨를 되살리려고 노력을 배가하기 시작한 통에 그 소리를 들은 건 그녀 혼자뿐인 것 같았다. 그녀는 서둘러 흰 대리석 계단을 향해 가다가 잠시 멈춰 서서 귀를 기울였다.

2층에서 굴벤키안 부인이 침실 문턱을 넘어서려다가 자기 보석함을 가죽 가방에 비우고 있는 기수와 승복 차림을 한 수도사를 맞닥뜨렸던 것이다. 수도사는 아직 손에 진주 목걸이를 들고 있었다. 그녀는 뒷걸음치며 구조 요청을 했는데, 이 공포의 비명을 레이디 L이 들었던 것이다. 그 층의 하녀 하나가 제때 달려와 기절하는 천사를 품에 받았고, 그녀 역시 두 명의 '살인자'와 마주하게 되었다. 하녀는 공포에 질린 나머지 조리 있는 말을 하기까지 몇 시간을 기다려야만 했다. 그 순간 아르망은 옆방에 있었다. 그는 복도로 뛰쳐나왔고, 굳어버린 하녀와 의식 잃은 천사가 즉각적인 위험이 되지는 않는다는 걸 바로 알아차렸다. 공범들에게 자신을 따르라는 손짓을 하고 그는 남쪽 계단을 향하더니 재빨리 1층으로 내려가 손님들 무리에 뒤섞였다. 그런 식으로 그들은 아무런 의심도 받지 않고 셋 모두 정원으로 나갈 수 있었는데, 이미 오래전부터 두려움을 억누르고 있던 그로모프가 이번에는 완전히 혼이 나가버렸다. 그는 자신이 무슨 일을 하고 있는지 잊은 채 달아날 생각밖에 하지 않았는데, 한 손에는 가죽 가방을 여전히 들고 다른 손에는 조금 전에 손에 넣은 진주 목걸이를 든 채 고개를 숙이고 무도회장으로 이어지는 주 계단으로 달려갔다. 그 순간만이라도 조금이나마 냉정을 되찾았다면 그는 파티의 소음을 틈타 빠져나갈 수 있었을 것이다. 왜냐하면 누구도 비명에 주의를 기울이지 않았고, 집시 음악가들이 흥분해서 연주하는 차르다시가 절정에 달했으며, 박수갈채와 웃음이 사방에서 터져 나오고 있었기 때문이다. 그런데 가망 없는 대의를 사랑한 이 가련한 남자는 조용히 출구로 가지 않고 한층 더 질겁해서 앞으로 나아갔다 계단을 올라갔다 하더니, 결국 주 계단 중간에서 공포에 질린 얼굴로 한 손엔 가방을, 다른 손엔 목걸이를 들고 벽에 등을 기댄 채 모두의 시선에 노출된 상태로 굳어버리고 말았다. 그가 현행범으로 붙잡힌 도둑의 표정을 있는 대로 과시하는 바람에 악단은 연주를 그쳤고, 커플들은 무대 한가운데 멈춰 섰으며, 침묵이 자리를 잡았고, 모든 시선이 붙잡힌 짐승처럼 벽에 웅크린 프란체스코 수도사에게 쏠렸다.

그로모프를 붙들려고 따라오던 사퍼는 계단 위쪽에 나타났다가 잠시 머뭇거리더니 뒷걸음질로 사라졌다. 한편 부들부들 떠는 넝마로 변한 도둑은 정복자로 분장한 청년 패트릭 오패트릭과 작위 기사로 가장한 앨런 더글러스 경에게 붙들렸다. 그들이 붙들자마자 그 위대한 바리톤은 웅얼거리며 자백하기 시작했다.

"난 원치 않았어요! 그들이 나를 협박했어요. 그들이 강제로 나를……."

레이디 L은 그의 목에 손을 댔다. 그로모프가 그녀를 쳐다보았고, 그녀는 자신의 이름이 거의 그의 입술까지 나왔으며 그의 손이 자유로웠다면 손가락으로 벌써 자신을 가리켰으리라고 느꼈다. 바로 그 순간 그녀는 아르망이 손님들 무리에서 그녀 옆으로 뛰쳐나오더니 손에 총을 들고 침착하게 천천히 계단을 오르는 걸 보았다. 그로모프 역시 그를 보았고, 그의 입술에 희미한 희망의 미소가 번졌다. 그로모프는 자신을 구하러 왔다고 믿고서 빠져나오려고 격렬하게 발버둥을 치기 시작했다. 아르망은 한 계단을 더 올랐고, 그로모프가 마지막으로 절망적인 노력 끝에 빠져나오자 총을 들어 그의 심장에 한 발 쏘았다. 동글동글하고 살찐 얼굴에 깜짝 놀란 표정이 그려지더니 수도사는 계단 한가운데 힘없이 쓰러졌다.

"신사 숙녀 여러분, 저는 프랑스 경찰 소속 라가르드 형사입니다."

아르망이 목소리를 높여 말했다.

"탈옥수 여럿이 오늘 저녁 다양한 변장을 하고 이곳에 숨어들었습니다. 여러분 모두 이곳을 떠나지 말고 침착하게 남아 계시길 부탁드리겠습니다. 죄송하지만 여기 계신 모든 분의 신원을 확인할 수밖에 없습니다. 서둘러 끝내겠습니다. 스코틀랜드 야드 동료들이 이미 그 유명한 아나키스트 아르망 드니를 체포했습니다. 하지만 그의 공범 중 몇몇이 아직 여기에 있는 걸로 압니다. 어떤 이유에서건 누구도 이곳을 떠나서는 안 됩니다. 정원에 개를 풀

어두었습니다."

손님들은 말 없고 꼼짝 않는 무리로 변했다. 마치 마담 튀소 박물관에서 탈출한 수백 개의 밀랍 인형이 생동감 있는 포즈로 굳어버린 것 같았다. 아르망은 조용히 가방과 그로모프 손에서 떨어진 진주 목걸이를 주워 들고 계단을 내려오더니 레이디 L 앞에서 고개를 숙이며 말했다.

"부인, 이런 일이 일어나 대단히 유감스럽고, 그걸 막지 못한 점에 대해 죄송하게 생각합니다. 저희를 용서해주시기 바랍니다. 몇 분이면 모든 게 해결될 것입니다."

그는 다시 고개를 숙이더니 들릴 듯 말 듯한 소리로 중얼거렸다.

"별채에서 기다리겠소."

그를 둘러싼 얼빠진 얼굴들에 마지막 눈길을 던질 때 그의 입가에는 얼핏 보일 듯 말 듯한 냉소의 기미가 스쳤다. 그러고서 그는 서두르지 않고 테라스로 향했고, 몇 계단을 오르더니 손님들에게 말했다.

"오늘 저녁 여러분께…… 예상하지 못한 유희가 제공된 것 같습니다만, 늘 그렇듯이 모든 건 곧 정리될 것입니다. 악단장님, 음악을 좀 부탁드리겠습니다."

흥분한 목소리로 중얼거림과 속삭임과 탄성이 흘러나왔다. 그러더니 음악이 다시 시작되었고, 밀랍 같은 얼굴들이 다시 움직이기 시작했다. 이 돌연한 막간극 전에 파티 장소를 떠날 채비를 하던 사람들마저 명예를 걸고 계속 춤을 추었다. 영국인다운 침착함을 보여야 하고 여주인이 곤란한 상황에서 벗어나도록 도와

야 한다는 듯이. 굳어버린 눈에 애통하고 놀란 표정을 한 채 대리
석 계단에 꼼짝 않고 쓰러져 있는 승복 차림의 수도사를 그들은
그저 쳐다보지 않으려고 했다.

　레이디 L은 드레스를 살짝 들어 올리고 시신을 뛰어넘어 자기
내실로 올라갔다. 그녀는 달려서 규방과 침실과 옷방을 가로질렀
고 비상계단에 이르렀다. 계단은 비어 있었지만 부엌 쪽에서 왁
자지껄한 목소리가 들려왔고 하인들이 복도 쪽으로 달려가는 소
리도 들렸다. 한 하녀는 울고 있었고 다른 하녀는 발작적으로 웃
고 있었는데, 하인 한 사람이 강한 런던 억양으로 그 하녀를 달래
고 있었다. 그녀는 빠르게 계단을 내려와 부속 건물로 이어지는
길에 이르렀다. 뜰 쪽으로 몇 발짝 걷다가 문득 달빛 아래 바닥에
웅크린 형체 하나를 보았다. 사퍼는 배수관을 타고 4층에서 내려
오려고 한 모양이었다. 그는 돌 위에 쓰러져 있었다. 마지막으로
낙마한 그의 곁에 승마용 채찍이 놓여 있었다. 레이디 L은 달빛
웅덩이 속에서 꼼짝도 않는 형체를 잠시 보다가, 다시 드레스를
들어 올리고 별채로 달려갔다.

15

그녀 주위에서 밤이 푸른 베일을 펄럭이며 춤을 추고 있었다. 구름조차도 미친 듯이 도주하며 그녀와 공포를 나누는 것처럼 보였다. 그녀는 파리한 산책로를 달렸다. 밤나무 아래로, 텅 빈 대리석 벤치들과 조각상들 사이로. 구름과 달의 은밀한 유희에 이따금 조각상들이 되살아나는 듯했다. 연못 쪽에서 개 짖는 소리가 들려왔다. 뒤에서 광적인 음악이 이어지며 그녀를 추격해왔다. 악단은 이제 막 라도슈의 〈새벽의 차르다시〉를 연주하기 시작했고, 탬버린 소리에 맞춰 푸스타puszta, 헝가리 대초원의 야성적인 밤이 그녀 주위에서 날뛰었다. 너무 늦게 도착하면 어쩌나 하는 두려움, 그가 이미 떠나버렸으면 어쩌나 하는 두려움에 그녀의 두근거림은 거의 동물적으로 변했고, 정원 전체가 그녀 마음의 불안한 술렁임에 빠진 듯했다. 그녀는 오솔길로 접어들었다. 장미나무들이 그녀의 팔을 긁었고 드레스를 붙들고 늘어졌다. 그녀는 굽 높은 구두에 대고 프랑스어로 욕설을 퍼부었다. 신발을 벗어던지고 큰곰자리 아래 뾰족한 그림자를 우뚝 세운 별채를 향해 다시 달렸다.

뒤틀린 양초 하나가 침대 머리맡에서 막 다 타들어가고 있었고, 아르망의 그림자가 벽에 어른거렸다. 그는 손에 권총을 든 채 방 한가운데 서 있었다. 매복한 맹수처럼 부동자세로 온몸을 긴장한 채였다. 그녀가 너무도 잘 알고 있는, 거의 매일 밤 물리적으로 엄습해오던 모습이었다. 그런 모습으로 그는 그녀의 꿈속에 나타났는데, 그녀가 공격을 기다리며 몸을 내맡겨도 공격은 끝내 오지 않았다. 그의 얼굴 역시 극도의 긴장과 얼어붙은 냉소를 드러내며 굳어 있었다. 권총은 분명히 그녀를 겨누고 있었다. 문득 그녀는 그가 자기를 완전히 신뢰하지 않았으며 아직도 약간 경계하고 있다는, 대단히 불쾌한 확신이 들었다.

"조금은 화나는 일이었어요. 내가 그에게 그렇게 숱한 사랑의 증거를 보였는데 말이죠."

레이디 L이 말했다.

계관시인이 질겁한 눈길을 그녀에게 던졌다.

스페이드 퀸들이 병풍에서 검은 눈길로 줄곧 그를 응시하고 있었다. 동양풍 침대 위에 설치된 금이 간 거울은 역겨운 미소를 띤 채 굳은 것처럼 보였다. 보이지 않는 추시계가 똑딱거릴 때마다 잠재적 위험이 더 크게 느껴졌다. 음산한 존재가, 어느 구석에 웅크린 추악한 위험이 느껴졌다. 레이디 L의 얼굴은 흰 머리털 아래 태연했고, 그녀의 손은 군주 같은 자세로 지팡이 위에 놓여 있었다. 그녀의 눈에는 장난기가 어려 있었다.

"그래요. 난 그가 조심하고 있고 이젠 내게 자기 자신을 완전히 맡기지 않는다고 느꼈죠. 사실 난 무엇이든 할 준비가 되어 있었어요. 아니, 무엇이건 할 수 있었죠. 그를 잡아두기 위해서라면 말이에요. 내 안에 지배적인 감정이 사랑이었는지 아니면 나의 경쟁자, 그가 그토록 열정적이고 온전한 헌신으로 봉사한 인류라는 **정부**情婦에 대한 증오였는지 이젠 모르겠어요. 그가 참으로 초연한 눈길로, 냉소적이고 차가운 눈길로, 그리고―뭐라고 해야 할까요?―'안다는 듯이' 나를 바라보고 있어서 나는 산 채로 박제된 느낌이 들었어요. 만약 그가 사랑하는 여인이 내가 마지막 말을 했다고, 내가 그에게 마지막 말을 하리라고 상상했다면 잘못 생각한 거죠. 그 여자의 아름다운 눈을 위해서라면 그는 모든 걸 할 수 있고 모든 걸 바칠 준비가 되어 있으며 그 무엇도 그를 멈춰 세울 수 없었지만, 나는 완전한 열정이라는 것이 무엇인지 알았기에 그에게 그걸 증명해 보일 생각이었죠. 당신도 알다시피 난 훌륭한 가르침을 받았으니까요. 게다가 흰 실크로 된 궁정 복장을 한 그는 참으로 기품 있는 모습이었죠. 흰색은 그에게 무척이나 잘 어울렸고, 감옥에서 온갖 끔찍한 시련을 겪고도 그의 얼굴은 매우 아름답고 젊어서 난 그저 멈칫한 채 그 닮은 모습에 미소 짓고는 그의 품에 울며 달려들었어요. 거의 내 아들이 나를 쳐다보고 있는 것 같았죠……."

퍼시 로다이너 경이 몸을 움찔했다.

"이 모든 게 흉측할 뿐입니다. 흉측해요."

"당신은 극단주의를 전혀 이해하지 못해요."

레이디 L이 조바심을 내며 말했다.

"열정은 당신의 통제를 완전히 벗어나는 것이에요. 투덜거리지 말고 배우겠다고 생각해보세요. 그의 내면에는 하나의 불꽃이, 사랑과 헌신의 힘이, 아름다움이, 그래요, 아름다움이 있었어요. 난 그걸 다른 사람에게 절대 내줄 수 없었어요. 사랑에 빠진 여인이라면 누구라도 날 이해할 거예요. 오직 나만을 위해 그를 붙들어두기 위해서라기보다는 경쟁자의 것이 되지 못하게 막고 싶었죠."

"아르망, 내 말을 들어봐요……."

"나중에, 나중에 듣겠소. 사퍼는 어디 있소?"

"죽었어요."

"뭐라고요? 무슨 소리를 하는 거요?"

그녀는 그가 뻣뻣이 굳는 걸 느꼈다. 고통과 동요가 그의 얼굴에 스치자 그녀는 다시 희망을 품기 시작했다. 어쩌면 드디어 그가 패배를 인정하게 될지도 모른다.

"난 그와 함께 떠나든지 아니면 며칠 뒤 그와 합류할 생각이었어요. 옛날처럼 제네바에서 만나 터키로 가든지 아니면 인도로 갈 생각이었죠. 타지마할 말이에요. 그가 내게 한 그 모든 것을 생각하면 정말이지 그는 내게 조금은 행복을 빚지고 있었죠."

레이디 L은 치유 불가능한 아네트, 끝까지 둘만의 행복과 행복한 곤돌라와 승리한 사랑을 꿈꾸었던 그 고집 센 처녀를 떠올리고는 고개를 저었다. 그녀는 여전히 가슴에 분홍과 파랑을 알록달록 칠한 하녀였고 전원 무도회의 영혼이었다. 매우 기품 있는 귀부인인 바덴의 알리스 공주는 언젠가 메이얼링의 비극1889년 1월 30일 새벽에 빈 근교의 별장에서 17세의 연인을 죽이고 자신도 권총으로 자살한 오스트리아·헝가리제국의 황태자 루돌프의 비극에 대해 얘기하며 이렇게 말했다.

"사랑, 그건 가난한 이들에게 남겨줘야 해요."

아르망은 목이 비틀린 양초 쪽으로 돌아서 있었다. 양초가 그를 뚫어져라 쳐다보며 슬프게 미소 짓는 것처럼 보였다.

"가련한 사퍼. 그가 없으면 정말이지 더 힘들어지겠군……. 그는 대단한 사내였어."

그러나 그게 전부였다. 동지의 죽음도 인류를 생각하면 그다지 중요하지 않았다. 그는 가죽 가방 쪽으로 몸을 숙이더니 한 줌의 보석을 쥐고는 웃음을 터뜨렸다.

"저런, 로이드 집안엔 초상날이 되겠군. 이거면 행동할 수 있겠소. 적어도 우리가 1년 동안은 활동할 수 있겠어요."

그녀는 눈을 감았다. 그녀는 '우리'가 의미하는 바를 알았다. 그것은 '아무'를 의미했다. 기껏해야 투박한 콧수염과 중산모를 쓴 자유, 평등, 박애가 찾아와 그에게 수갑을 채우고, 단두대로 향하는 길을 그에게 가리키리라는 것을 의미했다. '참으로 이상해. 고귀하고 관대한 생각도 도를 넘어서면 곧 편협해져버리니.' 그녀는 다정한 적개심을 품고 그를 바라보고 그의 뺨을 부드럽게 어루만지면서 생각했다.

"10여 조의 행동대를 무장시켜 유럽 전역에 보낼 수 있겠소."

"그래요. 그러면 정말이지 멋지겠어요."

"뷔르템베르크에서 시작할 거요. 그곳 학생들은 벌써부터 열광하고 있어요. 중요한 건 우리가 원할 때 원하는 곳을 친다는 사실을 여론에 보여주는 것이오. 비겁한 인간들은 유리한 쪽에 서고 싶어 할 테고, 약한 자들은 언제나 힘 있는 쪽에 끌리는 법이오.

우리는 엘리제부터 바티칸까지 연이은 테러를 계획할 겁니다. 파르콜로의 생각이 옳아요. 어둠 끝에 올 수 있는 건 큰 화재뿐이라는 것 말이오."

"당장 누군가 죽어야겠군요."

그녀가 말했다.

그러나 그는 조롱에 무감각했다. 그는 진지하도록 선고받은 사람이었고 인생의 불완전함을 깊은 모욕으로 느끼는 순수한 사람이었다. 그는 진정 종교재판의 화형대나 종교재판관의 권좌로 인도하는 위대한 정화 작업을 위해 태어난 사람이었다. 불행히도, 그가 한 말은 잊어도 그의 목소리는 열정과 남성미가 실려 있어서 그녀 마음 깊이 파고들었다. 그녀는 침대에 앉아 스타킹을 벗기 시작했다. 그녀는 옷을 벗으면서 도전하듯 뾰로통한 표정으로 그를 차갑게 응시했다. 적어도 그녀의 연적이 그에게 줄 수 없는 것이 한 가지 있었다. 드레스가 발밑으로 미끄러져 내렸고, 그녀는 곧 붉은 망사 장미와 머리에 쓴 스카프만 빼고 발가벗은 몸이 되었다. 그는 머뭇거렸다. 여전히 그는 경계했다. 권총을 내려놓지 않았다.

"시간이 없소."

"그러면 서두르세요."

그녀가 조바심을 내며 말했다.

그는 몸을 기울여 그녀의 어깨에 입을 맞추었다. 그녀는 완전히, 재빨리 몸을 맡겼고, 자신의 신음이 고통에서 오는 것인지 원한에서 오는 것인지, 아니면 앞으로는 결코 경험하지 못할 여자의 행복에서 오는 것인지 알지 못했다. 그녀는 그 어느 때보다 다정하고 노골적인 말을 한숨에 섞었다…….

 "오! 그만둬요, 퍼시. 그런 얼굴 하지 마세요. 나 또한 어떻게 테러리즘에 이르게 되었는지 당신에게 설명해야 하잖아요. 그러지 않으면 당신이 나를 엄중하게 심판할 테고요. 게다가 이 모든 것에는 한 가지 교훈이 있잖아요. 참으로 멋진 설교를 잘하는 내 친구 피셔 박사라면 그걸 분명히 찾아냈을 거예요. 신 없는 세상에 산다는 게 바로 이런 거죠. 아르망과 내가 했던 것처럼 세상에 절대적인 중요성을 부여하고 지상의 행복을 찾아 헤매는 것 말이에요. 그이와 내겐 이런 공통점이 있었죠. 각자 자기 방식으로 찾긴 했지만 말이에요. 지구는 정글이 되어가고 있어요. 인류를 행복하게 만들기 위해서건 자기 자신이 행복하기 위해서건 뭐든지 허용되고 있어요. 삶에 대한 우리의 열정적인 집착을 누그러뜨릴 아무런 대책이 없어요. 허무 때문에 더 과격해질 뿐이죠……. 아직 모든 게 끝난 게 아니니 어쩌면 내가 대단히 교훈적인 결말을 내릴지도 모르죠. 아뇨, 당신을 놀리는 것이 아니에요. 내가 니힐리스트라고 칩시다. 그뿐이에요. 디키가 바로 보았어요. 아나키스트들은 너무 소심해요. 차마 끝까지 가지 못하죠. 열정이 있다면, 극단주의자라면 언제나 끝까지 가야 해요. 심지어 그보다 더 나아가야 해요. 그러지 않으면 언제나 자기보다 더한 극단주의자를 만나게 되죠. 니힐리스트들이야말로 내 마음에 드는 사람들이에요. 아르망은 적어도 한 가지 점에서는 옳았어요. 자유가 우리의 가장 소중한 자산이라는 생각 말이에요. 그래서 나는 나의 독재자한테서 해방될 생각이었어요. 나도 그에게 테러리즘에 관한 교훈을 줄 참이었어요. 이 문제에 관해 생각할 시간을 충분히 주고

서 말이에요……."

　그녀는 깊은 한숨을 내쉬었고 옷을 다시 입기 시작했다. 그녀가 이제 하려는 일이 그녀에겐 더 끔찍할 것도 더 잔인할 것도 없어 보였다. 그녀는 달리 행동할 수가 없었다. 옷과 머리를 매만지는 동안 그녀의 미소엔 거의 보일 듯 말 듯 어렴풋이 죄책감이 실렸다. 그녀의 아들은 착하게 굴지 않았을 때 그런 미소를 지었다. 그녀는 아르망에게 작별 인사를 했다. 이제 그는 더 이상 그녀를 떠나지 못할 것이다. 그들은 서로 곁을 지키며 함께 서서히 늙어갈 것이다. 역사에서 멀리 떨어져 사건 없는 평화로운 날들이 흐를 것이다. 그녀는 그에게 교훈을 줄 것이다. 레이디 L은 그가 그토록 사랑하는 인류가 어떤 짓을 할 수 있는지 보여줄 생각이었다. 그녀 역시 자기 열정에 몸을 맡기면 어떻게 되는지. 그 무엇으로도 위험에 빠뜨릴 수 없고, 사랑하는 사람들에게 고통을 줄지언정 단 한 번도 평판을 더럽힌 적 없는 대단히 고귀한 여성이 어떻게 되는지 말이다. 그녀의 영원한 연인은 죽기 전에 이 일을 숙고하면서 그녀를 변호하려고 애쓸 것이다. 그리고 모든 걸 한 계급, 한 사회, 한 계층의 책임으로 돌릴 것이다. 그다지 예쁜 일은 못 되겠지만, 관례를 살짝 어기지 않고는, 예절을 살짝 어기지 않고는 열정대로 사랑할 수 없다는 걸 그는 누구보다 잘 알았다.

　"디키의 동조하는 미소가 거의 눈앞에 보이는 것 같았어요. 그의 조언을 난 너무도 잘 기억하고 있었죠. '당신도 폭탄을 던져요. 당신도 그의 영역에, 감정의 극단주의라는 영역에 자리를 잡아요. 더구나 그가 살짝 너무 오른편으로 치우쳤다고 생각하지 않소? 아나키스트의 좌측에는 니힐리스트들이 있어요. 잊지 말아요⋯⋯. **우리**가 있다는 걸⋯⋯.'"

그러나 정말이지 계획된 일은 아니었다. 차라리, 그저 여자의 충동이었을 뿐이다.

아르망은 눈을 감은 채 침대에 누워 있었다. 그는 자기 몸이 돌아오길 기다리는 듯했다. 그녀는 차마 그를 쳐다보지 못했다. 어쨌든 약간은 거북한 느낌이 들었다. 그러나 그녀는 내적인 동조와 격려가, 격렬함과 분노가 자신을 둘러싸는 걸 느꼈다. 자신의 심장박동에서 그걸 분명히 느끼고 있었다.

"퍼시, 나와 같은 시대를 산 여자들이 나처럼 저항할 줄 알았다면 다가오는 세기에 가장 고약한 학살들을 피할 수 있었을 거예요. 난 관념의 사원들에 맞서 여성들의 저항을 이끄는 것 같은 기분이었어요. 잘린 머리들 틈바구니에서 지성을 숭배하고, 더없이 고귀하고 영원한 격정이 임종의 마지막 경련이 될 뿐인 관념의 사원 말이에요."

갑자기 퍼시 로다이너 경의 태도에 매우 기이한 변화가 일어났다. 그는 천박해진 것처럼 보였다. 무례한 표정으로 한쪽 눈을 찌푸리고 거의 냉소적인 미소를 띤 것이, 인생에 대해, 심지어 여자들에 대해 오랜 경험을 한 것처럼 보이게 했다. 그는 마치 총각들이 첫 번째 매춘부에게 "얼마요?" 하고 물을 때처럼 과장되게 거칠고 과장되게 자신만만한 어조로 말했다.

"그러니까 그자를 경찰에 넘기셨군요."

"그렇게 **어리석은** 생각을 하다니요, 퍼시. 생각 좀 해보세요. 어떤 추문이 날지……. 그는 모든 걸 말했을 테고 내겐 아무것도 남지 않게 되었겠죠. 묘한 흥분을 느낀 기억이 나는군요. 전혀 새로운 느낌도 들었어요. 수행해야 할 임무가 있다는 느낌이었죠……. 어떻게 보면 나의 시민 정신이 처음으로 깨어난 거죠. 당신도 기억하시겠지만 그때는 최초로 여성참정권을 주장하던 여성들이 거리에 나서던 시절이죠. 그래서 난 내가 한 행동이 사람들에게 알려지면 내 이름이 역사책에서 영국의 첫 여성해방운동가들 사이에 실릴 거라고 확신해요.”

아르망이 눈을 떴고 천천히 일어섰다. 붉은 망사 장미가 침대 위에 떨어져 있었는데 그가 그것을 주워 들었다.

“내게 값비싼 대가를 물릴지 모를 소중한 반 시간이었군요.”

그가 말했다.

“지금 떠나는 건 정말이지 미친 짓이에요. 여기서 2, 3일 남아 있어야 해요. 누구도 감히 내 별채를 뒤지러 오지는 않을 거예요. 생각도 할 수 없는 일이죠. 게다가 여긴 열쇠가 하나밖에 없어요. 소동이 가라앉을 때까지 기다려야 해요. 경찰은…… 당신이 이미 멀리 떠났다고 믿을 거예요. 사태가 진정되면 태연하게 위그모어에서 기차를 탈 수 있을 거예요. 이것이 유일한 해결책이에요.”

그는 장미를 만지작거리며 곰곰이 생각했다.

“잘 생각했군요, 아네트. 당신은 정말이지 냉정한 사고를 하는군요.”

“그래야죠. 당신이 순수이성과 논리의 장점을 충분히 얘기해주었으니까요.”

그가 웃으며 장미로 자기 턱을 부드럽게 쓸었다.

"브라보."

"이제 가봐야겠어요. 내가 자리에 없으면 눈에 띌 우려가 있어요. 무슨 일이 벌어지고 있는지 가서 살펴봐야 해요. 내일 봐요……. 걱정하지 말아요. 이번엔 모든 게 잘 될 거라고 확신해요."

"나도 그렇소. 그리고 당신도……."

그가 어깨를 으쓱했다.

"내 삶, 당신의 삶, 우리의 삶……. 나 같은 사람은 늘 있을 거요. 내 사상의 승리를 어쩌면 나는 보지 못할지도 몰라요. 그렇지만 씨앗을 심은 사람이 수확까지야 못한들 어떻겠소. 수확이 이루어지기만 한다면. 수확은 이루어질 거요."

레이디 L은 전율했다. 그의 말이 옳았다. 그 같은 사람은 늘 있을 것이다. 그리고 수확은 이루어질 것이다. 그러자면 몇 백만 개의 머리가 필요할까? 다가오는 20세기는 아마도 수확의 세기가 될 것이다.

"맞아요. 우리는 조금도 중요하지 않아요. 둘을 잃고 10억을 되찾는다면……. 중국만 해도 3억인걸요. 상상을 초월하는 수확이 있으리라고 확신해요……."

그녀의 목소리는 떨렸다. 그녀는 그가 눈물을 보지 못하게 급히 돌아섰다. 레이디 L은 눈으로 손수건을 가져가며 생각했다. 그래, 정말로 눈물은 쉬운 여자들 같아. 60년 동안 겪어온 영국의 차가운 유머와 냉소도 이 정숙하지 못한 거리의 여자들에게 아직 자제심을 가르치지 못했어. 그녀는 가련한 아네트가 아직도 싸우고 있고, 심지어 망설이기까지 하고 있는 걸 보았다. 그러나 정말이지 달리 어쩔 도리가 없었다. 그녀는 세상을 구하진 못해도 조금 도울 수는 있었다. 나머지야…… 인류야 다른 손님을 찾으면 될 것이었다.

그녀는 문 쪽으로 가서 조심스레 문을 열고 나왔다. 정원은 밝아오고 있었다. 달에 작별 인사를 하듯 개 짖는 소리만 들려왔다. 그녀는 눈을 감고 목에 손을 댄 채 잠시 기다렸다. 잠시 후 그녀는 비명을 내질렀고, 달려서 별채로 다시 들어갔다.

"아르망, 어서요……."

"무슨 일이오?"

"그들이 와요. 어서요. 경찰이…… 오! 하느님, 오……."

그녀는 그의 얼굴에서 조소 어린 표정을 읽었다. 위험한 순간이면 늘 그의 얼굴에 그려지는 표정이었다. 마치 자신의 삶이 눈 속에 든 티끌에 불과해서 얼른 불어서 빼내면 그만이라는 듯 아르망은 장난기 섞인 말투에 살짝 경멸 조의 여유를 실어 말했다. 그의 궁정 복장 때문에 그 태평한 거만함이 더욱 두드러졌다.

"빌어먹을…… 그래도 몇 명은 죽이도록 해봅시다……."

"안 돼요!"

그녀는 주변에서 무언가 찾는 척했고, 마드라스의 금고를 향해 돌아서더니 잠시 머뭇거렸다.

"얼른요, 여기로……."

그녀는 금고로 달려가서 자물쇠에 열쇠를 넣어 돌리고 청동으로 둘러쳐진 묵직한 문을 잡아당겼다. 그녀는 안을 들여다보더니 안도의 한숨을 내쉬었다. 적당한 자리가 있었다. 딱 맞는…….

“얼른 여기 숨어요! 내가 경찰을 따돌릴게요. 어서요!”

그는 아마도 스타일을 걱정해서인지 서두르지 않고 말을 따랐다. 여전히 한 손에는 장미를, 다른 손에는 권총을 든 채. 그녀는 보석이 든 가방을 집어 들어 그의 발치에 던졌다. 그가 감탄한 눈길로 그녀를 쳐다보았다.

“그 생각을 미처 못했군요. 우리는 아직 함께 위대한 일을 할 거요.”

그녀가 그에게 다정하게 미소 지었다. 살짝 잔인한 레이디 L의 미소였다. 그녀는 이제 자기 미소를 찾았고, 남은 건 그 미소를 유명하게 만드는 일뿐이었다. 그녀는 그에게 손짓을 하고 천천히 문을 다시 닫은 뒤 자물쇠에 열쇠를 넣고 세 번 돌렸다.

계관시인은 안락의자에서 일어나 있었다. 동그랗게 뜬 눈으로 어느 동양 이야기에나 나올 법한 그 이상한 가구와, 추운 듯 숄 안에 어깨를 웅크린 채 금고 앞에 서서 손에 열쇠를 들고 미소 짓는 영국 귀부인을 쳐다보았다.

“그러고 나서는? 그런 다음 어떻게 했어요?”

“그런 다음 무도회로 돌아갔죠. 제가 노퍽 공작에게 춤을 추겠다고 약속했던 것 기억하시죠. 경찰이 왔어요. 물론 아무것도 발견하지 못했죠. 난 춤을 췄고, 많이 마셨죠. 샴페인을 많이도 마셨죠……. 오! 그렇게 화난 얼굴 하지 마세요, 퍼시. 네, 난 술을 많이 마셨어요. 아마도 취했던 것 같아요. 그럴 만했죠. 안 그래요……?”

“별채로 돌아갔어요?”

"여자이면서 동시에 귀부인이 되기란 참으로 어려울 때가 종종 있어요……."

"언제 별채로 돌아갔어요, 다이앤?"

"그만 좀 소리치세요, 퍼시. 난 그런 것 끔찍이 싫어해요. 이미 말했듯이 난 술을 많이 마셨죠. 그리고 기분 전환 시간을 좀 가졌어요……."

"기분 전환이라고요?"

"우리는 바로 영국을 떠났어요. 아시다시피 남편이 결국 대사 직을 얻게 되었죠. 그래요, 결국 모든 게 다 잘되었어요. 우리 아들은 당연히 글렌데일 공작이 되었고요. 그 아인 영국인들의 사랑을 독차지하는 인물이 되었고, 자기 일도 아주 잘 해냈죠. 아르망의 손자들은 모두 놀랄 만큼 성공했어요. 생각해봐요. 앤서니는 곧 주교가 될 테고, 롤랑은 무슨 장관인지 하여튼 장관이 되었고, 제임스는 영국은행장이 되었죠. 참, 당신도 다 알지요. 아르망이 이걸 볼 수 없다는 게 안타까워요. 난 아이들에게 공을 많이 들였요. 그에게 교훈을 줘야만 했으니까요. 모든 걸 고려해볼 때, 어쩌면 가족에게 미리 알리는 게 좋을지도 모르겠군요. 난 가족들이 그를 다른 곳으로 옮기도록 도울 거라고 확신해요. 생각해봐요. 지금은 선거 직전이잖아요. 내가 한 짓이 사람들에게 알려지면 보수당은 다신 일어서지 못할 거예요!"

퍼시 로다이너 경은 괴기스러운 체스 놀이판을 닮은 뚱뚱하고 묵직한 가구를 향해 마침내 겨우 손을 들어 올릴 수 있었다.

"그가 아직 저기 있다는 얘깁니까? 당신이 한 번도……"

레이디 L은 그녀의 고양이 트로토의 초상화 아래 서 있었다.

크리미아전쟁에서 경기병대의 돌격을 이끄는 그 고양이는 래글런 경의 숭고한 얼굴 위에 그려져 있었고, 포탄 사이에서 세인트조지 깃발을 꼬리로 흔들고 있었다. 워털루전투에서 웰링턴 장군의 코와 군복을 대체한, 노란 부리와 깃털을 단 가보트 앵무새가 그를 지켜보고 있었다. 원숭이 바딘은 보로디노 전투1812년 나폴레옹의 모스크바원정 도중 벌어진 최대의 격전의 시체들 사이에서 자유를 구출하고 있었고, 늙은 쿠투조프 장군의 옷을 걸친 모습이 아주 편안해 보였다. 페키니즈 퐁고는 로베스피에르의 판화 위에서 민중을 향해 머리를 내밀었고, 젊은 보나파르트는 죽은 병사들 앞에서 누구에게도 나쁜 짓을 한 적이 없는 상냥한 앵무새 마틸드의 부리를 달고 있었다. 레이디 L은 고개를 추켜세우고 입가에 미소를 띤 채 그 모든 친구들에게 둘러싸여 있었다. 그들의 침묵이 그녀에게 이해심 부족이나 공감 부족으로 비친 적은 단 한 번도 없었다. 역사를 만드는 사람들로부터 아들을 지키려는 걱정을 한 번도 해보지 않은 여자들만이, 또는 살면서 여러 남자를 사랑할 수 있었던 여자들만이 그녀를 단죄할 수 있었다.

계관시인은 레이디 L이 말하고 있음을 문득 깨달았다.

"난 정말이지 운이 나빴어요. 술주정뱅이를 사랑할 수도 있었고 도박꾼이나 협잡꾼을, 약물중독자를 사랑할 수도 있었는데…… 그게 아니었죠! 어째서 진짜 이상주의자여야 했을까요. 그래서 나 또한 테러리즘에 휘말릴 수밖에 없었죠. 내가 훌륭한 학생이었다고 말해둡시다. 내 사랑, 내가 얼마나 자주 이곳에 와서 당신께 미소 띤 절망감으로 이 시를 암송했던가요? 어쩌면 당신이 인류에게, 유일하고 잔인한 정부에게, '인정사정없는 아름다운 여인'에게 헌정했을지도 모를 이 시 말이에요."

아! 내가 당신을 꼭 만나야만 했을까요,

당신이 내 마음에 들어야만 했을까요,

순진하게도 내가 당신에게 고백해야만 했을까요,

거만하게도 당신은 침묵을 지켜야만 했을까요,

내가 당신을 사랑해야만 했을까요,

당신이 날 절망에 빠뜨려야만 했을까요,

그런데도 내가 당신을 숭배해야만 했을까요,

그래서 당신이 날 살해해야만 했을까요!

그녀는 자물쇠를 풀고 문을 열었다.

권총은 가죽 가방 옆에 떨어져 있었고, 노란 궁정 의상에서 먼지가 살포시 날았다. 아르망은 명상하는 자세로 앉아서 손에 들고 있는 붉은 망사 장미를 향해 여전히 고개를 숙이고 있었다.

참고 자료

아나키스트 사상과 운동의 역사에 관한 고전적인 저서들 외에도 다음의 책들이 큰 도움이 되었다.

『아르망 드니 또는 절대의 유혹』, 비엘킨, 제네바, 1936.

『낭만주의, 아나키, 파시즘』, 소비에스키, 바르샤바, 1953.

『20세기 부르주아 아나키스트들』, 카르지엘, 바르샤바, 1959.

『아르망 드니와 영구 혁명』, 랄라르, 파리, 1931.

『사상의 포르노그래피』, 할퍼린, 취리히, 1960.

『정신착란 속의 논리』, 뒤라테, 파리, 1932.

『도착倒錯』, 샤툰, 바르샤바, 1961.

『귀족과 이상주의』, 페레자트카, 뮌헨, 1949.

『유머의 테러리즘』, 블런트, 옥스퍼드, 1953.

『아르망 드니 또는 신의 죽음』, 발레르, 파리, 1958.

『피 흘려 얻는 순수성』, 군터, 뮌헨, 1952.

『이성에 열광한 자들』, 나트킨, 취리히, 1940.

『열정 속의 논리』, 브렌타노, 파리, 1932.

『이상주의와 인간에 대한 귀족적 개념들』, 사라포프, 모스크바, 1960.

『유머 또는 백색테러』, 가르데, 파리, 1921.

『귀족, 괴짜, 니힐리스트』, 레인바텀, 런던, 1961.

『네차예프와 아르망 드니 또는 인간성의 거부』, 라트너, 뮌헨, 1951.

『테러리즘과 조롱』, 비나베르, 바르샤바, 1959.

『니힐리즘 또는 히로시마의 약속』, 압텍만, 빈, 1950.

『극단주의, 니힐리즘, 절대』, 아주아르, 파리, 1930.

아르망 드니가 리보르노에서 탈출한 뒤 흔적 없이 사라지자 환상의 영역에 가까운 갖가지 추측이 나돌았다. 가장 흥미로운 가설은 최근 스테판 펠릭슨의 『신세계』 속에 제시된 것이다. 작가는 미국 아나키스트 운동 초기에 활약한 어느 비밀스러운 투사가 아르망 드니일 것 같다고 말한다. 그 투사는 신터, 발라코프, 뮤지카 등의 가명으로 알려졌으나 진짜 정체는 결코 밝혀지지 않았고, 1910년 디트로이트 폭동 때 살해당한 인물이다. 작가는 이 가설을 뒷받침해줄 납득할 만한 사실은 아무것도 내놓지 않고 오직 생김새가 어렴풋이 닮은 점에만, 좀 더 정확히 말하자면 신터와 아르망 드니의 "예사롭지 않은 아름다움"에 관한 묘사에만 기대고 있다.

이 자리를 빌려 자료 수집에 아주 소중한 도움을 준 프랑수아 드 리앙쿠르 씨에게 감사의 말을 꼭 전하고 싶다.

아나키스트를 위한 변명

"자유를 건드리면 파리는 성을 냈고 (…) 거리엔 바리케이드가 솟아났다."

〈성난 파리〉라는 노래의 이 가사처럼, 1789년에 일어난 프랑스 대혁명부터 68혁명까지 파리는 수없이 혁명에 앞장서왔다. 대혁명은 낡은 체제를 무너뜨렸지만 완전히 뿌리를 내리지 못했고, 구체제를 고수하려는 세력과 혁명 이념을 지키려는 세력 간의 갈등이 계속되었다. 파리 거리엔 끊임없이 바리케이드가 등장했다. 1830년 7월혁명이 있었고, 1848년 2월혁명이 발발했으며, 6월에도 대규모 봉기가 일어났다. 공화정에서 제정으로, 왕정에서 입헌군주제로 여러 차례 정치체제를 뒤엎은 끝에 공화정이 자리 잡았고, 그 20여 년 후 다시 파리에 바리케이드가 등장했다. 지상 최초로 노동자 정부를 건설하려 했던 1871년의 '파리코뮌' 때였다. 전대미문의 혁신적인 정책들을 내놓은 이 자치 정부는 처절히 저항하다가 '피의 일주일'이라는 이름이 붙게 된 잔인한 시가전 끝에 두 달 만에 붕괴되었다. 프랑스에서 시작된 혁명은 화약고에 불붙듯 이웃 국가들로 번졌다. 벨기에, 이탈리아, 독일, 네덜란드, 덴마크, 폴란드, 루마니아, 에스파냐…… 유럽 대륙이 저항과 열기로 들끓었다. 19세기는 그야말로 저항의 세기였고, 혁명의 시대였다.

19세기에는 영국에서 시작된 또 하나의 혁명이 있다. 바로 산업혁명이다. 프랑스대혁명과 산업혁명, 이 두 혁명이 오늘의 부르주아 자본주의 세계를 구축했다. 결과적으로 프랑스대혁명의 결실은 고스란히 부르주아에게 돌아갔고, 영국에서 시작된 산업혁명 또한 산업자본가 중심의 자본주의 경제를 탄생시켰다. 민중은 정치와 경제 모두에서 소외되었다. 빅토리아 여왕의 재위 기간(1837~1901) 동안 영국은 화려한 '대영제국'의 전성기를 누렸으나 그 번영을 떠받치는 건 착취당하는 하층민의 처참한 삶이었다. 대도시의 중심은 부르주아가 차지했고, 하층민은 도시 외곽으로 내쫓겨 빈민굴을 형성했다. 빈민가의 주거 환경은 상상을 초월할 정도로 열악했다. 두세 가족이 방 한 칸에 함께 살았고, 일고여덟 명이 한 침대에서 잤으며, 급수와 위생 시설이 전무해 전염병이 자주 창궐했다. 빈민들은 최고 번성기에 더없이 처참한 생활을 했다. 영국보다 늦게 산업혁명을 시작한 다른 나라들도 똑같은 길을 걸었다. 정치 혁명과 경제 혁명, 이 이중의 혁명에서 소외당한 민중은 폭동에 내몰릴 수밖에 없는 상황이었다. 이러한 극악한 상황이 아나키즘의 탄생 배경이 된다.

아닌 게 아니라 상류층 부르주아와 자본주의가 확실한 승리를 거둔 19세기는 자본주의 체제에 대한 많은 통찰과 비판을 생산해냈다. 사회적 불평등을 문제 삼는 문학작품과 간행물이 쏟아져

나오고, 사회주의, 공산주의, 아나키즘 등 더 나은 사회를 지향하는 사상과 이론이 생겨났다. 노동운동도 활발해졌다. 이런 가운데 노동자들이 세력을 형성해 정치 전면에 나선 것이 바로 1848년 2월혁명이었다. 자유주의자, 사회주의자, 낭만주의자, 마르크스주의자, 아나키스트…… 온갖 이름의 이념과 주장으로 무장한 이들이 제각기 목소리를 내어 혁명에 힘을 보탰다.

이 책은 바로 이 들끓는 혁명의 시대를 살았던 아나키스트에 관한 이야기다. 아나키스트들이 가장 맹렬히 활동했던 때가 19세기다. 그들은 아나키즘 사상을 정립하고, 간행물을 펴내 자신들의 생각을 알렸으며, 검은 깃발을 앞세우고 봉기와 혁명의 현장마다 뛰어들었다. 스스로를 아나키스트로 규정한 최초의 인물인 프루동은 1840년에 출간한 『소유란 무엇인가』에서 노동으로 획득한 것이 아닌 소유를 "도둑질"이라 규정하며 자본가의 배만 불리는 자본주의 체제를 비판했다. 행동주의를 앞세운 일부 극단적 아나키스트들이 테러를 자행해 고립을 자초하기도 했지만 아나키즘은 노동운동에 중대한 영향을 미쳤다.

작가 로맹 가리는 19세기에 실존했던 아나키스트 아르망 드니가 흔적 없이 사라졌다는 사실에서 출발해 이 작품을 구상했으며, 이름을 밝힐 수 없는 어느 노부인의 이야기를 듣고 레이디 L이라는 여주인공을 만들어냈다고 말했다. 이야기는 두 시점으로 나뉜다. 여든을 맞이한 레이디 L이 자신의 과거 이야기를 털어놓는 시점은 엘리자베스 여왕 통치기(1953~)이며, 주된 이야기의 배경이 되는 시점은 빅토리아 여왕의 통치기(1837~1901)이다.

"출생이니 귀족이니 신분이니 하는 그 모든 너절한 것들"을 결사적으로 조롱하는 귀족 글렌데일, "부유하고 자족하고 의례적이며 풀 먹인 듯 뻣뻣한 모든 것을 혐오"하며 스스로 아나키스트이자 낭만주의자임을 시인하는 레이디 L, 정의와 자유를 지상의 모든 인간에게 안겨주기 위해 직접행동에 나서는 아르망 드니. 세 인물 모두가 수직적이고 권위적인 모든 것을 거부하는 아나키스트 면모를 보이지만, 또한 각기 다른 성향으로 서로 구분된다. 예술에 대한 심미안을 가진 쾌락주의자 글렌데일은 자신이 누리는 쾌락을 모든 사람과 함께할 평등한 세상을 위해 자기만의 방식으로 혁명적 역할을 수행한다고 말한다. 거리의 여인에서 귀부인이 된 레이디 L은 그 존재 자체가 구체제의 권위에 대한 도전이지만 사랑을 무엇보다 앞세우는 인물이다. 아르망 드니는 이념을 가장 중시해서 자유를 잃고 이념에 예속되는 사상의 극단주의자다.

당시 사회를 "돈이 모든 출구를 지키고, 군대가 제 식구를 죽이고, 종교가 살인자에게 축복을 내리고, 경찰이 시체를 세탁하는 곳"이라고 말하는 아르망 드니의 날 선 비판이나, 유명 연주자를 납치해 매춘부들 앞에 세우고는 "부당한 이득을 취하는 모리배들과 착취자들을 위해 한평생" 연주했으니 한 번이라도 희생자들과 착취당한 사람들을 위해 연주하라고 요구하는 그의 행동은 아나키스트가 세상의 불평등과 불의에 누구보다 민감하게 반응했던 사람임을 말해준다. 극단적 행동주의자로 몰락을 향해 달려가는 그에게 붙여진 "이상주의의 야수파"니 "이상주의의 왼손잡이"니 하는 수식에는 안타까움이 실려 있다. "사람들이 자기 안에 있는 더없이 인간적인 것에 늘 진다면 인간은 벌써 오래전에 없어졌을 것"이라며 나약해지려는 마음을 다잡는 그의 모습도 연민을 불러일으킨다.

사실 아나키스트란 모든 수직 체계와 속박과 권위를 거부하는 사람이다. 그래서 아나키스트를 가리키는 또 다른 말이 '절대 자유주의자'이다. '지배 없는 상태'를 뜻하는 아나키를 '무정부 상태'나 '무질서'로 이해하는 건 그 의미를 축소하는 일이다. 소수가 다수를 지배하는 정치나 경제 체제는 불가피하게 착취로 이어지므로 지배 없는 사회라야 한다는 것이 그들의 생각이다. '상호부조주의' '집산주의' '공동체주의' 등 여러 계열의 아나키스트들이 즐겨 쓰는 개념이 말해주듯 그들이 지향하는 건 권위적인 통치 기구 없이 개인들이 자유롭게, 자율로 서로 돕는 사회다. 극단적 행동으로 테러리스트라는 오명을 얻기도 했지만 이 혁명 시대의 아나키스트들이 정치적·경제적 불평등을 바로잡으려 처절히 싸운 사회 개혁가였던 건 틀림없다.

샤를 드골은 로맹 가리의 책 가운데 『레이디 L』을 가장 좋아한다고 말했다. 로맹 가리를 좋아하는 몇몇 프랑스 작가들도 같은 얘기를 했다. 이 책을 읽고 나처럼 이들의 선택에 공감할 독자들이 많으리라 생각된다. 거부할 수 없이 매혹적인 아나키스트 청년과 이 아나키스트 청년을 너무나 사랑해서 인류를 질투하는 여주인공, 그리고 거리의 여자였던 이 여주인공을 최고 귀부인으로 만들어주는 누구보다 자유롭고 지적인 괴짜 귀족과, 그녀를 흠모하여 40년 넘도록 그녀 곁을 지키는 전형적인 영국 신사. 이들이 그려내는 사랑 이야기는 마지막에 드러나는 충격적인 결

말에 이르기까지 도무지 손에서 책을 놓지 못하게 만든다. 그리고 인물들의 목소리를 통해 듣는 로맹 가리 특유의 냉소적인 통찰은 이 사랑 이야기에 깊이를 더한다. 피터 유스티노프 감독이 1965년에 소피아 로렌(레이디 L), 폴 뉴먼(아르망 드니), 데이비드 니븐(글렌데일)과 함께 만든 영화가 이 멋진 작품을 어떻게 그렸을지 궁금해진다.

2013년 봄
백선희